汲古選書 59

莊綽『雞肋編』漫談

安野省三 著

目次

荘綽『雞肋編』漫談

序章

（一）作者の横顔

荘綽、字は季裕。ふつう字で呼ばれることが多い。正確な生卒年は詳らかではないが、神宗元豊元年（一〇七八）から高宗紹興十六年（一一四六）頃までの人と推定され、七十歳には僅かに手が届かなかった。つまり両宋間という激動期を生きたことになる。本貫は本書の序文で清源（現在の福建省恵安県）と自署している。祖籍が清源であることは間違いないが、彼自身は若いころ潁川（現在の河南省許昌市）で過した期間が長かったと思われ、確証には欠けるが、あるいは生誕の地も潁川であった可能性が高い。荘綽と同時代の人、黄彦平は『三余集』巻四「高安郡門記」で「潁川の荘綽季裕は慈祥清謹の人なり」とのべ、潁川人という認識であった。彼が漢人の常として祖籍を重視したことは、子に念祖泉伯と命名した事実からも明らかである。字の泉伯は恵安県を管轄下に置く泉州からの借用である。ただし、作品を検索する限り、彼は生涯を通じて清源に立ち寄った痕跡はない。それどころか、福建を話題にのぼせることも僅少である。要するに、諸の状況証拠からして、彼は己れの本貫を潁川と自覚していたようである。

父は荘公岳、母は孫沔（九九六―一〇六六）の幼女。荘公岳は嘉祐四年（一〇五九）の進士。神宗・哲宗朝に知司農寺丞・秘書丞・権河東都転運判官・淮南路転運副使等を歴任した。

この間、元豊五年（一〇八二）、河東路において、大軍出塞にさいし糧食不足と人夫亡失があったにもかかわらず、中央への報告に不実があった咎で、降格処分をうけ（『長編』巻三二九、九月壬寅）、七年には河東路麟州にて賞功絹不給の罪に問われ罰銅二十斤を科せられた（『長編』巻三四八、九月庚申）。いずれも、財務・経済官僚にありがちな違犯である。反面、資料の紙背からは、蓄財の機会も多かったことをうかがわせる。

荘綽は北宋末、南方への逃避行に当って、数多くの従者を煩わし、車馬船舶を使って尨大な書籍・資料を遠々と搬送したと思われる。もしそうでなければ、あれほど多岐多彩な話材を作品に盛り込めるはずがない。搬送には、巨額の費用を要したはずで、自力で捻出できる範囲をはるかに超えていた。父荘公岳からの資金援助があったとみるべきであろう。さらに、母方の祖父は仁宗朝で陝西都転運使を務めた孫沔であって、こちらからの助勢も想定される。

荘綽と科挙との関係は判らない。士子であれば応挙したはずであるが、登第の形跡はない。初任が摂襄陽尉であり、父の恩蔭による任官の可能性が大である。歴官の詳細は附録（二）を参照されたい。ただ、京師の職務についたことはなく、地方官で終始した。

さて、荘綽の容貌につき、呂本中『軒渠録』に稀有な記事がある。それによると、荘綽はまだ年老いていないのに、とても瘠せており、洪析仲本は「腰の細いお坊ちゃん」と呼んだ、とある。どこか、虚弱体質を想わせる表現である。それにしては、精力的な取材によって本書を完成させており、芯は強かったのであろう。酒は嗜まなかったのでは？　いくつか酒造の記事こそあれ、飲酒情景に筆を及ぼさない。巻中八一頁「歴代酒禁」に酒禁を論じた一文がある。漢から唐までの水旱・饑餓・酒禁の沿革をたどり、それを踏まえて、荘綽は紹興初の穀貴を解消すべく酤酒禁止を提言している。結びで、「時以為訝」とあるので、世間から横槍が入ったのであろう。直接に飲酒を俎上にのぼせたわけではないが、自身が酒好きならば、はたしてこの種の提言をするかどうか？　牽強付会の謗を覚悟のうえで触れてみた。

（二）　作品の概要

本書は魅惑的な随筆である。同時に不可思議な作品であり、難読の書でもある。手近な版本として、中華書局の唐宋史料筆記叢刊に収められたものがあり、一三二頁の小冊子、内容は序と上中下三巻三百項目から成る（拙稿はこれを使用）。一九八三年に上梓され、蕭魯陽が冒頭に「校点説明」を記したうえで点校を施し、三百項目に仮題（拙稿はこれを借用）を付した。もともと各項目は無題であり、この仮題は簡にして要、便宜この上ない。また巻末には附録一（歴代版本と序跋）、二（蕭魯陽「荘綽生平資料考辨」）の両種を加え、とりわけ後者の「考辨」は荘綽の経歴・著述・学風等を精細に検証した秀作である。

三百項目は長短繁簡さまざまである。最長は巻中六二頁「論蔡京太清楼記与皇帝重幸鳴鑾堂記」で一〇〇三字、最短は巻下九九頁「江南諺語」で二三字。もっとも、かりに巻上一七頁「拗云々」一七字を独立項目とみなせば、これが最短となる。その場合は、全体は三百一項目となるが。

人事百般・森羅万象、荘綽の興味は滾々と涌き出る泉水のごとく尽きる所を知らない。博覧強記も彼のために用意された語彙といっても過言ではない。ただ、古今はともかく、東西はどうかというと、四夷にはそれほど関心を示さなかったようである。当代の侵略者である契丹族遼と女真族金を除いては。

書名の「雞肋」について、荘綽は本書冒頭の序文で説明を施している。三国魏の曹操が漢中攻防をめぐって劉備と対峙したさい、漢中を雞肋に喩えた。周囲のだれ一人として、その意味を解さなかったが、主簿の楊脩が「夫れ雞肋は之れを食らわば、則ち得る所無し。之れを棄つれば、則ち惜しむ可きが如し」（『後漢書』巻五四楊脩伝）といい、曹操の漢中放棄の意図を悟ったという故事にもとづく。つまり、雞の肋骨はそれほどの価値はないが、捨てるには惜しいの意である。

（二）　先行研究

中国人の研究論文として、差当り次の四篇がある。

張公量「雞肋編的作者与其価値」（『国聞週報』一四巻二三期、一九三七年）

余嘉錫「雞肋編三巻」（『四庫提要辨証』巻一八子部九、一九五八年）

蕭魯陽「荘綽生平資料考辨」（唐宋史料筆記叢刊『雞肋編』附録二、一九八三年）

黄世瑞「雞肋編的科技史価値」（『中国科技史料』一七巻二期、一九九六年）

右のうち、余・蕭については、附録一、二として拙著の末尾に訳文を付した。

日本人の手になる部分訳ないし研究論文は左記のとおりである。

入矢義高訳「雞肋編」（『中国古典文学大系55近世随筆集』平凡社、一九七一年）

中嶋敏著「客商と湯餅と―宋代世相の一齣」（『東洋史学論集』一九八八年）

同右　「荘季裕、雞肋編―その構成排列について」（『東洋学報』六六巻一、二、三、四号、一九八五年）

注・中嶋論文は数項目の口語訳を含む。

第一章　同時代の人物評

同時代の人物評を俯瞰すれば、旧法党系の人士に対しては好評、新法党系には悪評と二大別できる。が、それとは異質の基準を持ち込み、貴賤の別なく多種多様の人物像に好奇の眼差を向けた。人物描写に当っては、相手と正対する姿勢はとらず、あくまでも斜に構える態度を貫いた。この辺がいかにも荘綽らしさが発揮されているところであって、良くいえばユーモアの雰囲気を漂わせ、悪くいえば常にシニカルな笑みを浮かべていたといえよう。

顕要高貴の職にある人間にも何ら臆するところがなく、歯に衣着せない言辞を浴びせている。官僚としては決して褒揚に価するほどの経歴ではなかっただけに、高官には嫉妬心を懐いていた嫌いがあり、それが筆致に正直に反映している。

（一）　好評の部

〔貶駁黄魯直詩〕

蘇軾とその高弟＝蘇門四学士（黄庭堅・張耒・晁補之・秦観）に対しては、心から親愛の情を懐いていたようである。蘇軾については別章を設けているので、四学士を中心に瞥見しよう。

黄魯直の「張謨（正しくは顧臨）河東漕使を送るの詩」に「紫参撅《ほ》る可し、包貢に宜し。青鉄多く無し、銭を鋳る莫かれ」とある。当時、范忠宣（范純仁）が太原の帥（河東安撫使）であった。彼は冶鋳が多くかつ広がっていたために、物価が高く弊害となっている、と論じた。その子の子夷（范正平）も詩作が得意で、「〝無〟字を〝雖〟に易えればよろしい」といった。また一篇の詩を作り、「虎頭（顧愷之）の墨妙は頻りに寄《おく》るに能く、馬乳葡萄は求むるを待たず」と。さらに意見を寄せる者がいて、「維摩の画像（顧愷之作）は一つあれば結構。どうして多く作る必要などあろうか？」という。思うに、他人が小細工を施し易いのを貶したのである。孟子は高子（春秋・斉の人）を（その詩解釈を批難して）固《かたくな》なり、といっている。そして、武成篇（『書経』周書の一篇。篇中でただの二、三策＝竹簡二、三枚しか信用できない）も評価できない、とのべる。これら以外は論外ということか？（巻上四頁。中嶋敏訳がある。）

まず、黄庭堅の詩題中の張謨は顧臨とすべきである。荘綽の思い違いであろう。『豫章黄先生文集』巻九に「送顧子敦赴河東」三首があって、その第一、三首が以下の二句を含んでいるからである。「紫参」は根が薬用の山草。和名ちちのはぐさ。「包貢」は礼物、「青鉄」は鉄。この句は当時、山西で鉄銭が鋳造されていたことを踏まえている。「虎頭」は顧愷之の幼時の字。「馬乳葡萄」はブドウの一種で、その美味は入手を待ちきれないほどの逸品だ、の意。要するに、范正平が黄庭堅の詩を貶したことに対し、荘綽は黄庭堅を辯護しているわけである。

〔張文潜状貌似布袋和尚〕

張耒・陳師道・黄庭堅・蘇軾・李廌の五人を話題にのぼせ、読んでいて思わず微笑がこぼれてくるような親密な人間関係を伝えている。

昔、四明山（浙江寧波）に異形の僧がいた。短躯で太鼓腹、中に百物を容れた一つの布袋を背負う。時々群集中に百物をぶちまけ、「御覧《ごろう》じろ、御覧じろ」と叫ぶ。みんなは布袋和尚だ、といって注目する。しかし、確かとは観測できなかった。臨終に偈《げ》（唱頌詞）を作って、「弥勒、真の弥勒、分身は百千億。時々世人を識り、時人は総て識らず」といった。この期に及んで布袋中に隠れて化身した。今世、その像を画いて弥勒菩薩を作って拝んだ。

張耒文潜学士の容貌が布袋和尚にそっくりだ、と人々はいう。陳無己（陳師道）は詩の中で、ただ「張侯、便々たる腹、鼓の如し」と述べるにとどむ。魯直（黄庭堅）に至っては、「形、弥勒に模す一布袋、文字は江河万古の流」といってのける。一方、蘇東坡は李方叔（李廌）に向って、「わたしが見たところ、あなたは痩せた仙人ではない」という。つまり廋語（隠語）にほかならない（巻中五二頁）。当時の人々がその風貌から張耒（一〇五四―一一一四）を布袋和尚（？―九一七。五代後梁の僧）になぞらえる傾向があり、それに寄り添うような形で陳師道と黄庭堅の張耒スケッチの一端を披露する。文末は他人の風貌をあげつらう点では共通するが、蘇軾が李廌の特徴をとらえた表現を紹介し、荘綽は廋語だと断じている。

蘇軾は李廌（一〇五九―一一〇九）の文才を高く評価して朝廷に推薦するが結果を得られず、李廌は仕進を断念して長社（河南）に隠居する。蘇軾が長社の李廌に贈った詩の一句であって、皮肉を込めてはいるが、昵懇の間柄ならではの七言といってよい。ちなみに、布袋和尚の偈であるが、宝慶『四明志』巻一五奉化県志二寺院、大中岳林寺項にもみえ、若干の字句の異同があり、「百千億」は「千百億」、「時時識世人」は「時時示世人」となっている。

〔陳無己詩用俗語〕

陳師道の詩に世俗の諺言が援用されていることと、彼が尊崇してやまない杜甫の「新婚別」にも同趣の俗語が使われていることとを関連づけた項目である。杜甫への思慕の念は荘綽も同然である。

諺に「利巧な主婦も麺がなければ饂飩《うどん》は作れない」と「遠くの井戸は目前の渇きを救えない」の語がある。陳無己はこれを応用して詩を作り、「料理上手も麺なしでは餠を作れない。いったい誰が渇きを癒すのに遠くの井戸に期待しよう?」と。

世間では、これが俗語からきていることを知らない。杜甫の有名な一句「雞狗も亦た将《とも》にするを得」が、諺語の「嫁入りした雞は雞(夫)を逐いかけて飛び、嫁入りした狗《いぬ》は狗(夫)を逐いかけて走る」からきているのと同然である(巻中七四頁)。

陳師道(一〇五三―一一〇一)の詩句が実は当時の諺語に由来することを実証しているわけだが、行間からは荘綽が陳師道に同志的な情念を懐いていたことが伝わってくる。杜甫に類似の諺語例があるのを引き合いに出し、その情念の深さを補強している。

杜甫は荘綽が最も尊敬する人物だっただけに、陳師道への歓待が尋常一様でなかったことが判る。ちなみに雞狗の諺語には、「嫁雞随雞、嫁狗随狗」(雞に嫁すれば雞に随い、狗に嫁すれば狗に随う)という言い方もある。もう一つ。この陳師道・杜甫の詩句と諺語とのつながりを主題とする別の項目が巻下一一七頁にもあって、内容が部分的に重複している。

〔賀翟汝文参政即用其謝表中語〕

荘綽と生卒年がほぼ一致する翟汝文(一〇七六―一一四一)の謝表中の語彙を、宋之才(一〇九〇―一一六六)の賀書が借用した事例を示したうえで、秦檜と敵対した翟汝文の功績を賞揚した一文。翟汝文、元符の進士。欽宗時、召されて翰林学士・知越州兼浙東安撫使となる。高宗の建炎元年(一一二七)六月末に上疏して浙東の和預買絹を減ぜんと請うたが、七月に両官を降される処分を受けた。紹興二年、復活して参知政事となる。しかし、結局は秦檜に憎悪され、六月に罷免された。宋之才は政和八年の進士。京兆府教授・校書郎・権礼部侍郎等を歴任する。

翟汝文公巽が越州（浙江）の長官となり、朝廷の意向に背き、絹買上げ資金の減免を要請し、それを咎められ官を罷めさせられた。そのさいの謝表で「忍びて秦人（秦檜）に效《なら》い、越人の疲弊を坐視できようか。それで劉氏（漢王朝、ここでは宋朝）は安泰であろうが、必ずや晁氏（晁錯、ここでは翟汝文）を危うくする」とのべた。

後に参知政事を拝命するが、温州（浙江）人の宋之方、（正しくは宋之才、）が賀書を認め、「昔、藩維（ここでは越州）を治め、常に越人の疲弊を気づかった。今、都の官衙にいて、末長い劉氏（ここでは宋朝）の安泰を企図する」という。つまり、翟汝文の謝表の言葉を借りてきているわけである（巻下九三頁）。

浙東の和預買絹の減免と両官降格の件は、『会要』職官七〇黜降官七、建炎元年七月一一日にみえ、『要録』巻六、七にも同じ記事がある。「秦人」「越人」は韓愈の「政の得失を視るに、越人の秦人の肥瘠を視るが如し」（『韓昌黎集』巻一四雑著・諍臣論）に典拠するが、謝表中の「秦人」は秦檜を指すと思われる。「劉氏安」と「晁氏危」は、『史記』晁錯伝にある。

〔呂丞相退老堂〕

南宋初、宰相を務めた呂頤浩（一〇七一―一一三九）と李綱（一〇八三―一一四〇）。両人の謙虚さを賞賛する。両人とも金軍に対する主戦論者であって、その点で荘綽の主義主張と合致する。

呂丞相元直は宰相の身で宮祠となり、隠居の地を占って天台（浙江）とし、堂を作って退老と名づけた。日頃、杜甫の「窮老真に事無く、江山已に居を定む」（「過客相尋」の発句）の句を誦えて、わが身と引き比べた。時に詩を作ること百を超えた。

李伯紀は、職は観文殿学士、官は銀青光禄大夫、帥（宣撫使・制置大使）は福唐（福建）。寄題二篇の詩があって、末章に「片帆は雲海に多地無く、歎息して何に由らん末賓に厠《まじ》うるを」とある。世評では、二公が自らを「窮老」といい「末賓」というのは、何と謙虚なことか！（巻下一〇〇頁）。

「窮老」とは貧窮老人のことで、出典は『漢書』巻九二游侠伝・楼護で、護が妻に向って、「呂公は故旧の窮老を以って、身を我に託す。義として当に奉ずべき所なり」と語ったとある。呂公は護の友人。「福唐」は唐五代の県名で、今の福清市。「片帆」は孤舟。

〔范仲宣感神宗全族之恩〕

宰相という点では呂頤浩・李綱と同列だが、一世代前の范純仁（一〇二七―一一〇一）にも好感を懐いた。范は旧法党系で、王安石変法に激しく反対した経歴の持主であり、もともと荘綽が共鳴する素地はあった。

范忠宣公は随州（湖北）の長官から永州（湖南）安置へと貶された。誥詞（皇帝が頒つ文告）中に「先烈（神宗）を謗誣《ひぼう》する」の語があったからである。范はこれを読んで涙がとまらず、「神考（神宗）

は某《それがし》にとっては家族を保全してくれた大恩人である。その恩に報いられない恨みこそあれ、どうして謗ることなどできようか？」という。

ところで、范の妻の弟に李逢（？—一〇七五）がいて、かつて范に無心にきて満足せず、范を憾《うら》んだ。後、李逢は宗室趙世居とともに謀反を起こし、事は露見して獄に繋がれた。獄吏が発意のキッカケを問うと、「義兄の家で推背図を見たことが叛意につながった」と答えた。時に范が新法を排斥したことに怒った王安石は、すぐさま范を逮捕するよう要請した。神宗はそれを許さず、「推背図は、どの家にもあるものだ。咎めるまでのこともない！」と。范が家族を保全してくれたという恩とは、このことを指す（巻中六七頁）。

李逢が趙世居と結んで謀反を起こし、獄に繋がれて誅殺されたことは、『宋史』巻一五神宗本紀熙寧八年閏四月壬子にみえる。「推背図」とは図讖の書一巻。言い伝えによると、唐の貞観中、李淳風と袁天綱が合作し、図ごとに詩一首を付して歴代の興亡変乱の事を予言したものといわれる。六十図に至って、袁が推すものに李が背いて止めたため、こう命名された。『宋史』巻二〇六芸文志に掲載されるも、撰人は著さず。

范純仁は『雞肋編』中でたびたび取り上げられ、うち巻上三四頁には、元祐四年と五年に再度潁昌府の長官を務め、恵政を施したことが記されている。潁昌府は荘綽の故里であって、范への思い入れが尋常一様ではなかったことを想わせる。

〔崇寧中党禁之厳〕

崇寧元年（一一〇二）、蔡京の手によりいわゆる元祐党人碑が刻まれ、そこに名を列ねた旧法党の面々とその係累の人々の味わった悲運はよく知られている。司馬朴と晁説之（一〇五九―一一二九）も例外ではなかった。

崇寧中、党禁を厳しく実施し、元祐党籍人の子孫は仕官はもちろん京畿に立ち入るのも許されなかった。時に司馬朴文季は司馬光の姪の子で、母方の父は范純仁、張舜民のムスメを娶っていた。元祐年間、母方の恩沢に浴す。世間では、対仏（范純仁・張舜民）が無罪の男を殺した、と噂された。

一方、晁十二以道（晁説之）は自ら俳優となり、芝居の幕間にこう語った。「自分は元祐間に詩賦にて科挙に合格し、建中靖国中には宏詞科にも合格した。従兄弟の晁尚之を哥哥（兄）、晁補之を弟弟（弟）と呼んだ。いったい誰が元符間、党籍人を哲宗に密告したのか？　ほかならぬ実弟の晁詠之だ！」と。聞いた連中はみな抱腹絶倒した（巻中七三頁）。

司馬朴は司馬光の父池の曾孫にあたり、若い頃、母方の父范純仁の家で育てられ、その遺恩で任官する。兵部侍郎が最高位。「対仏」は一対の仏、この時点ですでに他界していた張舜民と范純仁を指す。晁説之が俳優に扮して、元符の上書者を実弟の晁詠之だ！　と口走っている。これは俳優の科白であって、あくまでもギャグと解すべきであろう。いずれにせよ、司馬朴といい晁説之という、ともに党人の係累者であって、行間に荘綽の温情を感じとれる。

〔趙鼎軼事〕

紹興初、宰相趙鼎（一〇八五―一一四七）は二人の抜擢人事を行うが、一人は直前に不快の節があり、もう一人は秦檜の妨害により、いずれも失敗に終る。たまたま、その人名を讖語（予言）がらみで占った興味深い記事がある。趙鼎への同情心を荘綽独特の諧謔趣味というオブラートで包み込んだ内容である。

会稽（浙江）の士人に銭唐休なる者がいて、当時すこぶる声望があった。国政を掌る趙丞相に銭唐休を推薦する者がおり、その人事を審議していた。たまたま辺境からの報告中に「小警」と書かれてあった。推薦文に目を通し銭唐休という姓名に気づくと、趙鼎は不快となり、「銭唐、遂に休むか？」といって採用しなかった。

後に趙鼎は折彦質を招いて（簽書）枢密（院事）とした。枢密院からの奏文中に折彦質の署名が相い継ぎ、これを譖る者がいて、「趙鼎、折るる」は不祥なり、といった。つまり、銭の事情と類似していたわけである。古今、讖語によって禍福を決める者は多い。幸不幸は避けられないが、所詮は数（運命）の然らしむるところである。歎いても仕方がない！（巻下一一六頁）。

銭唐休は宝慶『会稽続志』巻六によれば政和五年（一一一五）の進士。宋朝は南渡直後、行在を転々とし、いちじ銭唐県に置いたこともあった。つまり、行在の休止と人事の休止とをかけている。

つぎは折彦質（？―一一六〇）。問題は「折」字であって、固有名詞と動詞の両用である。趙鼎と結びつけて「趙鼎折」といって不吉と極め付ける。趙鼎その人を指示するだけでなく、「趙」は宋朝、「鼎」は国家伝承の宝ゆえ、趙鼎・宋朝ともに挫折する喩えとなる。折彦質が簽書枢密院事になったのは紹興六年である。紹興十五年、宰相秦檜は折が趙鼎の息のかかった朋党であるという事由で安置郴州に貶した。

〔子死後托生復為子〕

托生（人の死後、霊魂が母胎にやどり再び子が現世に生まれ出てくること）を主題としている。唐徳宗時の著作郎で詩歌が秀逸であった顧況、南宋紹興初の浙西提挙市舶司官朱明発、この二人が例示される。顧況は朱明発を顕彰するための引き立て役となっている。朱明発は宋城（河南）の人で荘綽と面識があった。同じ河南人といっても、宋城と潁川は遠く離れており、どういう間柄だったかは判らない。

呉幵正仲は『漫堂集』を著わし、唐の顧況老が子を亡して詩を作り、「老人愛子に哭き、涙下りて皆な血と成る。老人年七十、多時の別れと作さず」と詠んでいると記す。詩を誦する度毎に哭き哀しむこと一入。そうこうするうちに、再び子の顧非熊を授かり、前世の事にからげて、「冥中にあって、父の慟哭と詩吟を耳にし、その哀しみに耐えられずに、冥官に懇願して、再び況の子となった」という。非熊は起居舎人にまで昇った。

一方、朱明発晋叔は紹興元年十月末に蒼梧県（広西）で子を亡した。その子が発病する以前、窓際の壁にやたら十月十日という字を書きつけた。死亡後、その母は夢で再び子を授かる、と知らされた。

紹興二年十月十日、五羊（広州）にて果して再び子を授かった。この間の事情は顧非熊と酷似しており、奇異な話である。晋叔は賢良忠厚、子宝に恵まれて然るべきである。余も晋叔と面識がある。宋城の人で、紹興七年に浙西提挙市舶官となる。妻の王氏も睢陽（宋城）の人。王景融の女、王同老の孫である（巻下一〇五頁）。

呉幵は福建清流の人。紹聖四年（一〇九七）の宏詞科。靖康初、翰林学士承旨。金に使して抑留され、後に張邦昌の偽楚で尚書左丞相となる。建炎初、永州安置、紹興二年（一一三二）、南雄州居住にかわる。宰相秦檜によって赦免されるも江西に卜居。数奇な運命に翻弄された生涯であった。荘綽は紹興六年に南雄州知州となっているので、呉幵とは全くの無縁ともいえない。

顧況の托生逸話は広く知られていたようで、『酉陽雑俎』前集巻一二、『太平広記』巻三八八顧非熊項、『唐人軼事彙編』巻一八等にみえる。「涙下皆成血」を『広記』は「日暮千行血」、『彙編』は「日暮泣成血」に作る。五代・孫光憲『北夢瑣言』巻八「顧非熊再生」は、右の五言詩をうけて、「非熊、冥間に在りて之れを聞き、甚だ悲憶し、遂に情を以って冥官に告ぐ。皆な之れを憫れみ、遂に商量して却た況家に生ましむ。三歳にして能く冥間に父の苦吟を聞くと言い、却た再生を求むる事、歴歴然たり」と記す。末尾の王同老は王堯臣（仁宗朝の参知政事）の孫で神宗朝の秘閣校理である。

（二）　悪評の部

北宋末の蔡京、南宋初の秦檜、この二人の最高権力者に対し、いったい荘綽はどういうスタンスをとったのか？　旧法党系で主戦論者であった荘綽が、自らの思想信条に基づき、二人に等し並みの敵意を懐いたとしても何ら不思議ではない。ところが、実際は秦檜にはやや甘く、蔡京には敵愾心を剥き出しにした。

まず秦檜。巻中七六頁に、何世代にもわたって科挙合格者を出した華宗盛族を褒賞する一文があって、漢国公王準の曾孫の壻として秦檜の名が掲げられている。これは、さしづめ可も不可もない応対である。つぎは秦檜批判である。

〔李光参政得罪秦檜〕

紹興九年（一一三九）、宰相秦檜が執政李光（一〇七八―一一五九）を痛め付けた事件である。李光が廖剛（一〇七一―一一四三）・劉一止（一〇七八―一一六一）・周葵（一〇九八―一一七四）と組んで、左宣郎呂広問（一一〇三―一一七五）を推挙して館職につけようとし、秦檜がそれを阻止し、同時に四人を放逐した。秦檜の専横ぶりがいかんなく発揮されたわけである。

廖剛は（御史）中丞となると、両制（翰林学士と中書舎人）に士を推挙させ抜擢人事を行うよう建議した。時に李光は江西帥（江南西路安撫制置大使）から参知政事に進む。機宜（文字）に呂広問がいて、彼を登用しようとした。廖剛・給事中劉一止・中書舍人周葵の三人と相談して、呂を推薦することとした。

李光は宰相秦檜に、呂を文館に置くよう要求し、それが認められたのに、秦檜は一向に皇帝に言上しなかった。李光は自身の執政就任を呂が祝賀してくれた書翰を秦に示した。その中で、「己れの主義主張を曲げて講和に賛同したのに、講和はまだ決まらない。国力を傾けて軍兵を養成したのに、兵はますます驕り高ぶっている」とのべる。

丞相秦檜はもちろん愉快ではなかった。更に「四方が心を寄せ、前にも後にも無能無名の人とは異なる。君主は教化をうけ、常に特段と光り輝き、大事な位置を占めている」という段に及ぶと、秦檜の怒りはいや増し、ついに呂に官を与えず、高宗の面前で論争する始末。李光はこれによって官を罷め、廖・周・劉の三人も放逐され、その門人まで一党の扱いをうけた（巻下一二二頁）。

実はこの事件に照応する記事は『要録』巻一三三紹興九年一二月己巳にみえる。そこでは、呂広問を推挙したのは李・劉・葵の三人で、廖は含まれていない。呂はかつて李の属官であった、という。秦檜は呂の人事を許さなかったとあり、『雞肋編』の記述とは異なる。更に、殿中侍御史何鋳の奏文を掲げ、「二人（劉・周）は広問を知るに非ず。特《た》だ光の嘱に迫られて之れを挙ぐ。是れ陛下を欺くなり」とのべ、秦檜を辯護している。

『宋史』巻三六三李光伝によれば、李光は帝の面前で、秦檜を「国権を盗弄し、姦を懐き国を誤る」と難詰し、秦檜の激怒をかい、執政の職を失っている。

『雞肋編』中、まともに秦檜を俎上にのぼせたのは、これが唯一であって、後段の蔡京とは大きな違いがある。ちなみに、『雞肋編』執筆時、蔡京はすでに他界しており、秦檜は現役の宰相であった。そのことが、荘綽の筆鋒を鈍らせたとは思いたくないが、気がかりな記事が『要録』巻一四六紹興一二年七月癸丑にある。

「郡守、五事を条上す。其の間、頗る採る可きもの有り。又た見行法を衝かんと欲《す》る者有り。宜しく之れを詳かにし、行う可きは即《ただち》に行うべし。秦檜曰く〝荘綽の上つる所の如きは、行う可き者有り〟と。何鋳曰く〝守臣中に志を民に有する者有り。論ずる所は定《かなら》ず苟しくもせず〟と。上曰く〝然り〟と」

時に荘綽は筠州（江西）の知州であった。奏上した政見の内容は不明であるが、宰相秦檜は名指しで評価している。このことが、荘綽の秦檜批判をやや甘くしたことと、あるいは関係があるかもしれない。

一方、悪評の部を象徴する人物は蔡京（一〇四七―一一二六）である。本書巻中六二～六四頁に、最も字数の多い項目がある。まず蔡京撰「太清楼侍宴記」及び「為皇帝幸鳴鑾堂記」を記載したうえで、荘綽が論評を加えている。「侍宴記」は王明清『揮麈録』後録余話と『説郛』巻一一四にも収録され、前者が詳しく原型に近いと思われ、後者は誤字脱字が目立つ。

政和二年（一一一二）三月八日、徽宗が蔡京復活を祝う意味をこめて、朋党何執中・童貫等を陪席させ、太清楼にて盛大な宴を催した。その詳しい情景を記したうえで、蔡京が謝意を表した記録である。「幸鳴鑾堂記」は宣和元年（一一一九）九月二十日、徽宗が淑妃を伴って、蔡京の私邸である鳴鑾堂に行幸したさいの記録である。童貫を交えて君臣の親密さを克明に描いている。ちなみに、『揮麈録』はこの記を欠く。右の両種の「記」をうけて、荘綽は蔡京を痛烈に批難する。

御覧の通り、蔡京の敘述は詳細にわたる。たんに世間に自らを誇示するだけでなく、諫官を怖じけさせるのに十分である。ところが、栄華はいつまでも続くわけではないことを知らないのだ。まさしく国家の辱というべきである。時に、その住宅工事が完了していなかったため、徽宗は紫色の絹万匹を下賜し、帳幕を製造させた。それに対し、蔡京も数十万緡を奉贈したのである。後に戸部侍郎王蕃がこれを摘発追究したところ、実はすべて権貨務の銭であった…下略…（巻中六三、六四頁）。王蕃は宣和年間、戸部侍郎であったが、右の蔡京弾劾の資料は発見できない。

〔蔡京焚香〕

蔡京に向けて放たれた二の矢は、その奢侈ぶりに、である。下僚が面談に訪れたさい、部屋で香を焚くのに数十両を費したという話である。

呉幵正仲の話。自分が侍従官となり、同僚数人と面接のために蔡京の後楼に坐っていた。蔡京は少女に命じて香を焚かせたが、ご本人はいくら待っても来ず、坐客みんなはどうも怪しいと思った。

そうこうするうちに、香が部屋に満ちたという報らせがあった。蔡京が簾を巻き上げさせると、香気が他室から伝わってくるのが判り、靄は雲霧のようで、座敷に濛々と立ち込めた。互の顔も見えないのに、煙火の烈しさは無かった。帰館した後、数日間は衣冠についた芳馥は消えず、数十両の費用をかけなければ、これだけ濃厚な香りは保てないはずだ。蔡京の奢侈ぶりは、たいていはこんなものである（巻下一一〇頁）。

呉幵はすでに好評の部で登場した。荘綽は宋金交渉の中で不遇を託った呉幵に同情的だったし、好感を持っていたようである。

〔蔡京判「中」字有真行草之殊〕

三の矢は宰相としての職務についてである。いうまでもなく、蔡京は官員の人事権を掌握していたわけだが、そこに恣意がはたらき、士大夫は疑心を抱き暗鬼に悩まされた。ここでは、蔡京の生き写しみたような王黼（一〇七九―一一二六）も俎上にのせられる。

熙寧中、三省の職務分担を決めてから、命令の出所は必ず中書省からとなる。宰相が人事案を奏呈し、皇帝の裁断を仰ぐ手続をするのも中書省であった。門下省はただ精査・訂正を掌り、尚書省はそれを実施するだけであった。それゆえ、士大夫が差遣（実職）を請求すると、判（裁定書）に「中」字と書かれれば、それで決まりとなる理屈であった。

ところが、蔡京が宰相の位につくと、己れの誉望を高めようとし、請求があれば、当人の面前ですべて「中」と書いた。人々は喜びのあまり、蔡京を誉めたたえたのである。ただ、「中」字にも楷書・行書・草書の違いがあって、中書省の胥吏はその辺の意味を心得ており、得・失・保留は言われなくとも了解していた。王黼が政権を握ると、大概は「中」と書いたが、必ず再呈出の条件をつけた。不採用の場合は、横棒に一筆を加えて「申」（上級での審査）とした。虚偽心労、結局は本当は獲得できる人に、初発から疑念を抱かせ不快感を与えた。これでは栄誉をあさるのもむなしい限りだ（巻中五四頁）。

〔蔡京親奉聖語瑶華復位劄子〕

とどめの矢は、直秘閣・厳州通判黄策（一〇七〇―一一三二）が紹興二年に平江府（蘇州）で売り出した蔡京の籍没財物中に含まれていた一通の上奏文の草稿である。趣旨は、運命の悪戯に弄ばされた孟皇后（哲宗の皇后）の復位に関するもので、即位直後の徽宗に手渡された。

黄策が平江府で売りに出した蔡京の籍没財物中に、蔡京が聖語（徽宗の言葉）を奉じて自ら認めた草稿があった。元符三年（一一〇〇）五月十日、召されて内東門小殿に出向くと、徽宗が「廃后（孟皇后）が長い間瑶華宮におり、皇太后（神宗の向皇后）は深い憐憫の情を懐いている。今、その位号を復活させようとし、卿を召して制（詔敕）の草稿を書かせた」という。

蔡京は「臣、さきに廃后の詔の草稿を認め、今また復后の制を書けば、自分は罪無しとはいえないのでは？」という。徽宗が「これは卿にかかわる事だろうか？　皇太后もこういう〝さきに先帝（哲宗）は后を廃したが後悔の念があり、その旨を皇太后に伝えた〟と。今、先帝は崩御した。生前の御意向をくんで、位号を復活させることは理の当然である」と。

蔡京は対《こた》えていう「古えより二人の皇后はありえない。今日、皇太后の恩恵となれば、理として支障はない。ただ、自分の理解するところでは、復位（孟皇后）があれば必ず廃位（劉皇后＝哲宗の元符皇后）がある。それにつき、徽宗皇帝の御意向が奈辺にあるのか判らない。孟皇后を復すればどんな害があろうか？　劉皇后を廃すればどんな益があろうか？」と。徽宗がいう「元符皇后は先帝が立てられ、位号も定っており、どうして廃することなどできようか？　廃すれば、先帝の過失を顕らかにすることになる」と。蔡京がいう「聖意は右の通りで、天下は幸甚である。元符皇后をそのまま存続させると、朝廷にとって何の害があろうか？　もし廃すれば、先帝に怨恨を懐く人々を喜ばすだけだ。朝廷にとって、存廃は利害がない。恭しく徳音を聞けば、陛下にとっては兄弟の義を尽くし、皇太后にとっては母愛の仁を敦くすることになり、天下は幸甚である」と。

蔡京の心を忖度すると、当時、一時的にはやった議論をくだくだと述べ立てているにすぎない。多分、昭懐（劉皇后）に功労を立てるのを標榜したかっただけのことである。はじめから昭慈聖献（孟皇后）の廃位など意に介さなかった。哲廟（哲宗）はきっと後悔しているはずだ。

紹興初、高宗は蔡京の親書を手にして、詔を下した。「隆祐皇太后（孟皇后）は仙界に行き帰らず。いつまでも殯《かりもがり》というわけにはゆかない。永らくの内助の功を懐い、できる限りの崇敬の儀を行おう。紹聖末に恥辱をうけて瑶華宮に退居し、建中靖国期に復位を願った。ここで徽宗皇帝の慈愛の思いを示そう。姦臣（蔡京）が制策を担当するため、事実が消滅して不問に付された。誹謗を洗い落さなければ、久しい年月を無駄にすることになる」と。

紹興三年八月に、鎮潼軍節度使・開府儀同三司・信安郡王孟忠厚（孟皇后の兄）は、消滅して不問に付された事が世間に知れわたっていないため、蔡京の進呈した聖語収録の草稿を史館に交付してほしいと願い、高宗はそれを諒とした（巻中六六頁）。

蔡京にとっては、孟皇后の復位や劉皇后の廃位など、どうでもよい問題であった。要は、登極直後の徽宗と向皇太后にどう取り入るか、であった。徽宗との問答は、その辺の事情を如実に写し出している。後半の高宗の詔は、『要録』巻四四紹興元年五月己亥に詳述されている（『会要』后妃二にも関連記事がある）。それによると、詔の中の「姦臣」は蔡京だけでなく、章惇（一〇三五―一一〇五）も名指しされている。

剳子の出売人黄策は蘇州人で元祐六年の進士。元符三年孟皇后の位号復活のさい、その大義名分をめぐり上書して蔡京の怨みをかい、崇寧初に党籍に入れられた。荘綽は自身の言葉で蔡京・章惇を批判はしていないが、高宗・黄策・孟忠厚の言動を介して弾劾している。ちなみに、孟忠厚の孟皇后復廃に関する発言は『要録』巻六七紹興三年八月辛丑にみえ、そこでは黄策擁護の姿勢がみてとれる。

〔章子厚斬侮朝士〕

高宗に姦臣と名指しされた章惇に対し、荘綽は冷淡な眼差しを向けていた。

章子厚は宰相の位につくと、官員を嘲笑侮辱した。かつて一人の侍従官を高麗に派遣しようとしたが、その人は再三にわたって辞退する旨申し出たが、許されなかった。ついに都堂へ赴きじかに懇願した。章はいう「公の陳述には誠意が感じとれないので、許可しないのだ！」と。その人はいう「某《それがし》の陳述は、真情にもとづいている」と。章は笑っていう「公は自らの心を推し量り、本当は海に出るのが怖い、となぜ言わないのか？」と（巻下九五頁）。

章惇、字は子厚。嘉祐四年の進士。王安石に重用され、元豊三年（一〇八〇）、参知政事となる。紹聖元年（一〇九四）、哲宗の親政に伴い、宰相に抜擢された。蔡京・蔡卞を登用し、青苗・免役等の新法を復活させ、元祐党人を排撃した。哲宗が死ぬと、徽宗擁立に反対したが、結局は睦州（浙江）に放逐された。

〔挙主累門生〕

楽律に精通していた周邦彦（一〇五六―一一二一）と劉昺。この両人の間で墓碑銘・潤筆料・自代（高級官僚が一名の人材推薦権をもつ制度）といった利害得失のからむ問題につき応酬が交わされた。荘綽は周邦彦の言葉を借りて、蔡京人脈の劉昺に批判を浴びせている。徽宗朝の一逸話である。

かつて周邦彦待制は劉昺の祖のために墓碑銘を書き、白金数十斤の潤筆料を渡されたが、受け取らなかった。劉昺は報ゆる術が無かったが、戸部尚書になったので、自代の形で周を推薦した。後に劉昺は王寀妖言事件に連座して罪を負った。美成（周邦彦）も職位を下げ、知順昌府から宮祠となった。周は笑いながら周囲に「世間では門生（周）が挙主（劉）に迷惑をかける例は多い。それがし邦彦は挙主から迷惑をかけられたわけで、変な話である」と告げた（巻中七〇頁）。

周邦彦、字は美成。銭塘（浙江）の人。重和元年（一一一八）、徽猷閣待制にのぼる。ほどなく知順昌府から処州に徙された。劉昺、字は子蒙。開封東明（河南）の人。元符三年の進士。楽律に通じていた兄煒の没後、蔡京は昺を大司楽に抜擢。政和中、戸部尚書に進む。王寀事件に連座し、瓊州に貶された。

〔王黼攘余深位〕

靖康元年（一一二六）に簽書枢密院事つまり執政にまで昇進した曹輔（一〇六九―一一二七）は、それに先立つ宣和年間に徽宗の微行を諫め、編管郴州に貶された経歴をもつ。実はこの件で宰相余深・王黼を相手に押問答があり、それが災を招いたわけである。その詳細は、『宋史』巻三五二曹輔伝にみえる。荘綽は、徽宗を加えた四者間において、別件で応酬のあったことを披露している。周知の通り、余深・王黼は蔡京人脈につながっており、荘綽は私見を交えずに淡々と客観的事実を並べ、両人に批難の眼を向けている。

宣和中、余深は太宰（尚書左僕射）、王黼は少宰（尚書右僕射）であった。当時、徽宗は微行することが多く、司諫曹輔がこれを言い立てた。ある日、徽宗は王黼を呼び留め、曹輔はいったいどこから情報を手に入れたのか、と問うた。王黼は答えて「輔は南剣（福建）の人。ちょうど余深の家の門客は輔の兄弟であって、余深との会話が輔にもれたのです」といい、徽宗はそれで納得がいった。即座に開封府に命令を下し、余深の門客を捕え、身を拘束して本貫に護送した。内外ともども驚き恐れたが、本当の訳は知る由もなかった。

一方、余深は失脚するのを懼れ、己れが寄宿人と会話を交わすことなどあろうか？　更に曹輔は門客と同姓同郡であったとしても、実は親族なんかではない、と主張した。しばらくして、王黼ひとり玉帯を下賜され、余深は辞任を申し出て、それが認められた。王黼が余深の位（太宰）をぬすみ取る結果となったわけである（巻下九〇頁）。

余滴。前述の『宋史』曹輔伝にみえる余・王・曹の間での押問答は以下の通り。曹輔の徽宗微行を諫める上疏をうけて、徽宗は宰相にそれを提示し、都堂にて審問した。

太宰余深は「輔は小官にすぎないのに、何で大事を論ずるのか？」と。曹輔は「大官が言わないから、小官が言うのだ。官に大小があるが、君を愛する心は一つである」と応ずる。少宰王黼は「微行の事実があるのか？」と。曹輔は「この事実は巷の細民でも知らない者はいない。相公（王黼）は国政に携わるのに、ひとり知らないのか？　こんなことを知らないで、なぜ宰相に任用されているのだろうか？」と応ずる。王黼は激怒して上奏し、曹輔を郴州へ追いやった。

〔道士吟紙鳶詩譏呂恵卿〕

蔡京・章惇・秦檜に互して『宋史』姦臣伝に不動の位置を占める呂恵卿（一〇三二―一一一一）も、荘綽の批難の標的とされた。字は吉甫。嘉祐二年の進士。熙寧二年（一〇六九）、王安石に招かれ、青苗・免役等の新法の制定に参与。七年、王安石がいったん相を退くと参知政事となり新法を推進。「護法善神」と称された。王安石が宰相に復帰すると、両者の関係は悪化し、知陳州・延州・太原府に出された。哲宗即位後、蘇轍・劉摯等から弾劾され、安置建州へ。徽宗時、事に坐して安置宣州から廬州に貶さる。

呂恵卿吉甫は英才と自負するが、長い間排斥されて地方に出されていた。大観中、やっと召されて京師にもどり太一宮使となる。時に年八十歳。宰相以下の高官を見渡すと、みんな後輩ばかりで、自らうぬぼれて意気軒昂。

ある日、大勢の客を接見したが、その中に道士がいて、宗人（宗廟・祭祀を掌る官）と自称し、礼節は粗略である。呂はそれを目にして心穏かならず。そこで、何を得意とするかと問うと、作詩だという。

呂は空中に紙鳶が飛ぶのを見て、これを詩題として詩を作れという。道士はよろしいと答えて、「颪相い激するに因りて雲端に在り、擾擾たる児童、面を仰ぎて看る。絲多きが為めに便ち高放すること莫く、也た風を防ぐこと緊《きび》しく卻って収むるは難し」と。

呂はこの詩が己れを譏っていると知り、きまり悪そうな表情で客人に目を向けたが、そこにもう道士はいなかった。その風骨は世間に流布する呂洞賓（唐末の道士）の似顔絵そっくりであったが、人々は本当かしら？　と疑った（巻下一一二頁。入矢義高訳がある）。

呂恵卿が大観中に宮使となって帰京したことは、王銍『黙記』巻下にみえる。大観四年（一一一〇）、張商英（一〇四三—一一二二）が宰相となり、徽宗に推薦して実現した人事であった。

呂恵卿に請われて道士がものした詩賦は、起伏に富んだ呂の官歴を、浮游する紙鳶に仮託したものであった。風采が唐末の高尚な道士呂洞賓に類するという説もあるが、人々はそれを信じなかった、と荘綽は極め付けている。

〔蔡確盛衰皆以詩〕

蔡確（一〇三七—一〇九三）。卑官から身を起こし、最高位は元豊八年（一〇八五）哲宗即位直後の尚書左僕射兼門下侍郎（宰相）であった。位人臣を極めたわけだが、王安石との関係では、追従であったり離反であったり、一貫性はなかった。が、基本的には新法党である。

晩年は、元祐元年（一〇八六）に宰相司馬光によって知陳州から知安州に放逐された。更により劣悪な英州別駕から安置新州に貶され、そこで没した。その生涯は盛衰浮沈、変転きわまりない様相を呈した。

蔡確持正は始めの頃、京兆府司理参軍であった。たまたま韓子華（韓絳）が陝西安撫使として出鎮するさいに立ち寄ったので、宴席を設けた。蔡は即興詩を作り、うち「儒苑（文壇）に昔は唐吏部（唐の韓愈）を推し、将壇（武壇）に今は漢将軍（漢の韓信）を拝す」の句があった。韓は喜んで蔡を推薦し、京官に改めさせた。蔡は元豊中、宰相の地位にまで昇りつめた。しかし、元祐初、知安州に貶された。

庭園の後方に浮雲楼があって、楼の下は急流の河であった。そこで十詩を詠み、うち「葉底、巣を出づる黄口閙《さわが》し、谿辺、隊を逐われし小魚忙し」の句が含まれていた。更に一絶句があり「矯矯たり名臣郝甑山、忠言直節たり上元間。釣台蕪没し、何処なるかを知らん、歎息せる斯公、碧湾を撫す」と。

時に宣仁聖烈皇后（英宗の高皇后）が朝政を掌握していた。知漢陽軍呉処厚が右の詩句に注釈を施して上呈したため、蔡は謗訕《そしり》の罪に坐して新州に貶され、そこで死んだ。蔡が自らの始終盛衰を詩句で表現したのは、異才というべきである。ところで、元祐党人の禍いが蔡から始まっており、ほぼ牛僧孺（七七九―八四七）・李宗閔（？―八四三）の策略に類似している（巻下一〇六頁）。

最初の即興詩は、名臣韓愈・韓信を引き合いに出して、同姓の韓絳に阿附迎合したもので、これが蔡にとって「盛」へ向って浮上するキッカケとなった。続く十詩の二句は「衰」へ向って沈下するキメテとなった。明・蔣一葵『堯山堂外紀』巻五一はこれに評言を付している。「葉底」で始まる句のうち、「谿辺」は「波間」に作る。全体を「新進用事の臣を譏る」と断じる。そうなると、「黄口」（雛鳥）や「小魚」は、元祐元年高太后の垂簾聴政下で檜舞台に躍り出た宰相司馬光以下の旧法党官僚の比喩となる。

絶句の方はどうか？　宰相郝甑山（諱処俊六〇七―六八一）は、唐高宗が武后の摂政を望むと、極諫して断念させた。上元二年（六七五）のことである。ここでは、高太后を武后に喩えている。そのことが、呉処厚の注釈を介して高太后の激怒をかい、新州へ貶される直接のキッカケとなった。ちなみに、呉処厚は蔡確の詩作の師匠であったが、蔡は宰相になると呉を引き立てず、両者は険悪な間柄となっている。「矯矯」は高い志をもつこと。文末の「元祐党人云々」の件は、晩唐の「牛李党争」に類似しているという指摘である。

荘綽は蔡確の詩才は評価するものの、元祐党人を迫害した元凶の一人として断罪している。なお、蔡確は『宋史』姦臣伝の劈頭に顔を出す人物である。

〔宋煇謬政士民詆悪〕

『春明退朝録』の撰者・『唐大詔令集』の編者宋敏求（一〇一九―一〇七九）の孫に宋煇という人物がいた。煇は紹興二年（一一三二）正月十七日から十二月十四日まで、知臨安府を務めた。このほぼ一年間、首都の臨安府では強盗・失火が頻発した。煇は首都の長官として、その対応に追われたわけだが、失火といっても実は放火であった（『会要』刑法二―一〇九紹興二年三月四日）。結局、「救火無術」を事由に、十二月に罷免された（『要録』巻六一紹興二年十二月庚子）。

本項は煇の容貌・挙措・治政を軽妙洒脱の筆致で描いている。字数は中程度であるが、豊富な内容がぐっと凝縮され、小粋な短篇小説みたようで、荘綽の語部としての才覚がいかんなく発揮されている。

宋煇、字は元実。春明坊宣献公（宋敏求）の族子。体躯が大きくて黒く、ほかにはこれといった特長もなかった。かつて、揚州で高宗を手助けして舟に乗せ、長江を渡ったという記録がある。発運使をへて秘閣修撰の肩書で知臨安府となった。

士民は悪口を浴びせて、煇を「油澆石仏」（油まみれの石仏）と称した。もっとひどい場合は、「烏賊魚」（墨イカ野郎）と呼んだ。その色は黒、その政は残、その性は愚、を表わしている。また賦を作って、「身に紫袍を纏うのは、容姿と服装が釣り合うからで、黒馬に乗るのは、人と畜が一体となっているからである」と。更に隠語を用いて煇を罵っていう、「臨安城中に生きた畜生が二個。一個は上面に坐し、一個は下面を行く」と。煇がいつも黒馬に乗っていたからである。

ある時、船乗りが士人一家を殺すという事件が起って、府からの情況報告書では、「風濤をうけて損失せり」とあった。煇は更めて尋問せず、すぐに報告書をそのまま判決文とした。後にこの事件の真相は厳州で発覚するが、さきの報告書を持ち出して、自明のことだ、と断じた。事件を再調査してみると、この舟は実に前後で二十余家を殺害していた。

さて、臨安では二度にわたって失火があり、府中はほとんど全焼した。人々は、府中に「送火軍」があるので、火の神に襲われたのだ、と陰口をたたいた。つまり、煇の名前を分析して、火軍の語を作ったわけである。結局、諫官によって煇の悪政が発かれ、罷免となった。

それから数か月たらず、今度は沿海制置使への任命が浮上した。昔、煇は高宗の乗船を手助けした功があり、簡（人事権）は上心（君心）にあるので、それに期待をよせた。しかし、諫官はそれを許さず、任命は日の目をみなかった（巻中五四頁）。『雞肋編』は宋煇を宋敏求の族子（同族兄弟の子）とするが、『要録』巻二九建炎三年一一月辛未では孫とある。また、知府罷免後に沿海制置使として復活する案があったようだが、これを裏付ける傍証はない。ただ、この軍職は、紹興二年五月に新設され、翌三年六月に廃されており、時期的にはピッタリである。職掌は、海船と水軍を統領し、通州から福建沿岸までの防衛を担当した。なお、宋敏求に冠せられた「春明坊」はその邸宅のあった処、「宣献」は諡である。

〔両来子与二形人〕

北宋末から南宋初にかけての四人の大官にまつわる逸話である。新法党の宰相章惇に阿附した侍御史来之邵。宰相呂頤浩と、その下で紹興三年二月に同時任命となった参知政事席益、簽書枢密院事徐俯。

来之邵は優柔不断派と批判され、席益は両面派のレッテルをはられた。呂と徐は脇役にすぎない。

元祐末には紹述（新法復活）の議論があった。時に来之邵が御史となり、議論に当っては煮え切らない場合が多く、世間は来を「両来之」（優柔不断派）とみなした。紹興中、呂元直（呂頤浩）が宰相となり、にわかに席益を招いて参政とした。ために、席は恩を感じ、助勢に尽力した。

一方、徐師川（徐俯）が簽書枢密院事におり、高宗の信任をえていた。が、呂とは気が合わなかった。席は陰で徐と結び、時に「二形人」（両面派）と号された。つまり、陽に呂に従い、陰に徐と交わるの意である。呂はすでに中央から離れ、席は刺虎の術（一挙両得）を弄そうとしたが成就できず、逆に地方に放逐された。士大夫はみんな快哉を叫んだ（巻中七一頁）。

「紹述」とは、元祐八年（一〇九三）旧法党の後盾高太后が死に、哲宗の親政が始まると、父神宗の成法を紹述（継承）するのを名とし、次年を紹聖と改元したことを指す。新法党の章惇を宰相に起用し、旧法党を追放した。「両来之」は、二人の父親をもつ人。転じて、複数の意見を聞いて、自分の考えがまとまらない人。「二形人」は雌雄両性人。ここでは両面派の意。

「刺虎の術」は『戦国策』秦策二にみえる。戦国時、陳軫が秦恵王を説くに、卞荘子の刺虎の例を喩えとす。まず斉と楚が交戦するのを待ち、両者が敗れ傷つくのに乗じて兵を進めよ、と。そこから一挙両得の意となる。ここでは、斉・楚を呂・徐に比定している。

〔王大節悪報〕

建炎三年十月、金軍の一支隊が寿春府（安徽）を襲撃し、府城は陥落する。これより以前、すでに知府鄧紹密は死亡しており、淮南西路提点刑獄閻門宣賛舎人馬識遠に交替していた。馬はかつて金に使したことがあり、金の将軍はそのことを承知しており、開門を要求した。司法参軍王尚功も馬に投降を促した。しかし、府人が馬に異心あり、と騒ぎ立てたため、馬は懼れて城内から出ず、府印を通判府事朝散郎王攄に授けた。王攄は開門して金に投降した。ところが、金兵は入城せず、金将周企に府事を委ねて南行する。

翌年、王攄は無頼少年を唆して馬を謀殺した。その結果、王攄は通判から知寿春府に昇格し、通判には従政郎淮南西路安撫司主管機宜文字王大節が就任する。右の経緯は、『要録』巻二八建炎三年一〇月戊戌及巻四〇建炎四年一二月癸未にみえる。本件を荘綽は一貫して王大節を主人公として筋書をつくり、前半（建炎初）と後半（紹興二年）の二部構成とする。

前半は『要録』の記述と重複するが、寿春府を開門して投降した通判王攄には一切ふれず、投降を拒んだ馬識遠と混同している。つまり、本項の前半は史実との関係で誤解をまねくおそれがあり、予めそのことを断っておきたい。

建炎初、車駕が揚州から長江を渡る。金人の分兵が寿春府に迫ると、民衆は知府馬識遠を脅して投降させようとした。しかし、馬は拒否し、兵を率いて城を守り、ついによく保全した。金虜が退却すると、さきに投降をすすめた連中は、逆に心穏やかならず、知府を殺して自らの失態を掩いかくそうとし、「もし知府が生き残れば、我々は生命を完うできない」という。幕官王大節がいう、「知府には家属がいるが、彼等をどうするか？」と。そこでみな殺しにして、大節を推挙して当座府事を担わせることとした。知府は率先して金に投降し、金兵が退いてもなお宋の年号建炎を用いるのを肯んじなかったので、その旨朝廷に奏上したため、大節を正式に通判に抜擢し府事を担わせた。

紹興二年、大節は徐兢明叔と共に孟庾の幕中にいた。ある日、大節は徐と禅問答を行い、「禍福のこと、報応有りや無しや？」という。徐は「まだ返済しおわっていないのなら、すぐに滞った債務を償うべし」と答える。大節がいう「どうしたら脱却できるだろうか？」と。徐が答える、「法心を覚了《さとる》すれば、一物にも執着すべきではない。趙州和尚の言に〝放得下時《ほうっておけば》、都没事《なんでもない》〟と。もし放不下《ほうっておかないと》、負債に悩まされ、どうしたら逃がれられようか?」と。王は赤面した。

翌日、王は食事を用意して徐を迎え、寿春の事件を密告して、「これからでも脱免できるや否や?」と。徐は「趙州の言うとおり、放得下《ほうっておけば》、可能である」と。翌日の朝、徐と同官王昌とで大節を訪れると、たちまち「病来る」といい、更に「了不得《たいへんだ》、了不得《たいへんだ》、とりあえず我を救え!」と叫び、ついに仆れた。

二公は艾を取り出して、その臍中に灸をすえ、三四壮(壮＝灼)すえると、びっくりして起き上がり、「罪過を知れり、罪過を知れり」と叫び、ついで「且《しば》らく我を放っておいて」という。言語は入り乱れ、すべてを記すことはできない。二公は驚いてとび出すが、哀れみ懇願する声だけが聞こえ、しばらくして死んだ。孟と徐は、よくこの事を話題にのぼせた(巻下一二〇頁)。

後半の紹興二年の事柄は『要録』その他の資料にはみえない。孟庾、字は富文。紹興元年、試戸部尚書から参知政事へ。二年、福建江西荊湖宣撫使を兼ぬ。五年、知枢密院事となり、観文殿学士知紹興府へ。九年、河南府路安撫使兼知河南府。十年、東京留守知開封府の職にあって金に投降したため、官職を奪われ、家属は漳州に徙された。

徐兢(一〇九一―一一五三)、明叔は字。政和中、父の恩蔭で通州司刑曹事。ついで摂知雍邱県・原武県。宣和六年、国信使提轄官として高麗への使者に随行し、『宣和奉使高麗図経』四〇巻を撰す。帰朝後に徽宗から同進士出身を賜わる。ついで大宗正丞事兼掌書学へ。書法に巧みで、山水人物画にも秀でる。趙州和尚（七七八―八九七）、本名は従諗。唐の高僧、諡真際禅寺。青州臨淄（山東）の人。趙州観音院に住み、世々趙州禅師と称された。

荘綽は金に対する和議派に冷淡で、王大節についても因果応報で死亡したとする。

〔霊壁石・太湖石・巧石〕

徽宗を名指しで批難しているわけではないが、人民を塗炭の苦しみに追い込んだ花石綱を主題とし、名石の末路を淡々と描くことで、実質的には皇帝を難詰する筋書となっている。

上皇（徽宗）は始め霊壁石（安徽）を愛でた。ただ、この一枚だけでは寂しいので、遠く太湖からも採取させた。ところが、湖の石は粗大であった。そこで、後に衢州常山県南私村（浙江）でも掘り出させたが、この石は高峰にあって青く潤いがあり、机上に置くのに適し、巧石といえた。巧石の大きいものを重ね合わせて山岳の形を作り、上部に殿亭を設けた。その用途は広く、採石はひっきりなしで、運搬船の隊列がとぎれることはなかった。

淵聖（欽宗）は即位すると花石綱をやめ、石は河川に沿う道傍に委棄された。金人が都城を包囲すると、城中には弩から発射する機石が乏しく、花石が砕かれて使われた。金虜が去ってから、晁説之以道舎人は東行して符離（安徽）に到達した。そこで高況という男が二石を晁に贈った。晁は詩作で謝意を伝え、「泗浜の浮石、豈に好からずや？　悵たる上、方に眷を承くる時、今日、道傍誰れか著眼せん？　女牆猶お得て胡児に擲うたん！」と（巻中七四頁）。

「金人囲都城」とは靖康の変をさす。晁説之、字以道（一〇五九―一一二九）は靖康初に中書舎人となる。官終は徽猷閣待制兼侍読であった。すでに「好評の部」で登場ずみである。荘綽は自分より二十歳ほど若かった晁説之に好意的であった。泗水のほとりの浮石を主題とする晁の詩句に託して、徽宗を難詰している。「悄悵」は失意によって悲しむさま。「上」は徽宗、「眷を承くる」は懐しさにひたること。「女牆」は城壁上に穿かれた小牆。

〔銅頷鉄顙〕

民間の謡言を介して、両宋間の軍閥―韓世忠・劉光世・張俊―を揶揄する。また「花腿」とよばれる兵卒間の刺青風俗を悪習と極め付ける。要するに、荘綽にとっては、軍閥は手に負えない輩であった。

車駕が長江を渡った時、韓世忠・劉光世の軍隊はすべて出征中で外部にいた。ただ張俊の軍隊だけが、行在に常駐していた。兵卒のうち若くて大柄な者を選んで、尻から足にかけて刺青を施す。これを「花腿」とよんだ。以前、都の開封では浮浪の輩がこの刺青を誇りとしていた。

今、この風俗を踏襲し、兵卒を他軍に逃がさないための証拠とした。しかし、刺青を彫るのは苦痛をともない費用もかかり、人々はこれを怨んだ。それだけではない、邸宅や廊廡を造営したり、太平楼という名の料亭を作ったり、花石を運搬するにも、すべて兵卒を使役した。兵卒たちはこぞって、「張家の軍営では訳もなく、例の花腿の連中に石をかつがせる。二聖（徽宗・欽宗）がまだ救出されていないのに、行在では太平楼が建てられる」と謡う。

紹興四年夏、韓世忠が鎮江から行在に到る。配下の兵卒はみな装備を整え、銅の面具をつけていた。軍中では戯れて、「韓太尉は銅の面具、張太尉は鉄の面具」とはやしたてる。世間では、廉恥心がなく他人を畏れない者を鉄頷とよんだ（巻下九二頁）。

「太平楼」は『武林旧事』巻六酒楼にみえる。「二聖」との関連で二聖環があり、金に拉致された徽宗・欽宗の北からの帰還を願って軍旗に施した図案である（『貴耳集』巻下）。韓世忠が鎮江から来朝した記事は、『三朝北盟会編』巻一五九紹興四年五月にある。

〔韓世忠軽薄儒子〕

韓世忠を主役にすえ、前半は高宗との対話、後半は沈晦（一〇八四―一一四九）との応酬を紹介する。なべて、韓の傍若無人ぶり、横暴さを浮き彫りにする。高宗は韓に手を焼き、沈晦は韓から愚弄される。荘綽は韓に冷ややかで、帝と沈には同情的であった。

韓世忠は儒士をバカにして、常に彼等のことを「子曰」とよんだ。主上（高宗）はそれを耳にし、上朝の折りに「卿は文士のことを〝子曰〟とよぶと聞いたが、それは本当か？」と問うた。世忠は答えて「臣、今は改めました」と。主上は喜んで、世忠が儒士を崇敬しているからだ、と察した。ついで、世忠が「今は萌児（小僧っ子）とよんでいます」というと、主上はにっこり笑った。

後に鎮江の帥（両浙西路安撫使）沈晦は金虜が退却した祝宴に招かれ、じしん感慨を吐露して、最後に「飲酒しおわった三軍は楫を撃って宋朝の安泰を誓い、江を渡って退却した金軍の太鼓の響きは雷のようだ」と。韓はこれを聞いて、すぐに意味を理解し、「給事（沈晦）よ！　世忠はどうしても淮水を渡らないわけにはゆかない」と。

ほどなくして自ら起ち上って大盃の酒を勧め、ついで並いる諸将に競って献盃を強いた。沈は献盃に耐え切れず、嘔吐を繰り返した。後になって、沈は属僚に対して、かりに盃に酒が満たされなくとも、飲みほすことを許した。韓は怒って、「萌児ども、結局は互に身を護るのか！」と。更に沈をからかって、「給事を誘導して辺境へ行かせ、引惑（厄介事を惹き起こす）するのをやめさせよう」と。

つまり、さきの沈の感慨吐露を指して「引惑」と極め付けた（巻下九五頁）。

「子曰」が孔子や『論語』を示唆するのはいうまでもない。英語でジーザス・クライスが罵倒語であるのと同類である。沈晦、字元用、号胥山。杭州銭塘の人。金軍が汴京を攻略したさい、いちじ金の捕虜となったが、建炎元年に帰還をはたし給事中を授けられた（『要録』巻三同年三月戊午）。紹興四年、知鎮江府・両浙西路安撫使に起用さる。後に広西経略使兼知静江府となり、辺境問題で政績をあげた。

文中、沈を「給事」「帥」といっているのは右の官歴をさし、「引惹辺事」もその政績にかかわる。ちなみに、「撃楫」は晋の祖逖が兵を率いて北伐し、長江中流を渡り、船の楫を撃って、中原の収復を誓ったという故事に依拠する。

〔趙舜輔以東坡詩得罪〕

南宋初、趙希元と趙令衿、この宗室の二人の詩吟をめぐっての交流と絶交を主題とする。結局は、二人とも失脚の憂き目をみることになる。趙希元（字舜輔）は伝記がいま一つ判らず、『要録』では建炎元年一二月甲子に「入内高品」の肩書で登場するにとどまる。

一方、趙令衿（字表之。諸資料は「衿」につくる）は、靖康初、軍器少監となるも、言葉が旨に忤い、官を剝奪された。紹興七年、都官員外郎。張浚の罷任にさいし、令衿はその留任を請い、再び官を剝奪された。秦檜に疎まれ危険が身に迫るも、秦檜の死で救われる。二十六年、明州観察使。安定郡王に封ぜらる。

宗室の趙舜輔希元は詩文を自負し、つねに東坡を手本とした。居所・居室はみな東坡の言葉を借りて命名した。かつて、亭下に芍薬を種え、蘇東坡詩に「亭下にて余春に殿たり」の句があったので、殿春亭と表示し、横書きの木札を作って、そう記した。同僚の中にそれを悪む者がいて、彼の家には亭春殿（春の到来を停滞させる建物）があると批難した。ために、衢州兵官に放出される羽目となった。当時、やはり宗室の趙令衿表之が西安（浙江衢州）に寓居し、彼も吟詠を趣味とし、日頃希元と詩の出来映えを批評し合った。後に令衿は浙西憲に任命される。希元はその短気を軽蔑し、令衿からの疑いの目を避けるために、敬遠した。舜輔は厳州（浙江）に移され、令衿も浙西憲を免職となった（巻下一一三頁）。

蘇詩の句は「雨晴後歩至四望亭云々」にみえ、「殷勤なる木芍薬、独り自《みづ》から余春に殿す」とあり、

「殿」（後に居りて突出するの意）の主語を木芍薬とする。希元は「殿余春」を借りて「殿春亭」と名づけた。同僚はこの三字を逆さにして、「亭春殿」なりと難じ、それが希元失脚の因となったという。令衿の肩書「浙西憲」は、彼が紹興十年二月に浙東提刑に就いたことをさし、正しくは「浙東憲」である（『要録』巻一三四、一〇年正月辛卯の双行注）。

〔迪功郎〕

『雞肋編』の中に衢州（浙江）の地名が頻出し、十指に余る。解毒作用をもつ五倍子という植物、春季の黄沙の害、造酒に使う石灰、喫菜事魔の余五婆の本貫等々、話題はいろいろである。荘綽が衢州に足跡を残したことは判っているが、それ以上の詳しい事情は不明である。衢州開化県人の迪功郎周曼の傲慢さに呆然とする話もその一つである。

周曼は衢州開化県孔家歩の人。紹興二年、特奏名で右迪功郎を与えられ、潭州（湖南）善化県尉を授けられて京朝官ポストを待つこととなる。ある人が柬（書翰）を人に持たせて周官人の家をたずねさせた。曼は怒って、「俺は京朝官の宣教郎だ。なんで、官人（蔑称）と喚ぶのか？　この場は汝の主人の顔を立てて、汝を県に送って棒たたきにするのはやめておこう」という。

また、かつて夜間に県内の霊山寺に出向いたさい、知事（住持）が出迎えなかったので、呼び出して捶《むちう》ち、「俺は国家の役人だ。なんで、このような無礼な扱いをするのか？」と。そして、上奏文を認めて送ろうとした。僧侶たちが拝み倒し、周の下僕に賄賂を手渡して事無きをえた。

さて、曾乾曜に醜奴児詞十三首があって、すべて地方の風物を詠んでいる。その一つにこうある。「不意に相手に目を向けると、なんと赤帕《あかずきんちゃん》那の迪功郎児ではないか。気位ばかり高い権《かり》の県尉は、下役を呼びつける。宣教郎を引き受けた暁には、無限の威儀があろう。以前からの知り合いではないが、奉命したのにどうして揮わないのか？ 両省八座・横行正任といった文武の大官は、かえって不快感をあらわにする」と。今、周の所為を観察すると、彼が曾の詞を咀嚼できれば、富貴への途を辛抱できように！（巻上三一頁）。

「右迪功郎」は選人最下位の文散官。政和六年（一一一六）に従前の将仕郎を迪功郎と改称した。紹興二年に、左迪功郎・右迪功郎・迪功郎に三分された。「官人」は本来は男子の尊称。ときに妻や婢僕の主人に対する呼称。ここでは、南宋における官職の価値下落にともない、侮蔑の意味を含む。「宣教（郎）」は文臣京朝官の第二十六階。政和四年、従前の宣徳郎を宣教郎と改称した。紹興元年に、左宣教郎・右宣教郎・宣教郎に三分された。

いうまでもなく、選人と京朝官の間には大きな壁があった。そのことが、本文の行間に映し出されている。「知事」は僧職名。僧院の事務を管轄する。南宋では住持をさす。「両省八座」は『朝野類要訳註』五二、五三頁参照。「横行正任」は『宋史選挙志訳註㈡』六四八条（四）参照。

〔曹孝忠子与趙仲輗等伝笑諸事〕

無学三題話。第一話は任子制（官僚である父祖の恩蔭で子孫が官を得ること）で文官となった医者曹孝忠の子。第二話は長兄から告発をうけて官を罷免された宗室趙仲輗。第三話は提挙学事官の楊通。三人とも、荘綽からみれば笑い草である。

大観中、曹孝忠という医者がいた。幸運に恵まれ、任子でもって子を文官にすることができた。その子は抜擢されて館閣に席を得た。彼は父と罵り合った末に、館中にやってきた。気はまだ収まらず、ひとり塀際に座る。時に秋の陽射しが強烈で、それを浴びたまま動こうとしなかった。同僚が怪しんで、「なぜ負暄する（炎天を避けない）のか？」と問うと、激怒して「家庭内の秘め事だ。貴公にかかわりはない！」という。質問者は始めは何のことか判らなかったが、しばらくして納得し、笑いをこらえられなかった。その後、彼は他の官職へ移された。

宗室の趙仲輗は知大宗正司であったが、待漏院を大小（小字は添えただけ）字とした。この類の失敗が多く、長兄の趙仲忽が上奏し、仲輗を罷免とした。これは前世の澆手・弄聲・聚憂・伏猟と同じことである。

楊通なる者がいて、提挙学事官に就いていた。上殿劄子（上奏文）にいう、「人臣にして主斧を持つは、名器を僭紊す」と。遂に禁止とし、後続の敕の中からは削除した。これまた笑うべきことである（巻上三頁。中嶋敏訳がある）。

曹孝忠の子は負暄を音通の負脊（親子の仲違い）と錯覚した。趙仲輗は待漏院を大漏院と誤記した。楊通は柱斧（朝官が所持する水晶の小斧）を主斧と間違えた。

なお、第二話の件で、前世の四種の類似例をあげている。「弄麞」は訛りで弄璋（男子出生）とすべきである（『旧唐書』巻一〇六李林甫伝が出典）。「伏猟」は正しくは伏臘（夏季と冬季の祭祀）である。これを誤読した戸部侍郎蕭炅は、後世に無学大臣の典故を供した（『旧唐書』巻九九厳挺之伝）。残りの二種は未詳。

〔督無目・軍出頭〕

無学の続編である。徽宗の寵信をうけ、開府儀同三司つまり文官の最高峰にまで登りつめた宦官梁師成の無学ぶりである。

杭州は方臘の乱に遭い、城壁の高楼や州宇（役所）はすべて焚かれた。翁彦国は仏寺を壊して新舎を建てた。そして、梁師成に寧海軍と大都督府の二つの牌榜を書かせた。ところが、軍字の中心の一筆は上部が突き出ており、督字の下部は日となっていた。当時、「督に目無く、軍は頭を出だす」といわれた。ついで叛卒陳通の乱が起こり、この二牌ははずされて焚かれた（巻下九一頁）。

翁彦国、字端朝。崇安（福建）の人。宣和四年（一一二二）、知江寧府から知杭州へ。一旦は知州を離れるが、靖康元年（一一二六）、再度知杭州となる。建炎元年（一一二七）、知江寧府兼江南東西路経制使。彼が州宇を新築したのは、最初の知杭州時代である。梁師成、字守道。開封（河南）の人。宦官。徽宗の寵信をうけ、太尉・開府儀同三司・少保を歴任。専横をきわめ、蔡京すら彼に諂附し、都人は彼を「隠相」とよんだ。六賊の一。欽宗が即位すると、罪を暴かれ、彰化軍節度副使に貶され、貶所への途次縊殺された。

「寧海軍大都督府」は正式には大都督臨安府余杭郡寧海軍節度（乾道『臨安志』巻二歴代沿革の冒頭）である。「督に目が無く云々」は、大都督に人を見る目が無く、一軍人にすぎない陳通が叛乱を起し、寧海軍節度の頭上に躍り出た、つまり下剋上の暗喩である。杭州での陳通叛乱については、『会要』兵一〇—一九討叛四、陳通項及『要録』巻八建炎元年八月戊午朔、巻一一同年一二月辛酉に詳しい。

〔両王夜叉〕

悪評の部の掉尾を飾って、王姓の両夜叉に登場ねがう。実は、悪評に分類してよいかどうか迷ったすえの優柔不断の選定である。

開府儀同三司劉光世は延安（陝西）の人。先祖は異民族の酋長で、宋朝に帰順した。建炎に入って、功臣ゆえ検校太傅・両鎮節使・開府を授けられた。劉の私兵はすべて西夏人。闘将王徳は勇悍でも醜く、軍中では王夜叉とよばれ、最も有名であった。

当時、文士で済南人の王治、字夢良がいて、質実剛健だが温和さに缺け、言葉を発すれば濁声、性格も剛毅果断。後に大理寺の獄官となる。人々は彼を王夜叉とよび、地獄の牛頭夜叉と対比した（巻中四六頁）。

王徳（一〇八七—一一五四）、字子華。通遠軍熟羊砦（甘粛）の人。北宋末、軍功により進武校尉を授けられ、王夜叉と渾名さる。建炎元年（一一二七）、劉光世麾下に入る。七年、劉光世退陣の後をうけて軍を統領。十年、金と戦い宿州・亳州を奪還。十一年には紫金山で金の兀朮を敗る。

もう一人の王治は人名索引をひくと、宝慶『四明志』巻二一象山県志の県令項にみえ、建炎三年とある。時期は合致するが、なにぶん平凡な姓名ゆえ、同一人物かどうかは判らない。

（三）　中間の部

〔南宋の趙韓王〕

創業期の功臣趙普（九二二―九九二）の姓氏と爵号を借りて、南宋初の高官三人の合称が生まれた。ただ、それだけの軽い話題である。

趙普は佐命（太祖趙匡胤の創業を補佐したこと）の功で韓王に封ぜられた。車駕が臨安に在った時、趙子晝・韓肖冑・王衣はいずれも貳卿（侍郎）であった。時人は三人を趙韓王と称した（巻上三一頁）。南宋初、紹興二年の時点で、趙子晝は礼部侍郎、韓肖冑は吏部侍郎、王衣は刑部侍郎である。「貳卿」は尚書を卿とよんだ関係で、侍郎の呼称となった。

〔三覚侍郎趙叔問〕

軽い話題の接穂を二本。一本は睡眠癖とでもいうべきか、宗室趙子晝（一〇八九―一一四二）字叔問の三覚侍郎という渾名。もう一本は自己陶酔癖というべきか、宰相范宗尹（一一〇〇―一一三六）字覚民の三照相公という渾名。どちらも、荘綽が諧謔を弄び、興趣が尽きない。
天官侍郎の趙叔問は肥満体で睡眠を好み、来客を嫌った。役所にいても、家に帰っても、常に歇息牌（只今休憩中の牌）を門前に掛けたため、三覚侍郎とよばれた。朝会から役所に戻った時、食後・帰宅後の三回をさす（巻中五二頁）。
趙叔問を「天官侍郎」（吏部侍郎）とするが、『要録』を点検する限りでは、紹興二年は礼部侍郎、三～五年は兵部侍郎であった。吏部侍郎の経歴はない。「三覚」は三たびの眠りと目覚め。

〔三照相公范覚民〕
范覚民が宰相となったのは三十二歳の時、肥満色白で帽子飾りの美玉のようだ。朝起きた時、頭巾をかぶった時、帯と衣服を纏った時、必ず鏡を見た。当時、三照相公といわれた（巻中五二頁）。
范宗尹が何歳で宰相となったかについては諸説紛紛である。『雑記』甲集巻九「本朝未三十知制誥未四十拝相者」は三十一歳（建炎四年）、『郤掃編』巻中・『雞肋編』巻中は三十二歳（紹興元年）、『中興聖政』巻七・『要録』巻三三は三十三歳。右は標点本『宋史』第三三冊、一一三三三頁校勘記〔六〕に拠る。

〔王寓万格刻薄苛細〕
この宰相范宗尹が紹興元年七月に失脚する経緯はどうだったのか？　荘綽は政事を二人の都司（尚書左右司の郎中・員外郎）に委ねたためだ、とする。

范覚民が宰相となると、政事をすべて都司に委ねた。ところで、郎中の王寓と万格は残酷薄情な性格で、多くの士大夫たちが被害をこうむり、ために当時「寓に逢えば齟齬が多く、格に遇えば必ず阻隔がある」とささやかれた。

後に范はこの件で討論の機会を設けようとしたが、大悪人を宥し衆人に累を及ぼす懼れがあったため、結局吏部に任せることとなった。そして、范も失脚する破目となる（巻中四六頁）。

関連資料は『要録』巻四六及『中興小紀』巻一一の紹興元年七月癸亥にみえる。それらによれば、都司の二人は王俁と万格となっている。王寓も実在の人物であるが、その経歴中に都司は含まれない。恐らく荘綽の錯覚であって、王俁が正しい。ちなみに、「寓」と「俁」は現代漢語で同一である。王俁は建炎四年十月の時点で尚書吏部員外郎、紹興元年二月で尚書右司員外郎、五年二月以降は尚書左司員外郎であった。

右のうち『要録』は「詔して曰く、〝朝請大夫知邛州王俁・尚書右司員外郎万格、刻薄の資を以って、傅会の悪を成し、首ず討論の議を建て、尽く士心の心を失う。姑らく軽刑を示し、用って私意を懲らしめ、並びに吏部に送る可し〟と」の記述である。

〔名刺書牘異事〕

章誼（一〇七八―一一三八）、字宜叟。崇寧進士。紹興元年殿中侍御史。四年、金への使節の役を無事はたし、吏部侍郎から刑部侍郎へ。同時に戸部尚書を兼任。五年、正式に戸部尚書につく。この章誼にまつわる逸話二題。まずは、笑話というべき題材から。

章誼宜変は戸部尚書となるも、門を閉ざして客を断り、旧知の仲でも接しようとしなかった。軽薄者がいて、ある日、名刺を門番に差し出し、たくさんの銭を与え、必ず届けるように、と依頼した。章が名刺の肩書をみると、崖州司戸参軍薛柳とある。結局、門番にわざわざ薛を臨安府まで送らせた。人々は笑いを堪えられなかった。

また、太府寺丞華某がいて、留守呂頤浩丞相に書簡を上つり、末尾に男女の姿態を描いた。中丞周子武にも書信を送り、己れの肩書の下に「男愚児、周某に上つる」としるした。みな、一時の奇異な事柄である（巻下一一〇頁）。

戸部尚書章誼が下僕に命じ、来客の司戸参軍を臨安府まで送らせた。司戸参軍は選人の差遣で、八品から九品といった卑官にすぎない。それなのに、丁寧すぎるほどの応対ぶり、それが笑い話の種になったという。

後段は太府寺丞華某の二通の書簡。一通は宰相呂頤浩宛で、なぜか末尾に男女の姿態を描いた。もう一通は中丞周子武宛で、自らの肩書の後に「男愚児」と書き添えた。謙称のつもりであろうが、当時そういった慣例は無かったのか、荘綽は「異事」と断じている。

〔章誼作法自弊〕

第二の逸話は、章誼が官戸と民戸との税負担の均等化を提言したことが、明州で田地を所有していた己れ自身を苦しめる結果となった。つまり自縄自縛譚である。

章誼宜変侍郎は明州（浙江）に田地を所有していた。紹興二年、租税を納め、預買絹も三匹であったが、翌三年には増額されて九匹となり、賦が重いのを歎いた。従兄の彦武が傍にいて、「これは法を制定して、自ら弊《くる》しむ最たるものである」という。はじめ宜変は大理卿となり、戸部侍郎柳庭俊は妻の兄で、章の宿舎に仮住まいしていた。

ある日、一緒に酒を飲み、酩酊して昼寝し、ついに夕暮れになっても醒めなかった。柳の弟がやってきて、「明日は皇帝に拝謁して答弁の予定が入っている。ところが、まだ原稿ができていない」と訴える。柳は驚いて起き上り、すぐに章に向って何を論じたらよいか、と問うた。章はふざけて、「方今は財政が逼迫しており、天下の官戸の賦役を民戸と同等にすることが急務である」という。柳はたいへん喜び、もっともだ、と。

翌日、皇帝の面前でその事を具陳し、ついに施行の運びとなった。士大夫の家では、自ら耕作に励んでも地利を尽くすことができず、小作料収入も薄く、また商販等の兼業もない。それなのに、庸調の負担は庶民と等しい。所詮、被害は章の戯言から起ったことである。「自ら弊しむ」の語は、誠に味わい深い（巻中四八頁）。

「預買絹」は北宋末南宋初には本義から離れてほぼ租税化し、人民は両税よりもむしろ和買に苦しんだ。さて、この記事は時間的に錯誤が目立つ。文脈から推して、柳庭俊との問答は章が大理卿に任じた時期（『要録』巻四七紹興元年九月乙未）以降ということになる。ところが、柳は靖康元年八月に福州叛乱で殺害されており（『宋史』巻二三欽宗本紀）、時期的に整合性に欠ける。時に柳は知福州であった。柳の官歴中に「戸部侍郎」があったかどうかは不明である。恐らく荘綽の曖昧な記憶が災いしていると推定される。

もう一つ。章は柳に向って、たわむれて「官戸の賦役を民戸と同等にすることが急務である」、という意見を開陳している。ここでは頭に「戯曰」となっているが、実は章は一貫して同趣の定見を懐いていたようである。『宋史』巻一七三食貨志上農田に、紹興六年にかけて知平江府章誼の言がみえるのがそれである。荘綽は賦役均平説を章の戯言とするが、果してどうか？

〔洪擬黄叔敖逸事〕

紹興初の礼部尚書洪擬（一〇七一―一一四五）と戸部尚書黄叔敖（？―一一三八）、この二人を都の瓦子・勾欄の舞台上で嬲り物にする。

紹興中、銭唐（浙江）にいた八座は、洪擬と黄叔敖の二人だけ。「尚書」という掛声がかかるたびに、市人は戯れて「どっちの顔色（紅と黄）の奴か？」と問うた（巻中七二頁）。

洪擬、字成季、一字逸叟、本姓弘。紹聖進士。紹興元年～三年、吏部尚書・礼部尚書を渡り歩いたり兼ねたりした。黄叔敖、字嗣深。元祐進士。紹興二年、戸部尚書。「八座」隋唐時代は六尚書・左右僕射及令であったが、宋代になると六部尚書の別称となり、令・僕は含まれない。

ただ、ここは八か所の瓦子・勾欄（遊芸場）をさし、同時に六部尚書にかけている。「顔色」は役者の顔色で、紅と黄。紅と洪は同音。黄が黄叔敖であることは勿論。

〔南宋初員多闕少〕

南宋は領土が縮小し、「員多闕少」（官員の数は多く、ポストが少ない）現象が常態化していたことはよく知られている。吏部・礼部尚書洪擬の知己梁弁と子息洪光祖、この二人が通判ポストをめぐって葛藤を繰り広げた。洪擬伝説の第二幕である。

紹興年間、天下の州郡は三分された。一は偽斉・金が占拠した地域。一は張浚が皇帝からの付託をうけて経営する川陝。朝廷の支配地域は二浙・江・湖・閩・広だけとなった。ために、員多闕少となる。諸州の通判についていえば、優良州は見任者と待闕者で、いつも四、五人がふつうであった。

時に尚書洪擬と梁弁とは旧知の仲であった。梁弁は平江府（蘇州）通判を待つこと二年、さらに洪擬の子洪光祖が後釜に控えていた。梁弁は洪擬に賄賂を送って、まず枢密院計議官となるが、それにも待機三年を要した。梁は洪擬に書簡を認めて謝意を表し、「谷（待闕）を出でて喬（見任）に遷《のぼ》ったわけだが、ほとんど寸を進めて尺を退くに似たり」と記した。

ある人がいう、計議官は通判と比べて、実は進ではあっても退ではない、と。「遠井近渇」（近渇＝待機期間が二年の通判。遠井＝三年の計議官）の対比と何ら変らない。後に御史台が上奏文でこれを論じ、梁を故任（平江府通判の待機）に戻し、洪光祖を後釜からはずした（巻中七四頁）。

梁弁は西安の人。紹興初に平江府通判となり、五年に監察御史に進む。その後、吏部員外郎、尚書右司員外郎へ遷る。「枢密院計議官」は建炎四年に枢密院幹辦官と改称。紹興十一年には廃されている。辺防機密の事を掌る職事官である。

「谷を出で以って喬に遷る」は『詩経』小雅・伐木の「幽谷自り出で喬木に遷る」が出典。「待闕」という奥深いドン底から、「見任」という高揚する地位に昇ることの喩えである。「遠井近渇」は正確には「遠井不救近渇」ないし「遠水不救近火」であって、緩慢な救いは目前の急を解決できないの意。荘綽好みの俗言であって、巻中七四頁の二項目と巻下一一七頁と、全編中三か所で使われている。

〔「三清」与「三老五更」〕

建炎末から紹興初にかけての吏部侍郎高衛・黎確、戸部侍郎孟庾、この三人の白髪の士を、給事中洪擬と高大忠の二人が揶揄した。老子を引き合いに出し、『礼記』の語句を援用して。洪擬伝説の第三幕である。

高衛・黎確は吏部侍郎、孟庾は戸部侍郎である。三人は頭髪・口髭ともに白く、朝廷に赴き席位に立つのも、いつも一緒。当時、「三清」(三人の白い仙人)とよばれた。孟はまだそれほど年老いていないのに、若白髪であった。

給事中洪擬は戯れて、「貴公は借補(仮採用)の老子さま」という。つまり、当時は文武官で借補の者が多かったのである。高大忠は待漏舎にいて、突然黎・孟に語りかけ、「吾が三人が朝会に赴く頃合は、他官と比べて早いのでは」という。二公は言葉の訳を問うた。高は答えて、「三老五更（有徳者）には、もともと故事がある。どうして疑うのか？」と（巻上三一頁）。

「三清」は道教でいう玉清・上清・太清の三清境のこと。各境に居住する神仙をさすこともある。ただ、ここでは三侍郎をそれに見立てている。「借補」は南宋初、帥府が独自に召致した官属で、朝廷に申告していない者をさし、正規の任命官と区別された。

「待漏舎（院）」は、朝会に赴く官員が宮門の開くのを待つ建物。「三老五更」は周代に設けた地位で、天子が父兄の礼をもって待遇した有徳者。人数は三老三人五更五人説と各々一人説とがある。出典は『礼記』文王世子第八。

〔自諱〕

己れの実名を、災厄・逆境などをもたらすという事由で、諱《い》み嫌った四人の官僚の逸話である。

世間には自分の実名を諱み嫌う者がいる。田登は至和間に南宮留守であった。上元節に下僚が故事を引用して、稟議書を提出してきた。裁決文の中で田登は「規定によれば放火（正しくは放燈）は三日」とある、という。これによって、田登は罪せられ、諫官の追究をうけて罷免された。

典楽徐中は知常州となる。押綱使臣（官物を車船で輸送する下級武官）が盗賊の被害をうけたため、上告して逮捕を申乞したが、手を下さなかった。使臣の方は訳が判らなかった。再三にわたって中乞するが、ついに上告をやめた。やっと、名を犯したためだと悟った。挙句のはてに、使臣は徐中の処に出向いて面会し、「某《それがし》は盗賊の害をうけたと累申するも、処置なさらなかった。こうなれば、提刑司に申し、転運使に申し、廉訪使に申し、帥司（安撫使）に申し、省部（尚書省戸部）に申し、御史台に申し、朝廷に申するしかない。貴殿が死ぬまでは止めないぞ！」という。坐客は笑いを堪えきれなかった。

許先之が左蔵庫を監督していた時、衣類を懇請する人が多かった。一人の武臣が親ら出赴いて懇願し、「某には下僕がいないので、親ら来て請うている。どうか先ずは支給してほしい」と。許は承諾するが、いくら待っても入手できない。武臣は再び往ってこう問いただす、「先支を許されたのに、今もって入手できないが…」と。夕暮になったので、ついにあきらめて帰っていった。

汪伯彦は西枢（枢密使）となる。下僚である副承旨（枢密院承旨司の文書係）の一人が、人員点呼係となり、名簿を汪に提出した。姓が張校尉で、名は汪と同じ者がいた。そこで、副承旨はただ張校尉とだけ読んだ。当人は誰れが呼ばれたのか判らなかったので、ずっと出頭しなかった。汪伯彦は再三にわたって指示を出し、張を出頭させようとした。副承旨はついに点呼を止めた。それでも、汪伯彦は姓名をきちんと点呼するよう迫ったので、副承旨は大声をあげて、うっかり「汪伯彦」と。みんなはどっと笑ったが、恐怖も感じた。案の定、汪は「畜生め！」と罵った。結局、張伯彦は何か月たっても出頭しなかった（巻中七二頁）。

第一話。田登は政和六年知拱州・知懐州、宣和四年知河中府であった。仁宗朝「至和間」とあるのは、徽宗朝の政和か宣和の誤りである。「南宮留守」は正式には南京留守。南京は景徳二年に宋州（河南）を升せて応天府とし、大中祥符七年に南京とした。高宗は建炎元年ここで即位した。「留守」とは行宮の管理を掌る官。上元節における田登の逸話は、宋代では広く知られていたようで、『老学庵筆記』巻五に該当記事がある。「田登、郡と作り、自ら其の名を諱み、触るれ者《ば》、必ず怒る。吏卒多く榜笞を被むる。是に於いて州を挙げて皆な燈を謂いて火と為す。上元の放燈、人の州治に入りて遊観するを許す。吏人遂に榜に書して市に掲げて曰く〝本州、例に依りて放火三日〟と。」要するに、田登は「燈」字を嫌って「火」としたため、不幸を将来したわけである。

第二話。徐申は咸淳『毗陵集』巻八秩官によれば、「大観二年十月朝請大夫提点太常寺大成楽。政和元年十二月満」とあり、宮廷音楽家か。ただし、ここは知常州の職責での話である。押綱使臣の正式の名称は管押綱運使臣で、三班借職以上の八、九品十等の武官である。使臣の上申が提刑司から始まって朝廷に終る、この科白に徐申が辟易とする様相が描かれる。蛇足ながら、一九〇〇年の中国映画「秋菊打官司」を想い出させる。

第三話。許先之（一〇五四―一一一五）、諱幾。官員としては理財にたけ、徽宗朝前半に戸部員外郎・侍郎・尚書を務めた。武臣が左蔵庫からの衣類支給を懇願したのに対し、許先之は許可はするものの、実際には一向に支給に応じなかった。武臣の「先支」が同音の「先之」につながることに拘泥したからである。

第四話。汪伯彦（一〇六九―一一四一）、字廷俊。靖康元年、知相州。康王（後の高宗）が金に使して磁州に至ったさい知遇をえた。高宗即位後、知枢密院事に抜擢され、ついで右僕射を拝す。専権自恣。建炎三年、揚州（汪はかねてより揚州への南遷を進言）が失守すると、落職して永州居住となる。『宋史』は姦臣伝に入れる。「汪伯彦作西枢」とあるが、実際は知枢密院事である。このエピソードは単なる笑い話にすぎないが、汪彦伯に向って吐かれた毒気を感じさせる。

〔奇疾〕

奇病の持主の二例。最初は紹興初の参知政事孟庾の夫人。聴覚・視覚に関する奇病である。次は同時代の書画家徐兢と同郷（安徽和州）といわれる斉志道。噍下障碍・妄想癖とでもいうべき奇病である。

参知政事孟庾の夫人徐氏には奇病があった。聞いたり見たりする度毎に発病し、身を起こして戦慄し、あわや絶命かと思わせた。母や弟を見るさいもそうである。ために、母の臨終に当っても、見取ることはしなかった。また徐姓と呼ぶ声や打銀打鉄の響きを聞くのも嫌い、買物をしても釣銭を見ることができず、手元に一文を留めることも欲しなかった。

かつて、一人の婢女がいて、雇用すること十余年、よく仕事ができ、徐氏はとても気に入っていた。ある日、たまたま婢女の家業を問うたところ、「打銀」と答えたため、いつもの発作が起こり、婢女を見つめることができないまま、彼女を放逐してしまった。それ以外の点では、とりたてた缺陥もなく、医師・巫祝も処方の術もなかった。こんなことは、前世から聞いたためしがない（巻中七七頁）。

〔斉志道悪報〕

斉志道は洪州（江西）にいて、ある日急病にかかった。様子は傷寒の発熱に似ていた。手足は冷え、煎じ薬も飲み下せず、昏昏として熟睡し、わずかに喘ぐだけだった。夕暮が迫ると、忽ち大声をあげて湯餅《うどん》を欲しがったので、家人があわてて差し出した。すると、手で麺をつかみ、丸めて塊をつくって嚼んで飲み下した。

家人は驚き怪しみ、「朝議さま、やっと気付かれましたか、しばらくはゆっくりと召し上がれ！」といった。すると目を怒らせて、「どこに朝議が来たと言うのか？　自分は密州高安県（山東高密県）から邵武軍（福建）へ向かう客商である。なんじ朝議が吉州（江西）治下の県知事だった時、われわれ無辜の六人全員を死罪と極め付けて殺してしまった。今、やってきて命を取った。なんじ朝議はもう行ってしまったのだ！」と。

家人がその声を聞くと、どうやら東国人の発音である。怒った形相は恐ろしく、ただ涙を流すばかりであったが、しばらくしてパッタリと仆れてしまった。この話を伝えた徐明叔は斉志道と同郷人だから、でたらめな話ではないはずだ（巻下一二〇頁。中嶋敏訳がある）。

第二例の斉志道の伝は必ずしも明確ではないが、嘉靖『武寧県志』巻二官政類によれば、紹興間の知県である。本項の冒頭に「斉志道在洪州」とあり、武寧県は洪州治下なので符合する。ただ、後半に「朝議在吉州権県」とあるのは、同じ江西でもかなり南方であって、地域的にはズレている。あるいは、吉州治下の某知県の官歴があったのかもしれない。
何分、斉志道の妄想癖からして、科白に整合性を求めるのは無用か？　なお、文中の表記から推して、寄禄官は朝議郎（正六品）であったと思われる。徐兢と同郷とあり、そうだとすると和州歴陽（安徽）の人である。

〔新州二相堂〕

運命とか宿命とかを主題とする二例。第一は神宗朝から哲宗朝にかけての宰相蔡確（新法党）と劉摯（旧法党）。両人とも貶所の新州（広東）で死んだ。荘綽は前世からの「数」（運命）と断じている。第二は紹興年間、劉岑（一〇八七―一一六七）が閑居先の湖州（浙江）で見た「夢」と、数か月後に赴任先の信州（江西）で邂逅した御史中丞廖剛（一〇七一―一一四三）と戸部・吏部侍郎鄭望之（一〇七八―一一六二）の両人が奇遇にも同榜登第（崇寧五年進士）であったという「現」とが符合した。荘綽は人間の進退・浮沈等はすべて「前定」（宿命）と決め込む。

新州の城内は非常に狭く、住民の家屋も茅葺きや竹が多い。一人の士子が中心部で花園を営み、堂屋を新築し、前後二つの廊廡も備え、とても明るく綺麗であった。客人を迎えるたびに宴会を催し、しばしば堂名をつけてほしいと頼んだが、いまだもって名がない。ある日、一人の貴人が堂上に坐っている夢をみた。士子は貴人に付き添って遊行し、いつものように堂名を懇願したが、貴人はふり返って士子を見つめ、「二相（二人の宰相）と命名したらよろしい」といった。そこで目が覚めたが、命名の趣意が判らなかった。

しばらくして、蔡持正が（朝政を）譏訕《そしる》した罪で新州に貶された。到着してみると、住むべき家屋もなかったので、堂を借りて住みたいと希求した。士子は喜んで承知し、蔡のお越しを待ちわびたが、そうこうするうちに蔡は死んでしまった。人々は蔡が貶されたについては、劉莘老（劉摯）が関与したと噂した。紹聖初に劉は罪に坐し、時の権力者はどうしても新州へ行かせようとした。

劉が新州に到着すると、ひどい暑さで、宿舎の入手が急務であった。そこで例の堂を借りて館としようとしたが、士子は二相は不吉であるとして許さなかった。しかし、劉の熱心な懇願に根負けし、やむをえず夢見の内容を告白した。

劉は蒸し暑さを我慢できず、また夢見の話など信じられなかったので、ついに堂を借りて住んでみたが、果して堂中で死んだ。要するに、二相の名は前世からの「数」として決っていたのだ！　これは春秋時代衛の霊公が霊となった話と何ら変らない（巻下一一七頁）。

蔡確、字持正。嘉祐進士。はじめ王安石に附し、監察御史裏行となる。知制誥熊本・御史中丞鄧潤甫・参知政事元絳等を相い継いで弾劾し罷免に追い込む。王安石退陣後、神宗に新法の堅持を勧む。元豊五年、尚書右僕射兼中書侍郎を拝す。哲宗立つや左僕射に転ず。司馬光が宰相となると罷免され、知陳州へ。後、安州に徙り、そこで車蓋亭に遊び、詩十章を賦す。その内容が朝政を譏訕していると指弾され、安置新州に貶され、当地で卒す。

劉摯、字莘老。嘉祐進士。冀州南宮令の時に政績をあげ、王安石に擢用された。熙寧中、監察御史裏行となるが、新法反対の上疏で謫せらる。元祐初、御史中丞に復活し、新法党の蔡確・章惇等を弾劾罷免す。元祐六年、尚書右僕射となり、朔党（旧法党系の一派）の領袖を務めた。呂大防と共に執政となり新法を廃棄するが、両者間には間隙があった。哲宗親政後、安置新州に貶され、当地で卒す。末尾の「霊公為霊」は『荘子』雑篇・外物にみえる。

〔劉季高異夢〕

劉岑季高は湖州に閑居していた折、夢の中で廖用中が「（廖）剛と鄭顧道とは同年の進士」と口走った。そのころ廖は（御史）中丞であり、戸部・吏部侍郎鄭望之は宮祠に貶され上饒県（江西）にいた。数か月後、劉岑は知信州となる。劉が赴任して間もなく、廖が中丞を罷めさせられて宮観に貶され、故里の南剣州（福建）へ帰ることとなり、途中信州に立ち寄った。鄭も信州に出向き廖に謁見した。両人はもともと面識がなかったが、廖に問いただすと、なんと同年登第の間柄であった。この日、鄭は州の会合に赴き、座席について、「鄭顧道、ここに在り。某《それがし》も貴殿とまた同年」という。劉が夢の中で聞いたのとほぼ合致した。人の進退・浮沈・動静・饒舌寡黙は、すべて前定（宿命）である（巻下一一八頁）。

劉岑、字季高。宣和六年進士。紹興三年、秘書少監から左朝散大夫へ。後、徽猷閣待制知信州軍州事に貶さる。紹興三十一年、戸部侍郎から御営随軍都転運使となり、ほどなく奉祠。ついで守饒上となるも、乾道三年卒。

廖剛、字用中。南剣州順昌の人。崇寧五年進士。宣和初、監察御史。紹興初、吏部員外郎から刑部侍郎へ。七年、御史中丞を拝す。後、秦檜に疎んぜられて提挙亳州明道宮に貶され、致仕。

鄭望之、字顧道。彭城（江蘇）の人。崇寧五年進士。靖康元年、軍前計議使に充てられ、しばしば金営に使す。金軍の強大を力説して和議を提唱するが、罷めさせられて提挙亳州明道宮となる。建炎初、李綱に斥けられて連州に謫居。李綱が退くと、一旦は戸部・吏部侍郎に復活するが、再度亳州明道宮に貶された。

〔臨安之五台山〕

五台山といえば、いうまでもなく山西の北東部に位置する仏教の名山である。ところが、臨安の五台山は五人の御史台の俗称である。

臨安府の城中に宝積山がある。車駕が駐蹕した時、御史中丞辛炳・殿中侍御史常同・監察御史魏矼・明槖・周綱はみな山上におり、人々は「五台山」とよんだ（巻中八二頁）。宝積山は詳らかではないが、宝山（呉山の南。もと宝厳寺があった）の異名か？　高宗が臨安に駐蹕したのは紹興二年正月のことである。

辛炳、字如晦。福州侯官県（福建）の人。紹興二年の侍御史、ついで御史中丞となる。常同、字子正。臨邛（四川）の人。紹興三年、殿中侍御史となる。魏矼、字邦達。和州歴陽（安徽）の人。紹興初、監察御史から殿中侍御史へ進む。明縞、長沙（湖南）の人。元鈔本は明槖に作り、それが正しい。『要録』によれば、紹興二年六月に守監察御史となる。周綱、『要録』によれば紹興四年の監察御史。

〔徽宗微行估人呼為保義〕

徽宗は荘綽の人物描写にとっては恰好の標的だったようで、しばしば登場する。これもその一つ。

金人が南侵すると、上皇（徽宗）は位を欽宗に譲った。金軍が京師に迫ると、上皇は粗服に着替えて、蔡攸等数人の近侍とともに、花石綱を運ぶ小舟に乗って運河を東南へ下った。人々はだれもそれに気付かなかった。

泗水のほとりに到着すると、徒歩で市中に赴き魚を買った。まだ値段が折り合わない段階で、売人は保儀どの（奴《やっこ》さん）と呼びかけた。上皇は振り向きざま笑って蔡攸に「こやつ、ひどい奴《やつ》め！」という。帰ってから詩を作り、「就船（雇船）にて魚美なり」の故事を用い、最初から心配はしていなかった、と打ち明けた（巻中七三頁）。

徽宗の譲位は宣和七年（一一二五）のこと。本文「虜将及都城」の五文字を、四庫全書本は清朝に配慮して削除する。蔡攸（一〇七七—一一二六）、字居安。蔡京の長子。興化軍仙游（福建）の人。蔡京致仕後に開府儀同三司・鎮海軍節度使を歴任。徽宗に取り入り、道家の邪説に迎合。靖康元年（一一二六）、徽宗に従って南へ逃避。都に帰還後、安置永州・安置万安軍等に貶され、最後は欽宗の命令で誅殺された。

「保儀」正しくは保義。皇帝側近の下級の武階名。政和二年（一一一二）、右班殿直を保義郎（正九品）と改名。ここは〝奴さん〟といった程度の意味か？「就船」は前出の花石綱の小舟を指すか？文末の「就船魚美」の故事については未詳。

〔郡守呈敕用監鎮〕

政和元年（一一一一）、宰相につぐ地位にあった王襄が、みだりに近侍を推薦した罪に問われ、知亳州に貶された。その赴任をめぐっての悲喜劇を宰相蔡京がらみで語る。

王襄は同知枢密院事を罷免され知亳州に貶された。三日以内に到任せよということで、あわてて東へ向かい、夜に鄼陽鎮（河南）に達した。そこは亳州（安徽）との境界で、到着した旨、鎮の役人に伝え、一人の下僕に託して州衙門の当直者に伝達した。

時に宣義郎王偉が監鎮（警務官）であった。彼は事前に知らされておらず、おまけに行李が貧弱なのをいぶかり、偽者だと疑い、叱って追い返し、係わろうとしなかった。王襄は期限切れを懼れ、やむをえず敕書を呈示した。

当時、「知州が敕を監鎮に呈す」といわれたが、こんなことは決して有り得ないことである。蔡京の認めた人事任命書で、「赴」字を誤って「到」字としたのだという人がいた。しかし、王襄はもともと蔡京から嫌われており、宰相たる人物の故意ではあっても、誤謬ではないはずだ（巻中七五頁）。

王襄、初名は寧、改名は宓。大観三年、高麗に使し、帰還後に襄の名を賜わる。鄧州南陽（河南）の人。工部・吏部尚書をへて、政和元年に同知枢密院事。罪に坐して知亳州に貶されたことは、『会要』職官七八罷免上、政和元年九月一八日にみえる。

王襄は直前まで執政であり、知州に貶されたとはいえ、知州は六品官である。宣義郎は八品官。格下の者に敕書を呈示することなど、荘綽にいわせれば「世に未だ嘗つて有らざるなり」ということになる。

〔蔡忠愍貶新州感事賦詩〕

作詩が災難のキッカケとなり、コトバのもたらす恐怖を訓戒として流刑地で愛妾・鸜鵒と共に生きた人物―蔡忠愍。流刑、愛妾の死、そして自らの終焉、悲哀にみちた道具立ては揃い、その間を賢い鸜鵒がとりもつ。荘綽の文才と敘述の妙がいかんなく発揮された一文である。

蔡忠愍は自らの詩作が災いとなって罪せられ、いらいコトバを戒めとした。流刑地の新州（広東）へ往くのに、琵琶姐と称する一人の愛妾だけを同伴させた。さらに、一羽のとても利巧な鸜鵒を携えていった。蔡が妾を呼んでも反応せず、ただ小鐘を打つと、鸜鵒はそれを聞きつけ、すぐに琵琶姐に伝達した。しばらくして、その妾は熱病を煩って死んでしまった。いご、鐘を打つことはなかった。ある日、皇帝の誕生日を迎えたので、衣冠を正した。ところが、誤って帯の先端が小鐘を打って音を発したため、鸜鵒はついに琵琶姐を呼び出した。蔡は悲愴な気分となり、詩を賦していう、「鸜鵒はまだ声を出すが、琵琶はもういない。心の傷みに堪える江漢水、ともに行くもともに帰らず」と。それいらい鬱々として病に冒され、不帰の客となった（巻下一〇六頁）。

なにぶん蔡忠懋の素性が判らないので、時期を特定できない。ただ、流刑地として有名であった新州が登場するので、南宋初ではないかと推測される。詩句中の「江漢水」は文字通り長江と漢水であるが、両水に挟まれた地域をもさす。蔡が新州に赴く途次か？　あるいは追憶の一齣か？

〔僧志添作水陸齋多見亡者〕

蕭魯陽の考証によれば、荘綽は母方の親族の影響もあってか、仏教を信奉していたようである。以下の二題は仏教を扱っている。まず、臨安の鉄塔院の僧志添の開催した水陸会（施餓鬼会）にまつわる奇遇。この会は餓鬼の世界において飢餓に苦しむ亡者に飲食を施して弔う行事である。

孫延寿嚮仲の言によれば、彼が余杭県令だった時、臨安の鉄塔院の僧志添がやってきて、県人のために水陸齋を催した。その頃、（礼部）侍郎周常仲脩が烏墩（浙江）におり、二人の弟元賓・元輔は余杭にいた。志添は元賓に会い、「侍郎どのはお変わりありませんか？　承務どの（元賓）、急ぎ往きて会われたらよろしい。昨夜、水陸会の席上、侍郎どのがお越しになったのを見かけましたゆえ」といった。元賓はそれを信じ、すぐに舟を雇って出掛けた。到着してみると、仲脩はすでに死んでいた。

一方、志添はかつて周邠開祖に向って、「貴公はなに故に来りて水陸齋を看るのか？　しばらく休息なされては」といった。それからしばらくして、周邠は卒した。志添の開催する水陸齋はきわめて厳格で、多くの亡者を目にして、その形貌を言い当てるコトバが絶妙で、人々はかれに帰依した。そこで黄魯直は志添のために草菴歌を作り、石に刻んで世に伝えた（巻下一一二頁）。

孫延寿、字嚮仲。咸淳『臨安志』巻五一秩官八によれば、政和中の余杭県令である。周常、字仲修。建州（福建）の人。その著『礼檀弓義』が王安石・呂恵卿に認められ、国子直講・太常博士となる。徽宗朝、礼部侍郎に進む。蔡京が権力を握ると知湖州に貶され、まもなく免職となった。「承務郎」は承務郎。元豊改制前、下階文散官、従八品。周邠、字開祖。銭塘（浙江）の人。咸淳『臨安志』巻六六人物七によれば、元豊中溧水令となり、朝請大夫軽車都尉に至る。

〔僧文用之権術〕

時期は南宋初、場所は常熟県（江蘇）慧日寺、人物は僧の文用。文用は文盲であったが世智にたけ、権謀術数をほしいままにし、多くの御布施を集めて寺院経営に寄与した。韓愈の詩に登場する唐の名僧澄観に比定するむきもあるが、荘綽は首を傾げる。ただ、荘綽は建炎初、南への逃避行の途次に常熟に滞在しており、実際の見聞にもとづく記述とみてよい。

韓退之「僧澄観を送るの詩」にいう、「火焼け水転じて地空を掃き、突兀として便ち高さ三百尺。借問す経営するは本と何人ぞ？　道人澄観、名は籍籍たり。皆な言う澄観は僧徒と雖も、公才吏用は当今無し」と。そもそも僧侶が仏寺を営建するのは、仏教の操行に頼るわけだが、才智がなければそれはかなわない。

平江府常熟県に文用という僧がいて、文盲ではあるが、胆力を備えていた。寺院を建設しようとし、こう口外した、「城市の西北には山、東南には湖がある。客（山）が主（寺塔）より勝れるのは、術家

（天文暦算学者）においては不利とされる。もし湖浜に寺院を建てれば、その上に塔を立てれば、百里内の四民・道釈は縁起の日に、以前より盛大に集まってこよう」と。そこで低湿地を測量して、寺基を置こうと提案した。県人は欣然として賛同し、老幼ともに土を背負い、閨房の婦人もスカートでもって瓦や石を包んで低湿地に埋め、ついに一と月たらずで平地に仕上げた。煉瓦の塔もできたが、二層にとどめた。輪蔵（仏教を内蔵した回転式の書架）も設け、とても繊細な出来映えであった。

他の寺院は三回転させると、銭三百六十を要求したが、当寺は一回転でも費用は十分の一ですんだ。月日が経過し、ついに大鐘も鋳造され、銅三千斤が用いられた。当時、すでに慧日寺と東霊寺では、亡者のために無常鐘を撞いており、さらにもう一寺が加わるとなると、数は多くはないにしても、競争が激しくなる懼れがあった。そこで、文用は特別に長生鐘を造り、生者のために誕生日に鐘を撃った。誕生の時刻に合わせて叩いたので、誕生日が同じ者がいても妨げとはならず、御布施がたくさん集った。

一方、以前から政府の酒務は液の漏れる瓶を廃棄していた。文用は頼んで数千箇を入手し、県内の有籍の戸に分与した。米飯をといで炊くさい、ひとすくいを瓶に入れさせた。それを十日ほどで回収し、旬頭米と称した。これで百人ばかりの工匠の食糧をまかなえた。慧日禅寺は駐屯兵によって破壊され、知県は長老に住持を引き受けて欲しいと懇請したが、経費の缺乏が心配であった。文用が巨額の銭を醵出したため、尊卑ともども大喜びで、御布施もどんどんと増加した。建炎戊申（二年）から紹興癸丑（三年）までの六年間で、その額は十五万緡以上となった。

更に朱勔（一〇七五―一一二六）の菩提寺からの援助もあって、崇教興福院を造ることができた。じっさい、文用を唐の澄観に比定するのは無理である。しかし、彼の行為はすべて権謀術数に富み、人を悦ばしたうえで、金銭を召し上げたわけだが、なんとそれを人々に悟られることはなかったのである（巻中六七頁）。

韓愈の七言詩「送僧澄観」は全体が三十六句から成り、うち六句を荘綽が抜萃している。澄観（七三八―八三九）は唐中期の名僧。華厳宗の第四祖。五台山で華厳教の注釈を著わし、ほかに著書多数。句中の「突兀」は突然、「籍籍」は名声盛大、「公才吏用」は官員としての才能。「慧日寺」は常熟県城西北隅に在る。梁の天監年間、僧慧嚮が開山。

「崇教興福院」については、宝祐『琴川志』巻一〇に、「崇教興福寺、県治の東稍々北二百歩に在り。建炎四年、寺基を建つ。本と沮洳の地。僧文用なる者、風水を善くし、謂う〝此の邑、客山高くして主位低し。請う、浮図を立てて以って之れを鎮めん〟と。令の李閶之、深く其の説を然りとし、遂に塔を建てしむ。功未だ半ばに及ばざるに、文用死す。俗に呼びて塔院と為す」とあるのが参考となる。朱勔は蔡京に諂って官を得、防禦使に進む。徽宗朝の花石綱を推進し、人民を搾取した。靖康の変後、循州に貶され、刺客に殺された。

〔李脩悪報〕

因果応報─荘綽の興趣にピッタリの主題である。仁和県令（浙江）孫延直の部下二人の話である。

孫延直徳中の口から出た話。孫が任官していた時期に李脩という県尉（警官）がいて、捕盗の功で承務郎に昇進した。ところが、盗賊中の一名は逃亡兵で、逮捕を拒んだため李脩は殺してしまった。承務郎受命の日、家中で酒を用意して祝宴を催した。翌日、五人が瘰癧（首や腋の下のリンパ腺がシコリとなり化膿する病気）を発症させ、数か月のうちに四人が死んだ。

ただ、李脩の妻一人だけがふだん夫から礼遇されなかったためか、生き残った。李脩本人は臨終にシコリが潰えて脳にまわり、脳髄が流出して、数日後に死んだ。一方、同官の某人は性格が厳酷。囚人に対する訊問はいつも度が過ぎていた。晩年、両足の浮腫に苦しみ、薬石の效もなかった。そうこうするうちに、肉は爛れ指は落ち、それが徐々にひろがって片方の脛に達して死んだ。以上の話は戒めとすべきである（巻下一二二頁）。

県尉は選人七階の下位に属し、正規の文官ではない。捕盗は県尉の改官要件の一つで、承務郎は寄禄官三十階の最下位、従九品である。しかし、京官には違いがないので、出世昇進である。咸淳『臨安志』巻五一秩官八によれば、孫延直は国朝仁和県令とあるので、右の話は仁和県のことと思われる。

〔楊何〕

不徳の報酬─建炎初、鄧州南陽県（河南）の属官楊何を、荘綽は人々の陰口を借りて痛烈に揶揄する。時に鄧州は金軍の急襲をうけて陥落する。楊何は、徹底抗戦して犠牲となった劉汲（京西転運副使兼安撫使・知鄧州）の幕府にいた。

楊何、字は漢臣、莆田（福建）の人。進士に合格し、南陽士掾となるも、狂気かつ軽率な性格で、己れの功績ばかりを自負していた。劉汲が帥（安撫使）となると、召されて幕府に入った。金軍が鄧州を破ると、一家はすべて戦死した。

楊は始め故里の学校に籍を置いていた時、不徳のかどで衆人の怨みをかった。人々は嘲って、「牝驢と牡馬が騾子を生み、道士と師古が秀才を育てた」といった。つまり、父が道士で母が尼だ、と皮肉ったのである（巻上六頁）。

劉汲（？—一一二八）、字直夫、丹稜（四川）の人。紹聖三年進士。建炎二年正月に鄧州を死守して犠牲となった経緯については、『三朝北盟会編』巻一一四建炎二年正月二日にみえる。さて、人々の嘲笑の中味であるが、ほんらいラバは牡のロバと牝のウマが交配して生まれる。それを雌雄逆転させているところがミソ。続けて、道徒の男と仏徒の女を組み合わせたのも、楊何にとっては耐えがたい罵詈を浴びせられたことになる。

〔韓忠彦等綽号〕

人の身体的特徴を動物に見立てる、古今東西ありふれた手法である。亀・鶴・ガマガエル。ガマガエルは亭や窩《すみか》の名称にも使われる。また、これは動物ではないが、蕃人風の容貌をペルシャ人に喩えたりもする。北宋末の数人が渾名の被害者としてあげられている。

建中靖国初、韓忠彦と曾布はともに宰相であった。曾は背が低くて痩せており、韓は体躯が大きく頑丈であった。二人が並んで朝廷に立つたびに、「亀鶴宰相」と声がかかった。滕甫も体躯が大きく頑丈で、韓は彼を厚遇し、遊びに行くのも一緒だった。人々は「内翰夾袋子」(翰林学士は懐刀)とよんだ。秦観の子の湛は鼻が大きく、蕃人風情であったが、柔和で舌も短かったため、世間では「嬌波斯」(なよなよしたペルシャ人)と称した。

揚州人の黎珣、字東美は崇寧中の郎官監司、京師の書舗店主陳詢、字嘉言とともに、その容貌から「蝦蟆」(ガマガエル)とよばれた。さて、瓊林苑の西南にある一亭は地続きが河川で、俗に蝦蟆亭といわれた。天清寺の前は水たまりが多く、蝦蟆窩と名づけられている。都の軽薄な輩が戯れて蝦蟆詩を詠み、「佳名は上苑に標し、窩窟は天清に近し。道士は行いて気を為し、梢公は打ちて更を作す。嘉言は舎弟を呼び、東美は是れ家兄なり。南方に向かいて去《い》く莫かれ、君を将《も》って煮て羹を作らん」と。(巻上二五頁)。

韓忠彦(一〇三八―一一〇九)、字師樸。安陽県(河南)の人。韓琦の子。元豊から元祐にかけ、礼部尚書・戸部尚書・知枢密院事を歴任。徽宗朝、門下侍郎・尚書左僕射兼門下侍郎(左相)。右相曾布と不和で左遷さる。曾布(一〇三六―一一〇七)、字子宣。南豊県(江西)の人。曾鞏の弟。嘉祐二年進士。初め変法を支持し、翰林学士兼三司使。後、王安石に異論を唱え、知饒州に貶された。徽宗朝、尚書右僕射兼中書侍郎(右相)。左相韓忠彦を追放し、ひとり当国。

滕甫（一〇二〇—一〇九〇）、字元発。東陽県（浙江）の人。皇祐五年進士。神宗朝、知制誥・知諫院・御史中丞・翰林学士を歴任。王安石変法に反対して知鄆州等に貶された。哲宗朝、知真定・太原府。西北経営に功があり、名帥と称された。「内翰夾袋子」内翰は翰林学士の別称。夾袋子は衣服のポケット。滕甫は内翰の官歴をもつ。秦湛、字処度。秦観の子。高郵県（江蘇）の人。山水画に秀でる。黎珣、虔化県（江西）の人。治平四年進士。元祐間、南雄州知州。紹聖間、夔州路転運判官、崇寧元年、尚書省倉部郎中。従って「郎官監司」は正しい。ただ、荘綽は揚州人とするが錯誤であろう。

「瓊林苑」汴京外城、順天門外にある御苑。『東京夢華録』巻七「三月一日開金明池瓊林苑」参照。「天清寺」同書巻三「上清宮」項によれば、州北の清暉橋に在り、とある。ただし、実は都の東南の繁台寺のことである、という綿密な考証がある（梅原郁）。戯詩中の「梢公」は船頭、「更」は夜の時限の称呼。夜警更替からの転義。船頭が櫂を打って時刻を報らせる意か。

〔銭諗超借服色〕

紹興元年正月に尚書刑部員外郎銭稔（『雞肋編』が「諗」に作るは誤り）が、江南路招討司随軍転運使を兼ねることになったことは、『要録』巻四一同年月丙午にみえる。この銭稔が官位不相応の佩帯物を欲しがり入手できたことを、宗室の趙子晝がひやかした。荘綽は趙の戯言をうけて、「坐客、絶倒せざる莫し」とのべ、趙と同一線上に立って銭をひやかしている。

郎官の銭諗は張浚（正しくは「俊」）傘下の随軍転運使となり、服色を己れの官位以上のものにしたいと請願し、それをかなえた。そこで、誇らしげに周囲に向って、「簡佩（笏帯・魚袋等の官服規定にもとづく佩帯物）が入手できないのを気にかけていたが、同知枢密院事の富直柔が笏を贈ってくれ、宰相の范宗尹も金魚袋を恵んでくれた」という。

その場にいた趙叔問が、この言い方をひやかして、「一幅の対聯を成しており、慶ぶべきことである。いわゆる、手に枢府の圭（儀式で用いる玉製の礼器）を持ち、臀に相公の袋をぶらさげている」と。同席のみんなは絶倒した（巻下九五頁）。

銭稔は真定（河北）の人。紹聖中、宝豊令（河南）となる。紹興二年台州知州。張俊（一〇八六―一一五四）、字伯英。鳳翔成紀（甘粛）の人。建炎四年、江南招討使。紹興元年、江淮招討使と改名。叛将李成を討伐。岳飛・韓世忠とともに三大将と称された。秦檜に附和し、高宗の礼遇をうけた。岳飛謀殺にも寄与した。「随軍転運使」行軍征討のさいに置かれ、軍馬粮草の調達・供給を担当。富直柔（？―一一五六）、字季申。富弼の孫。洛陽（河南）の人。恩蔭にて入仕。建炎四年、御史中丞から簽書枢密院事へ。五年、同知枢密院事。ついで、呂頤浩・秦檜に排斥されて失脚。范宗尹は自己陶酔癖の主、趙子晝は睡眠癖の男。この両人については既述した。

〔富季申異夢〕

富直柔の名前が出たついでに、彼の失意にみちた後半生に暗い影をおとした逸話を瞥見したい。富は紹興十年（一一四〇）四月に知泉州に任ぜられた（『要録』巻一三五同年月丁卯）。浙江から福建へ向って南行する途次、ユメとウツツとが符合する奇縁を体験する。

枢密院の富季申が閑職の奉祠に貶されて婺州（浙江）にいた時、道路上でふと夢を見た。大木の下で休憩をとっていると、誰かが岐路に立ち止まり、「これは閩中に入る路である」といった。それからしばらくして、富は知泉州に任命され、南へ向かう途次、江山県（浙江）に立ち寄った。時まさに秋暑、従者は疲れ切っており、結局大木の下で休憩することになった。通りすがりの人が、「これは閩中に入る路である」といった。かつて夢見た内容と同じである。富はため息をつき、「来たくはなかったけど、そうもゆかなかった！」とつぶやいた（巻下一一八頁）。

荘綽と富直柔の生涯は時期的にほぼ重なり合う。両者が交友関係にあったかどうかは判らない。ただ接点があったとすれば、衢州（浙江）である。富が知衢州となるのは紹興八年二月（『要録』巻一一八同年月庚申）のこと。一方、荘綽には衢州での官歴こそなかったものの、足跡を印した証拠はある。蘭と蕙（かおりぐさ）の植物的差異を論じた項（巻上九頁）があり、その中で「後、衢州開化県に至るに、山間に春蘭多し」の一文がある。ほかにも、『雞肋編』には衢州にかかわる記事が比較的多い。春季特有の天候（巻上二九頁）、禄山院という寺院の由緒（巻中八〇頁）、酒造り（巻下九四頁）等々である。あくまでも、状況判断にすぎないが、両者間で何らかの交流があった可能性が大である。そうでなければ、これだけ濃密な富直柔情報が荘綽の手元に伝達されるとは思えないからである。

〔僧法英〕

明州（寧波）大梅山の名僧法英が一僧侶に吐き捨てたコトバが、不測の災難を呼び込もうとした事件である。結局、僧侶の虚偽の陳述が明るみにでて監禁中の法英は釈放された。荘綽は『荀子』の「人を傷つくるの言は矛戟より深し」の一句を用いて、コトバのもつ重みを述懐している。

明州大梅山の長老法英は若いころから学徳が高く、他の学問分野にも精通していた。後に退去して都の浄因院にいたが、あるとき堂僧が十二歌という詞曲を進呈した。堂僧が姿を消すと、すぐにそれを地面に叩き付け、「これは道理背反のきわみだ！」といった。堂僧がまだ院内にたたずみ、周囲もそれを見聞しているのをウッカリしたのだ。まもなく、堂僧は立ち去った。

しばらくして、大理寺が法英を逮捕し獄に下した。都で取調べがはじまったが、尋問内容は示されず、ただお前はどういう事由で官につれてこられたのか、と叱責されるばかりであった。つまり罪を懲治するのではなく、過ちを自白させようとしたわけである。法英は犯罪を侵したとは思わなかった、と応ずる。結局、足枷で拘束し、牢上にあおむけに寝かせて書巻を読ませた。僧侶数千名の法名を見せ、このうち誰れそれと面識があるか、を答えさせた。

法英は連日これを閲覧し、十二歌を差し出した人物をメモして獄吏に手渡した。吏が交游の経緯を尋ねると、もともとは関係はなかったが、うかつにも一度その堂僧の文を笑いとばしたことがあり、恐らく彼が馬鹿にされたと申し立てたのであろう、と。彼は自分こそ張懐素の仲間で、法英と共謀し、蜀に入って反乱を起こそうとした、とのべた。しかし、調べてみると、そうした事実はなかった。なんで勝手な言い掛りをつけるのかと問い詰めると、案の定むかし軽蔑されたのを恨んでのことであった。

堂僧は死罪となり、法英は釈放された。「コトバが人を傷つけるのは、剣よりも深い」、まことに戒めとすべきである。ひとたび文を毀《そし》ったら、すぐさま死が迫ってくる、この応報の冷酷さは、すさまじい！（巻上二九頁）。

「大明山」は明州鄞県の東にある梅林の名所。禹祠・上下天竺院等の寺観があった。法英は明州の張氏の子。儒者の途をすて得度した。九峰山（浙江）に籠って修業し、頭角をあらわす。元祐四年、法英等十八人が明州に状し、杭州の僧元照がひろめる『浄土集』の真疑究明を請うが、州司は和解という結着をつけた（『仏祖統紀』巻四六）。宣和初、すぐれた僧に徳士の称号を与えるという敕があり、徽宗は法英の進呈した『老子道徳経』を高く評価し、彼に称号を賜わった（『五燈会元』巻一六）。

「浄因院」は『汴京遺跡志』巻一一に「梁楼の西、汴河の南に在り。元末、兵燬く」とある。張懐素、自ら落魄野人と号す。舒州（安徽）の人。崇寧間、京師・真州・蘇州等の地で妖教を官員間にひろめ、蔡京・蔡卞・呂恵卿とも交游があった。大観元年（一一〇七）知和州呉儲等と謀反を起こし、失敗して誅殺された。連座した官吏は多数にのぼった。

〔説李廷珪父子墨〕

呉幵は唐以来の墨の収集家という一面も備えていた。本項は、むしろ墨の効用を説いたものであるが、荘綽は呉玕の「観墨詩」に和して詩篇をものするほどの惚れ込みようで、「好評の部」に入れるべきだったかもしれない。

　呉玕正仲は家に唐以来の墨を蓄え、李氏の製品をたくさん所蔵していた。呉はいう、「李廷珪の右に出る者はなく、彼の墨のもつ堅さ鋭さは、木さえ削ることができた。自分は華厳経一部を書写したさい、半ばは廷珪の墨を使い、研《す》った量はわずか一寸であった。ほかの四秩分は李承宴（廷珪の弟）のを用い、二寸を費した。つまり墨の堅固さの違いが判る」と。

　王彦若の『墨説』に「趙韓王（趙普）、太祖に従って洛陽に行き、故宮を訪れた。ある部屋に置かれた小箱を取り出して中を覗くと、ことごとく李氏父子製造の墨であった。太祖はそれをすべて王に下賜した。後に王の息子のヨメが産褥中に血の巡りが悪くなり、医者は古墨を入手して薬とした。墨一枚を烈火中に投入し、その粉末を酒に混ぜて服用させたところ、すぐに癒えた。諸子は分娩用に準備しようと心掛け、多くの墨を取り出して焼き、それを分かちもった。こうして、世間ではますます李氏の墨は得難いものとなった」という。

　余、かつて呉玕の「観墨詩」に和して、「頼《さいわい》陳玄（墨の別称）を召し典籍伝わり、肯えて辺（後漢の辺韶）腹を教て擅《し》に便々たらしめんや。竟に削木を誇るも真に余事《ささいなこと》、郤って磨人の永年を得たるを笑う。三友（琴・酒・詩）は毛穎（毛筆の別称）の後に居らず、五車は仍お楮生（紙の別称）の前に在り。祇《た》だ愁う公子の医説に従うを。火煆の生分《いきわかれ》は銭に直せず！」と詠ず（巻下一〇四頁）。

李廷珪。南唐の墨工。易県（河北）の人。父超と共に名工の誉が高かった。宋以来、「廷珪墨」として珍重され、「澄心堂紙」「竜尾硯」と合わせて三宝と称された。『南村輟耕録』巻二九墨参照。荘綽詩の語彙。「陳玄」は墨の別称であるが、年代が陳（古）ほど佳い玄（黒＝墨）ゆえ、そう名づけられた。

「辺」は辺韶、字孝先。後漢陳留浚儀（河南）の人。桓帝の時、『東観漢記』の編纂に参与。やがて尚書令となり、ついで陳の相につく。

『後漢書』巻八〇上辺韶伝に「文章を以って名を知られ、数百人を教授す。韶、口辯なり。曾って昼日假臥す。弟子、私に之れを謿《あざけ》りて曰く、〝辺孝先、腹便便。書を読むに嬾《おこた》りて、但だ眠ることを欲す〟と。韶、潜に之れを聞き、時に応じて対えて曰く〝辺を姓と為し、孝を字と為す。腹の便便たるは、五経の笥《はこ》。但だ眠ることを欲するは、経事を思えばなり…〟と。謿る者大いに慙ず」とある。「便便」は肥満。五経をつめこむための肥満腹は不必要の意。

「五車」は読書が多く学問が広く深いこと。戦国時代、恵施は五台の車に積むほどの書を持っていた故事に基づく。

〔十世登科〕

荘綽は科挙には手が届かなかったし、中央で官職についた経験もない。そのこともあってか、華宗盛族に対しては、ことのほか関心が強く、羨望の念を懐いていた。

岐国公王珪は元豊中に丞相となったが、父準・祖贄・曾祖景図、すべて進士科に合格している。珪の子の仲修も元豊中に科挙に合格している。珪は詩で「三朝（仁宗・英宗・神宗朝）、主に遇いて惟だ文翰（翰林学士）。十榜、家に伝わりて姓名有り」という。注では「太平興国より以来、四世にわたりつごう十度も榜（合格掲示板）で合格者を出した」と。後に姪の仲原の子耆、仲孜の子昴も次々と合格し、昴にいたっては首席の状元であった。

本朝では、六世にわたって合格したのは、晁文元と王家の二例だけ。ただ、晁の第一世は格下の賜出身である、崇寧四年、王者が始めて合格したが、岐公の長子仲修は詩を作り慶祝して、「宴を錫わりて便ち光禄酒を傾け、袍を賜わりて還た上林花を照らす。衣冠の盛事、書に堪うるの日、六世の詞科只だ一家のみ」と。

また、漢国公（王）準の子四房（分家した四子）・孫の壻九人―余中・馬玿・李格非・閻丘籲・鄭居中・許光疑・張燾・高旦・鄧洵仁―はみな合格した。鄧・鄭・許は相い継いで翰林学士となった。曾孫の壻秦檜・孟忠厚は宰相つまり開府儀同三司となった。華宗盛族というべきである（巻中七六頁）。

王珪（一〇一九―一〇八五）、字禹玉。華陽（四川）の人。慶暦二年進士。熙寧三年参知政事。元豊五年尚書左僕射兼門下侍郎を拝し、岐国公に封ぜられる。執政から宰相まで、つごう十六年。父準―太常博士、漢国公に追封さる。祖贄―兵部郎中。曾祖永（字景図）―起居舎人。王仲修―崇文院校書。王昴―重和元年状元。高宗時、起居舎人・秘書少監。「三朝遇主…有姓名」の句は、『石林燕語』巻九にみえ、王珪が聞喜宴の席上、范鎮の詩に和した、とある。

晁文元（九五一―一〇三四）、諱迥、字明遠、謚文元。澶州清豊（河南）の人。太平興国五年進士。真宗時、工部尚書。「晁一世賜出身」は晁迥の子宗慤。字世良、謚文荘。父の恩蔭で秘書校書郎となり、のち召試にて進士及第を賜わる。荘綽は「賜出身」とするが、『宋史』巻三〇五の伝では、賜進士及第となっている。「光禄酒」は宮廷用の酒。「上林花」は宮廷庭園である上林苑の花。

〔李邦直韓惟忠墓表〕

王珪・晁迥のほかにも華麗な一族は存在した。巻中六〇頁に李清臣が撰した「韓太保（韓惟忠）墓表」が掲載されている。原文は『新刊名臣碑伝琬琰之集』巻四〇に収められており、荘綽のはその節略である。李清臣（一〇三一―一一〇二）、字邦直。先世は大名魏（河北）の人。安陽（河南）へ徙居。皇祐五年進士。元豊から元祐にかけて尚書右丞から左丞へ。司馬光等と対立し、新法を首唱。徽宗即位時、門下侍郎となる。荘綽は政見を異にする李清臣の敘述を好悪の情を混じえずに紹介する。

韓惟忠に始まる系譜をたどると、韓惟忠→韓処均→韓保枢→韓億となる。つまり韓億は惟忠から数えて四代目に当る。韓億（九七二―一〇四四）、字宗魏、謚忠憲。真定霊寿（河北）の人。開封雍丘（河南）に徙居。景祐四年、参知政事。この韓億には八子があった。そのうちの第三子韓絳（熙寧三年の宰相）が元豊元年に知定州に貶されて赴任する途次、故里の霊寿に立ち寄り、李清臣に墓表の撰文を依頼したわけである。

李清臣は敘文のなかで、歴代王朝の名臣に河北人が多いことを具体的に示し、韓絳の歓心を買っている。さらに墓表の結びで、これはたんに太保公の系譜を明らかにするだけでなく、天下人の子孫に広く示そうとするものである、とのべている。

さて、荘綽は墓表をうけて、次のような評言を付し、名門を顕彰している。「忠憲公、名は億。仁宗に事えて同知枢密院・参知政事となる。八子がいた。綽・縝（一〇一九—一〇九七。哲宗時、尚書右僕射兼中書侍郎）は宰相となり、維（一〇一七—一〇九八）は門下侍郎となり、四人（綱・綜・繹・緯）は員外郎となり、一人（絅）は（光禄）寺丞となるが早世した。ために、黄庭堅は韓綽に輓詩を贈って、〃八竜、月旦に帰し、三鳳、天衢に継ぐ〃と記すが、これは実録である（巻中六〇頁）。「八竜」は早世した第八子韓絅。「月旦」は陰暦で毎月の初日。「三鳳」は億・綽・縝の二代三人の宰相。「天衢」は天助。

〔王琪韓億子弟〕

王氏・韓氏への賞讃はまだ続く。この両家の人々は器量・才覚ともにすぐれ、父兄の恩蔭によらずに官職を得たことを強調する。一方、仁宗朝の翰林学士で、『南北史』『隋書』の校勘で功のあった彭乗（九八五—一〇四九）は、故里の益州華陽（四川）で万巻の書を収集したことで知られているが、なぜか子弟には教育を施さなかった。荘綽は同じ蜀の文章家として名高い范宗韓の上言を引いて皮肉る。

王琪、字は君玉。先祖は蜀人である。従弟の珪・瓘・玘・琉はみな文章家として知られている。世の衣冠の子弟で勤学して富貴となり、父兄の恩蔭に頼らなかった者といえば、韓億の諸子と王氏だけである。

時に、翰林学士彭乗は子弟を訓えなかった。文学参軍范宗韓は皇帝に文書を上ってこれを咎め、「王氏の琪・珪・瓘・玘は器が璠璵（美徳賢才）、韓家の綜・緯・縝・維は才が経緯（貴重な人材）である。恩蔭で官職を得たのではなく、修学によって成就したのである」とのべた（巻下九〇頁）。

王琪は華陽（四川）の人。彭乗と同郷。珪の従兄。児童にして詩歌をよくし、進士に挙げられる。仁宗時、館閣校勘・両浙淮南転運使・知制誥となる。その後、江南の数州で知州を務め、礼部侍郎で致仕。「璠璵」は美玉。美徳賢才の比喩。「経緯」はタテ系とヨコ系。条理をわきまえた人材の比喩。

〔帝宗族姫之讖〕

仁宗の第十一女の秦魯国公主は不遇を託って八十六歳の生涯を閉じた。公主は治平四年（一〇六七）、呉越忠懿王銭俶の曾孫にあたる右領軍衛大将軍銭景臻に嫁いだ。銭景臻には忱・愐・愷の三子がいたが、公主は自身の産んだ忱を溺愛した。

徽宗が政和間に、公主・郡主・県主を帝姫・宗姫・族姫と改称したのにともない、いちじ令徳景行大長帝姫と改称した。しかし、建炎初に「主」が復活する。「姫」は「飢」と同音で、不吉であるという理由からであった。晩年、公主が避難先の広南から高宗に向って、帰京を願望する旨の上奏文を呈出するが、その中に「飢」字が用いられていることを荘綽は訝っている。

秦魯国大長公主は昭陵（仁宗）の女《むすめ》で銭景臻太傅に降嫁し、今上（高宗）からすれば曾祖姑に当る。

二人の子忱と愐は節度使となり、靖康時には上将軍とされ無給となった。三番目の幼子は遙郡防禦使であった。

紹興間に至って、新しい制度により参部（吏部・兵部・刑部）を経ない者は、俸銭を支給されなくなった。結局、三子はみな無禄となった。唯一、大主がもらいうける銭斛が頼りだったが、それでは費用をまかないきれなかった。

ついで金軍の南侵を避けて、広南を転々とするが、到る所でそれほど多くの支給は受けられなかった。時に年齢は七十を過ぎていた。皇帝に申し出て都にもどろうとしたが、認められなかった。それでも、再度上奏し、「妾《わたくし》は飢え窘《くる》しんでおりますが、みだりに請求はいたしません。ただ年老い病気がちゆえ、瘴癘の地を出て、一度でも皇帝の御姿を拝見できれば、死んでも恨みません」と訴え、やっと上京を許された。

かつて上皇（徽宗）は公・郡・県主を改めて帝・宗・族姫とした。時に語音（姫と飢の音通）を不祥となし、復元した。ところが、ここに及んで大主の飢窘の言が上奏文に顔を出す。なんとも奇怪なことである（巻中七三頁）。

「上将軍」唐では宮禁の侍衛に当る武官であったが、宋では宗室等に与えられる実職を伴わない虚銜であった。「遙郡防禦使」遙郡は唐代で皇族や宰相が都にいて任地へ赴かず、実職を伴わない形での称号であった。宋も基本的にはこれを継承した。正任と遙郡の別があって、前者は武階を帯びず、後者は帯びた。「参部」官員が印紙・告敕・宣劄などを携帯して吏部・兵部・刑部等の主管機関に赴き、差遣を注授されること。

上皇（徽宗）が「主」を「姫」と改称したことは、徐度『却掃編』上に、「政和間、始めて周の王姫の称を采りて、公主を改めて帝姫と曰い、郡主を宗姫と曰い、県主を族姫と曰う。…公主の号、建炎の初め己に之れを復す」とある。政和間とあるのは、『会要』帝系八─二公主によれば政和三年閏四月のこと。建炎初に「主」称が復活したのは、宰相李綱の建言による。なお、呉曾『能改斎漫録』巻一二記事「公主称」にも同種の記載がある。

第二章　杜甫・蘇軾への崇敬と思慕

全編の人名索引を作成すると、杜甫と蘇軾の二人が群を抜いて頻出することに気づく。杜甫は二十四項目中、蘇軾は十八項目中に、それぞれ登場する。どちらかというと、シニカルな性格の持主であった荘綽も、この二人については心底から親愛の情を寄せていた。もちろん、詩篇への崇敬の念が基底にあったわけだが、それとは別に生涯の履歴が己れ自身のそれと重なり合うと感じていたのではなかろうか？

官職には恵まれず、放浪生活を続けた杜甫。中央・地方官を遍歴するが、諫言を敢えてする性癖が災いして、たびたび左遷・流罪の苦汁を嘗めた蘇軾。科挙には手が届かず、恐らく父の恩蔭で任官し、各地の知州・通判を転々とした荘綽。諸州とはいっても、裕福な州とは無縁であった。金軍の南侵によって、こよなく愛した故里潁川を放棄し、南への移住を余儀なくされた前半生。左遷への悲哀こそ味わわなかったものの、どこか同時代の先輩蘇軾の境涯に共鳴するむきがあったと想像される。

〔天性与宿習〕

唐代の数人に亙して、杜甫が幼少時より天賦の才能に恵まれていたことを称賛する。杜甫自身のコトバとして、七歳で詩を詠み、九歳で書法・作文をよくした、という。

世の中には、わざわざ学ばなくとも、もともと天分に恵まれている者がいる。それを儒家は天性といい、仏徒は宿習といい、けっこうこの種の人間は数多い。唐は文運隆盛であった。白楽天は生後七か月で「之」「無」の二字を識っていた。権徳輿は三歳で四声の音韻に通じ、四歳でよく詩をものした。

韓退之は自身で「七歳で書を読み、十三歳で作文をよくした」といい、杜甫も自身で「七歳で思慮深く、口を開いて鳳凰詩を詠んだ。九歳で大字を書し、作文は大きな袋一杯」といった。李泌が方・円・動・静を賦したり、劉宴が「朋」字だけ校正できなかったことなどは、学力による達成とはかかわりがない。羊祜が（五歳にして鄰人李氏の桑樹中に）環がかくされている処を探し当てたが、これから類推すれば、宿習の言辞は信憑性がある（巻下一一〇頁）。

白楽天（七七二―八四六）。『新唐書』巻一一九白居易伝に「其れ始め生まれて七月にして能く書を展べ、姆「之」「無」両字を指すに、百数を試すと雖も差わず」とある。権徳輿（七五九―八一八）。『新唐書』巻一六五権徳輿伝に「徳輿、生まれて三歳にして四声を変ずるを知り、四歳にして能く詩を賦す」とある。杜甫（七一二―七七〇）、『杜詩詳註』巻一六壮遊にみえる。李泌（七二二―七八九）。『新唐書』巻一三九李泌伝に「（張）説、方円動静を賦せんことを請う…泌即ち答えて曰く〝方は義を行うが若く、円は智を用うるが若く、動は材を騁《のば》すが若く、静は意を得るが若し〟」とある。

劉宴、正しくは「晏」（七一五―七八〇）。『唐語林』巻三に「張説、問いて曰く〝居官以来、字を正すは幾何《いくばく》ぞ？〟劉晏抗願して対えて曰く〝他字皆正す、独り朋字のみ未だ正さず〟と。説、聞きて之れを異とす」とある。ところで、『明皇雑録』巻上はやや趣きを異にし、「玄宗、晏に問いて曰く〝卿、正字と為り、正し得たるは幾字なるや？〟晏曰く〝天下の字は皆正す。唯だ朋字のみ未だ正すを得ず〟」と記す。最後の羊祜（二二一―二七八）だけは西晋の人。『晋書』巻三四羊祜伝に「祜、年五歳、時に乳母をして弄ぶ所の金環を取らしむ。乳母曰く〝汝、先に此の物無し〟と。祜即《ただち》に鄰人李氏の東垣桑樹中に詣り、探して之を得たり…」とある。

杜甫に反戦を歌った二つの五言詩がある。乾元二年（七五九）の「新婚別」は、河陽の防備に徴集された夫を新婚の妻が詠んだ詩である。大暦五年（七七〇）の「白馬」は、湖南観察使崔瓘が潭州で乱を起した兵馬使臧玠に殺される事件にヒントを得て作られた。ちなみに、杜甫はこの年の冬に、湘江に浮かぶ船中で病死している。

日頃、荘綽はこの両詩を愛唱していたのでは？ 詩中の句を、それぞれ二項目中で使用しているからである。まず「新婚別」。巻上八頁に、近時冠婚喪祭の礼儀違反が目立つことを嘆いた一文があり、「結髪為君妻」（髪を結んで君の妻と為り）の句を引いている。巻下一一七頁に、陳師道・蘇軾の詩に民間の俗語が多用されていることを指摘する一文があり、導入部で「雞狗亦得将」（雞狗も亦た将《とも》にするを得）

の句を使っている。杜甫のこの一句は荘綽にとってよほど印象深かったのか、前章「同時代の人物評—好評の部」陳師道項（巻中七四頁）でも援用されていた。雞狗については、当時の諺語「嫁雞随雞、嫁狗随狗」（雞に嫁すれば雞に随い、狗に嫁すれば狗に随う）または「嫁得雞、逐雞飛、嫁得狗、逐狗走」（嫁、雞を得ば、雞を逐いて飛び、嫁、狗を得ば、狗を逐いて走る）と同調である。

　つぎは「白馬」。「喪乱死多門」句を二項で重複使用する。「喪乱」は動乱・災難。「多門」は『杜詩詳註』によれば、冦賊・官兵・賦役・饑餒・奔竄流離・寒暑暴露といった死をまねく諸状況をさす。巻中四三頁に唐宋戦乱時の食人肉についての記事があるが、そこでこの一句を引き、信《まこと》なり！と断ずる。さらに巻中六四頁に、南宋初、金軍の南侵にともない人災・天災によって塗炭の苦しみに遭遇した人々を描写し、やはりこの一句に凝縮した様相と捉えている。荘綽にとっては、恐らく自身の南への逃避行で見聞した地獄図が脳裡に焼き付き、「白馬」詩中の一句は他人事ではなかったのであろう。

〔李杜詩交〕

杜甫については、別章の随所で点描するはずである。ここでは、エピローグに李白との交遊を検証した一項で締め括りたい。

　杜子美に李白に寄贈した詩及び姓名を他に寄する詩、計十三篇がある。「昔遊」詩で、「昔、高適・李白と晩《くれ》に単父台に登る」という。また「登兗州城楼」詩もある。つまり、魯（単父台は山東単県）と碭（安徽碭山県、古えは兗州属）は隣接しているのである。一方、太白にも「魯郡堯祠送別」の長句がある。誰れのために作ったかは明らかにしないが、二公はかつて当地を訪れている。

世間では、太白には飯顆山の一絶があるほかは、少陵に与えた詩はないという。史書は「蜀道難」詩は杜のためにものしたと称す。二公は文才で比肩する。交友の親密さからして、互に詩の応答・贈呈がなかったはずはない。恐らく遺佚があったのであろう。（杜）工部は排行が二であり、高適・厳武等諸公は杜二と呼んだ。今、『李白集』中に「魯部東石門送杜二子」詩一篇がある。余は題下に「美」一字が脱落していると思う。

杜が白に贈った詩に「秋来相顧尚飄蓬」の一句があり、かたや李には「秋波落泗水」「飛蓬各自遠」の句がある。このことから推測すれば、両者間の詩の応答を疑う者はいないはず。俗人は李白が翰林に席をおき、その栄誉から自ら杜甫と絶交したというが、右の詩の応答からして、二人が栄誉を争ったという非難はあたらない。

「（魯郡で）酔別、復た幾日ぞ、登臨、池臺に徧ねし」、続けて言う「何れの時にか石門の路、重ねて金尊（樽）の開く有らん。秋波、泗水に落ち、海色、徂徠に明らかなり。飛蓬各自遠し、且《しば》らく林（手）中の林を尽さん」と。更に「送友人尋越中山水」詩があって、いう「聞道《きく》ならく稽山に去《ゆ》けば、偏に謝客の才に宜し。此の中逸興多く、早晩、天台に向わん」と。少陵の「壮遊」詩にいう「東、姑蘇台に下る、已に浮海の航を具う。剡渓、秀異を蘊《あつ》む、罷めんと欲するも忘る能のず。帰帆、天姥を払う、中歳、旧郷より貢せらる」と。李がいう友人とは、たぶん杜子美であろう（巻上二六頁）。「凡十有三篇」を『容斎四筆』巻三「李杜往来詩」では「凡十四五篇」とする。「晩登単父台」の「晩」を「同」に作る板本がある。「魯郡尭祠送別」は正確には「秋日魯郡尭祠亭上宴別杜補闕范侍御」をさすと思われるが、長句ではない。類似の題名「魯郡尭祠送竇明府薄華還西京」は長句であるが、内容はここに合致しない。なお、前掲『容斎四筆』の「李杜往来詩」に次の趣旨の文がみえる。李白が杜甫に与えた詩は一句もない。或る人は尭祠亭にて杜補闕と別れた詩があるというが、それは正しくない。杜は右拾遺になったが、補闕の経歴はないからである、と。さて「二公皆嘗至彼」の「彼」は魯郡つまり兗州であろう。「尭祠」は兗州の南にある。

「飯顆山」唐・孟棨『本事詩』に「白、才逸気高、律詩殊に少なし。故に杜に戯れて曰く〝飯顆山頭、杜甫に逢う。頭に笠子を戴き、日は卓午《しょうご》〟」とある。飯顆山は物に拘泥するさまを飯粒にたとえて譏った語。「史称蜀道難為杜而発」の「史」は『新唐書』巻一二九厳武伝。伝では、「蜀道難」は厳武が房琯と杜甫を殺そうとしたのを、李白が非難して作った詩だとする。しかし、宋代以降これについては考証があり、結論だけ示すと、『夢溪筆談』四弁証二及『容斎続筆』巻六「厳武不殺杜甫」は、いずれも『新唐書』の記載を誤りとする。

高適（七〇二？—七六五）、字達夫。滄州（山東）の人。安史の乱のさい、監察御史として潼関を守った。李白・杜甫と交游があった。厳武（七二六—七六五）、字希鷹。華州華陰（陝西）の人。杜甫とは武の父厳挺之を通じて交流があった。杜甫は武の推薦で節度参謀・検校工部員外郎に任じた。李白「魯郡東石門送杜二子詩」は天宝四載（七四五）の作。この年、李・杜両人は斉魯に遊ぶ。『李太白集』は「杜二子」を「杜二甫」に作る。

「秋波落泗水」「飛蓬各自遠」の二句は、李白が石門山（山東曲阜）で杜甫と離別したさいに詠んだ情景描写である。「秋来相顧尚飄蓬」は『杜詩詳註』巻一「贈李白」の初句で、自らの失意流浪の身を嘆きつつ、李白との惜別を謳っている。「送友人尋越中山水」詩の初句・第二句・第十一句・結句である。「謝客」は謝霊運。「稽山」は会稽山（浙江）、「天台」は天台山（浙江）。「友人」は未詳。荘綽は杜甫と推測しているようだが、杜甫の呉越游は開元十九年（七三一）から数年間、李白との邂逅は天宝三年（七四四）洛陽においてである。荘綽の勘違いか？

〔蘇黄等墨迹可宝〕

紹聖元年（一〇九四）、蘇軾は朝政誹謗の科で流刑地恵州（広東）へ送られた。途上、淮南東路転運副使荘公岳配下の舟兵の協力をえて、無事に目的地に到達できた。そこで、蘇軾は謝意を表明する書翰を公岳に送った。荘綽はそれを額縁におさめ、家宝として守ってきたが、金軍の南侵で故里潁川が破られ、すべて灰燼に帰した。これは、彼にとっては悔んでも悔みきれない悲運であった。蘇軾への思慕の念をこめて、こう語る。

亡父荘公岳は元祐中に尚書吏部郎中となる。当時、黄庭堅が館中におり、毎月史院で入手した筆墨をいつものように米と交換していた。礼品は積もるばかり、礼状を納める軸は一杯。これを「乞米帖」（顔真卿の法帖名）になぞらえた。後に亡父は淮南東路転運副使に転じた。（党争のあおりで）諸公は南方にとばされたが、亡父は舟兵を用意して、彼等を送行した。そのため、蘇軾は恵州に到着すると書翰を送って謝意を表し、「お蔭様で二名の舟兵の手をかり、旅程での風水の危険を避けることができました。御高誼に感謝し、いう言葉もありません。遠々と海上を走行し敢えていえば、（流罪を）慨嘆すること限りなし！です」とのべた。

余はこの書翰を額縁におさめて家宝とした。崇寧初、晁補之がこれに跋文を付し、「明月の真珠・夜光の名玉も暗闇で人に投げだせば、剣の柄に手をかけて凝視しない者はいない。まして、呉越（といった遠地）を嗜好することなどありえようか。季裕は他人と比べて数等抜きんでている！」という。また昭陵（仁宗の陵墓）の金花盤竜箋の上に飛白（書体の一種）でもって「清浄」の二字が書かれている。この二字の六点は魚竜鳥獣を象っており、王著が献上した三百点の中にはないものである。さらに十幅の紅い絹布上の飛白二十字はもともと牛商人王旦の番頭のものであった。

東坡は「白紵詞」を書き、（蘇門）四学士（黄庭堅・張耒・晁補之・秦観）とともに各々この詩詞を書き写した。すべて二十軸、これを懸けると堂宇は光り輝いた。権勢・利益の誘惑にもめげず、大観以後も幸い保存できた。ところが、靖康中、潁川が金軍の侵犯にあい、灰燼に帰した。このことが己れの心に往来し、今でも消え去らない。珠玉はいったん手に入れたら、再度得られるものではない。本当に悔みきれない！（巻上三六頁）。

晁補之（一〇五三―一一一〇）、字無咎。済州鉅野（山東）の人。元豊進士。少くして蘇軾からその文才を認められ、蘇門四学士の一となる。中央では吏部員外郎・礼部郎中兼国史編修等を歴任した。ただ、党争の起こるたびごとに地方へ左遷され、紹聖では処州・信州酒税監、崇寧では湖州・密州・果州、大観では達州・泗州を歴知した。

なお、補之の跋文の前半部分（「明月之珠…莫不按剣而相眄」）は、『史記』巻八三鄒陽列伝からの借用である。「飛白」は後漢の蔡邕の始めた特殊な書法。王著（?―九九二）、字知微。成都の人。後蜀のとき明経及第。宋の太平興国中、翰林院侍書兼侍読。書法にすぐれ、草書・隷書に特長があった。「白紵詞」楽府、呉の舞曲の名。

〔蘇軾重送顧臨詩〕

顧臨（一〇二八―一〇九九）、字子敦。会稽（浙江）の人。胡瑗に学び、経学・訓詁に長ず。元祐二年（一〇八七）給事中となり、河北都転運使に転ず。河勢に精通す。蘇軾等は顧臨を高く評価し、京師へ召還するよう働きかけるが実現しなかった。その後、給事中に復活し、刑・兵・吏三部侍郎兼侍読をへて翰林学士となる。紹聖初、再び地方へ出され、知定州から応天・江南府へ移された。最後は党人と指弾され、斥けられて饒州居住となる。

蘇軾に「送顧子敦奉使河朔」（元祐二年四月）と題する送行詩がある。荘綽はこれを引用しながら、蘇・

顧両人の親密な間柄に言及する。とりわけ行間から伝わってくるのは、蘇軾の人間性への敬意・憧憬の念である。

翰林学士の顧臨子敦は容姿が雄偉で、まだ世間に知られていない若い頃、人々は「顧屠」(デブの顧)といって嘲った。元祐中、給事中から河北都転運使に転じた。蘇軾は詩を作って顧に送った。「わが友顧子敦は体躯・胆力ともに雄偉。便々たる太鼓腹。たんに書籍を貯えるだけでなく、人間数百を寛大に受け容れる。一笑すれば、万事はおさまる。十年、地方に出されてウダツが上らなかったが、その間喜怒をあらわにしなかった。刀を磨いで羊豚に立ち向かい、酒杯を傾けて近隣と愉しんだ。都への復帰は夢、豊頬はいやますばかり、平生は批敕手(屠宰の手)、濃い墨を使って黄紙(詔文)に書く手でもある。たまたま燕然山(河北)を制圧したため、上朝して剣を佩びるという特権に浴す。ひるがえって河朔へ向かい、坐しては東郡(河南・山東)の河流を懸念する。黄河の流れにも屹然として動じず。(前漢)尊の勇気に匹敵する」と。

顧臨はこの詩を手にして不機嫌になった。河朔に赴くにあたり、諸公が郊外で送別の宴を催してくれた。蘇軾は病気を理由に参加せず、かわりに弁解の詩を送った。「君は江南の英雄。河朔の偉人。似ているのは張長史？　上書して心から君を都に留めんとしたが、言が拙くて結局はダメ。どうか何も言わずに許してほしい。都から出るのも留まるのも、ともに良し。輿にすがって六尺(皇帝の輿)と並び、高官となって万里を飛ぶ。誰れが遠と近は殊なるなどと言おうか？　どちらにせよ、朝廷の美徳の恵み。送別の行先は遙かかなた。急いで酔墨を紙にそそぐ。我れは病で門を杜ざし、商頌（商音の悲哀の響き）は空しく履を振った次第。今度は何日お会いできましょうか？　一時の歓びは覆水と同じ。どうぞ千金の体躯をお大事に。さきの詩句はちょっとふざけただけ！」（巻中七〇頁）。

（王）尊、字子贛。前漢、涿郡高陽（河北）の人。元帝成帝時、県令・郡太守・京兆尹等を歴任。廉潔奉公、悪を誅し豪強を避けず。かつて終南山の傰宗起義を鎮圧。後、徐州刺史・東郡太守を歴任。黄河洪水にさいし、体躯をはって隄壊に立ち向かい、それを阻止。「吏民、尊の勇節を嘉壮す」（『漢書』巻七六王尊伝）と伝えられている。

張長史、張柬之（六二五—七〇六）、字孟将。襄州襄陽（湖北）の人。進士及第。監察御史から鳳閣舎人へ。武后の旨に忤い、合・蜀二州刺史に出され、ついで荊州大都督府長史に遷さる。武后の晩年、宰相となる。神竜元年（七〇五）政変を発動し、張昌宗・張易之を誅殺し、武后を退位させ、中宗を迎えて復位させた。功をもって天官尚書に昇格し、中書令へ遷る。後に武三思に排除されて相を罷め、新州司馬に貶されて憤死した。

「六尺」六尺輿のことで、皇帝の乗る車。方徑が六尺。「商頌空振履」は蘇軾「次韵鄭介夫」之一に「相い与に氈を韜《か》みて漢節を持す。何ぞ履を振りて商音を出すを妨げん？」とある。商音とは、前漢の鄭崇が傅太后の従弟商を天子が封ぜんとした事を諫め阻んだことをさす（『漢書』巻七七鄭崇伝）。従って商音は悲哀の響き。「商頌」は『詩経』三頌の一であるが、ここでは商音にかけている。

「振履」は履を曳いて音を出すこと。尚書僕射鄭崇が哀帝に面会を求め諫言を呈するさい、そのつど革履を曳いて音を出した故事。そこから、皇帝への諫言を意味するようになった。つまり前漢の故事をひき、蘇軾が自らを鄭崇になぞらえ、顧臨を都に留めようとした諫言が空振りに終ったことをさしている。

〔六客詞紀事〕

蘇軾は熙寧七年（一〇七四）、通判杭州から知密州へ転ずるが、おそらくその途次だと推測されるが、呉興（江蘇）に立ち寄り、劉述以下の五客と会合をもった。その中のひとり張先が「定風波詞＝六客詞」を詠んだ。十五年後、元祐四年（一〇八九）に蘇軾は知杭州に赴任するさい、再度呉興を経由するが、そこで張仲謀以下の五客と会合をもち、仲謀の懇請に応じて「後六客詞」を詠んだ。

前後二回にわたる呉興の会は、蘇軾を除く五客の顔触れが全く違う。荘綽はいっさい私見をまじえずに、会の雰囲気と詞の内容を語る。それにしても、蘇軾に対する敬愛の情が滲み出ている挿話である。

蘇子瞻は劉孝叔・李公択・陳令挙・楊公素と呉興で会合をもった。時に張子野も同席しており、「定風波詞」を作って六客を謳い、終章で「尽く道《い》う、賢人、呉分に聚まる、と。試みに問う、也た応に老人星有るべきや」と。それから十五年たって、蘇公は再び呉興を訪れたが、あの五人はすでに他界していた。

今度は張仲謀・張秉道・蘇伯固・曹子方・劉景文が同席した。仲謀が蘇公に「後六客詞」を作ってほしいと請うた。応じて言う「月、苕谿に満ちて夜堂を照らす。五星一老、光芒を闘わす。十五年前、真に夢の裏、何事ぞ、長庚月に対し、独り凄涼たり。緑髪蒼顔、同一《とも》に酔う。還た是れ、六人は水雲郷に吟笑するか！　賓主の談鋒、誰れか似るを得るや？　看取せよ、曹・劉は今の両蘇・張に対すを」と。（巻下一〇三頁）。

劉孝叔、諱述。湖州帰安（浙江）の人。景祐進士。神宗時、侍御史となるも、王安石と対立し貶斥される。李公択、諱常。建昌（江西）の人。皇祐進士。はじめ王安石と善交。後、新法に反対して地方に出されるも、哲宗時に吏部侍郎・戸部尚書に進み、御史中丞兼侍読を拝す。陳令挙、諱舜兪。湖州烏程（浙江）の人。慶暦進士。嘉祐年間、秘書省著作郎。後、官を棄てたが、熙寧年間屯田員外郎知山陰県で復活。青苗法に反対して左遷さる。司馬光・蘇軾と交游があった。楊公素、諱絵、字元素（公素は誤り）。綿竹（四川）の人。皇祐進士。神宗時、御史中丞・翰林学士。王安石に忤い、知亳州から知応天府・知杭州へ。後、再び翰林学士となる。張子野、諱先。烏程（浙江）の人。天聖進士。知呉江県。晏殊が知開封の時、召されて通判となる。仕して都官郎中に至る。

張子野の詞は、呉興に集った賢人を賞讃しながら、そこに老人星（八十五歳の己れ自身）が居てよいのだろうか？　と謙称する。「老人星」は南極星の異称であるが、ここは自らを老人星に比定している。

張仲謀、黄州知州徐君猷の妻舅。張秉道、諱弼。杭人。蘇軾はしばしば彼を「髯張」とよんだ。蘇伯固、諱堅。泉州（福建）の人。蘇軾と宗盟を語り合い唱和すること頻り。終官は通判建昌軍。曹子方、諱輔。海陵（江蘇）の人。嘉祐進士。提点広西刑獄。蘇軾、恵州に居ること数年、両者間での往来の書帖がある。劉景文、諱季孫。開封祥符（河南）の人。両浙兵馬都監から知隰州となる。蘇軾が知杭州の時、彼を国士として遇した。家に書画多数を蔵した。

「苕谿」呉興県の別称。境内に苕谿があるため。「五星一老」五星は水・木・金・火・土の五大行星。張子野詞の五客を五星、張自身を一老に比定している。「長庚」宵の明星、金星。西に在って長庚とよび、東に在って啓明とよぶ。「十五年前」『東坡楽府箋』は「十五年間」に作り、「長庚対月」を「長庚配月」に作る。「緑髪蒼顔」老いも若きも一緒に。緑髪は光輝く黒髪、つまり若者。蒼顔は蒼老の容顔、つまり老人。

「水雲郷」呉興をさす。「曹・劉今対両蘇・張」曹・劉は曹操と劉備。聚会者の中の曹子方・劉景文に比定。蘇・張は蘇秦と張儀。同じく蘇子瞻・蘇伯固・張秉道・張仲謀に比定。ちなみに、本項の訳註には石声淮・唐玲玲『東坡楽府編年箋注』三一八―三二〇頁（一九九〇、華中師範大学出版）が参考となる。

〔黄魯直作酒令蘇東坡作謎〕

酒席での遊びである酒令に関する小話である。主役はもちろん蘇軾。相手は、前半は黄庭堅であり、後半は孫賁（元祐・元符間の地方官）と娼女である。ところで、孫は知真州在任中、娼女との親密な飲酒戯謔が問題視され、知淮陽軍にとばされた経歴の持主（『長編』巻四八〇元祐八年正月壬寅）。彼は性懲りもなく秦鳳路提点刑獄時代にも同じ過失を繰り返している（『長編』巻五一六元符二年閏九月壬申）。蘇軾の対応は軽妙洒脱である。この種の話材を荘綽はこよなく愛した。

黄魯直は会合の席上で酒令遊びをし、こういう、「虱は乁を取り去れば虫（蟲）となり、几を添えれば今度は風となる。風煖ければ鳥声砕かれ、日高ければ花影重なる」と。坐客はこれに応答できなかった。他日、東坡にこのことを告げる人がいた。東坡は声を出して答え、「江は水を取り去れば工となり、糸を添えれば紅となる。紅旗は開けば日に向き、白馬は馳せれば風を迎う」と。創意は絶妙だが、むしろ敏捷さがそれを凌ぐ。

東坡はかつて孫賁公素と会ったが、孫はひどく妻君を懼れていた。商謎（なぞなぞ）が得意の妓女がいた。東坡は彼女に向って、「蒯通が韓信に謀反をそそのかしたが、韓信は応じようとしなかった」と問いかける。彼女は思考を重ねたあげく「適中するかどうか判りませんので、敢えて申し上げません」と答えた。孫賁が返答を迫ると、彼女は「彼は怕負漢です」といった。東坡は大いに喜び、彼女を褒めそやした（巻下九八頁）。

「風煖鳥声砕、日高花影重」は唐末詩人杜荀鶴の「春宮怨」にみえる。宮女の不遇を託つ心情を詠んだ詩である。両句は春景を描写しているが、同時に宮女が鳥声や花影に嫌悪感を懐く複雑な心理をも表現しているといわれる。なお、この両句は以後ずっと伝誦され、名句の栄誉に浴した。原詩は「煖」字を「暖」に作る。「蒯通」前漢初、范陽（河北）の人。縦横家。韓信に斉地を攻取するよう説得し、同時に劉邦に背いて独立し、天下を三分するよう勧めた。しかし、韓信は従わなかった。「怕負漢」負けを恐れる奴、または漢に負くを恐れる奴の両義にとれる。韓信だけでなく、恐妻家の孫賁にもかけている。「負」は婦と同音。怕婦は怕老婆。妻の尻に敷かれる意。結びは、妓女の見事な返答に、蘇軾が拍手喝采した図である。

第三章　任地・本貫・行跡にまつわる話題

荘綽の官員生活の出発点はたぶん摂尉襄陽（湖北）である。徽宗朝だと推定されるが、正確な時期は不明。これが初任であろう。というのは、摂尉が現地採用の卑官だからである。襄陽がらみの話題を二つ。

〔襄陽尹氏〕

襄陽の尹氏は唐代に四たび孝弟の旌表に浴した。今でもこの門閥は存続している。介甫（王安石）の詩に「四葉表閭の唐尹氏、一門逃世の漢龐公」とある。ところが、史書には記載がない。余は摂尉襄陽となり、かつて尹孝子母の墓誌を、臥仏僧舎が柱礎としているのを見た。ただ、取り出す暇がなく、放置したまま。それにしても、史書の去と取、幸と不幸は数多い（巻上七頁）。

宋・陳思『宝刻叢編』巻三に引く欧陽修『集古録目』『集古後録』によれば、唐尹氏の旌表は尹養伯（字嗣宗）—尹怦（字守忠）—尹慕先（字冬筠）—尹仁恕（字南金）の一門四闕に恵贈されたもので、天宝五年（七四六）に建てられた。介甫詩は『王文忠公文集』巻五九「寄張襄州」の第三、四句である。龐公は後漢、襄陽の人。自ら襄陽南峴山で農耕。諸葛亮・司馬徽・徐庶と交游があった。建安中、劉表の礼請を拒否し、妻子を伴って鹿門山に隠棲し、採薬にいそしんだ。「臥仏僧舎」臥仏寺は雍正『湖広通志』巻七八襄陽県項によれば、県の西南五里にある。

〔呂居仁詩罵父〕

靖康二年（一一二七）、従前兵部尚書であった呂好問（一〇六四―一一三一）は偽楚張邦昌の下で権門下侍郎となった。曾祖父呂夷簡・祖父呂公著はともに宰相。本人は運命のいたずらで偽楚政権でその役割を担ったことになる。その子の呂本中（一〇八四―一一四五）が南宋初に「無題」詩を作り、父親を罵倒したと評された。しかし、傍証をもってすれば、逆に父の潔白を詠み込んだという説もある。いずれにせよ、舞台は襄陽である。呂本中は旧法党に属し、荘綽は好意的にこの詩を取り上げているように思えてならない。

「金虜焉《いずく》んぞ鼎の重軽を知らん、指蹤するは原と是れ漢の公卿なり。襄陽は只だ龐居士有るのみ、受禅碑中に姓名無し」。人はこれは呂本中居仁の詩だという。ところで、父の呂好問は襄陽城内にいて、張邦昌の擁立を金に要請し、結局偽楚の門下侍郎となった。無名子がこの詩を常山県駅（浙江）に大書し、呂本中が父の頑愚さを罵った作云々」と（巻上二八頁）。

詩句中の「指蹤」（指揮）を『全宋詩』巻一六五呂本中項では「禍胎」（禍根）に作る。「漢公卿」は呂好問。「龐居士」は唐・龐蘊、字道玄。衡陽（湖南）の人。元和年間（八〇六―八二〇）、襄陽にきて修業。

禅宗に洞達し、龐居士とよばれた。『輟耕録』巻一九「龐居士」参照。

「受禅碑中無姓名」に関連し、『要録』巻一二二紹興八年一〇月辛巳に中書舎人呂本中が罷免された記事がある。その中に侍御史蕭振の弾劾文があって、この詩句の意味は、金の傀儡政権＝偽楚張邦昌に仕えた父呂好問の身の潔白を表明したものだとする。つまり、姓名とは呂好問のこと。要するに、無名子の大書の趣意と真向から対立する解釈である。

〔范寛壁画〕

宣和四年（一一二二）かその直後に、荘綽は原州通判となる。真当な官職としては、これが最初である。原州に隣接する寧州（甘粛）の廟に、范寛の描く壁画があって、その出来映えを評価する。任地に近いので、彼の実地観察に基づくと推断される。

寧州の要冊湫廟の殿壁の山水画は、すべて范寛が描いたものである。この地の堂壁には「包氏画虎」と「趙評事馬」があって、いずれも秀作である。廟東の興教院の人物画も范寛作である。張芸叟は「人物画は大きいのも小さいのも、つまらない出来で、王者の相を失っている」という。つまり、范寛は人物画は不得手であった。後殿に甘草一枝があって、長さは二丈余、人の臂《うで》のようで珍しい物である（巻上一八頁）。

「要冊湫廟」寧州貞寧県にあった道観の一部。『太平寰宇記』巻三四によれば、太平興国二年（九七七）、ここに祀られていた要冊湫普済王が賢聖王に加封されたという。范寛、宋初の画家。本名中正、字仲立。

耀州華原（陝西）の人。性格が温容だったため、寛と通称さる。天聖年間（一〇二三—一〇三二）には存命中。北宋前期、李成・関同とともに北方三大山水画家と称された。

張芸叟、諱舜民。邠州（甘粛）の人。治平進士。元祐初、司馬光の推薦により監察御史となるが、崇寧初、元祐党に坐して商州安置に貶された。詩詞にたくみで、絵画を好んだ。荘綽は旧法党に属す張芸叟の批評眼に賛同している。

〔張憬蔵相術〕

荘綽は本貫である潁川への思い入れが尋常でなかった。唐代、許州長社出身の卜占師張憬蔵と弟子劉思礼について語る。実は『雞肋編』の巻上一四頁と巻下一二四頁の二箇所にほぼ同内容の記載がある。巻上で既述したのを失念したのであろうか？　いささか腑におちないところである。

『新唐書』方技伝に「長社の人張憬蔵、技は（袁）天綱と埒《ひと》し」とある。さらに、蔣儼を始めとする八、九人の人相の結果を記載し、異彩を放つ。一方、劉義節伝には「其の子思礼は相術を張憬蔵に学ぶ。憬蔵は思礼の位が太師に至ると予見した。後、思礼は箕州刺史を授けられ大いに喜んだ。太師の位は人臣を極め、天命がなければ得られないと考えた」とあり、あげく綦連耀と結託して謀反を起こし、市で斬刑に処せられた。要するに、相術は当たるも八卦、当たらぬも八卦である。当った場合を取り上げて称賛しているだけ（巻上一四頁）。

『新唐書』巻二〇四張憬蔵伝によると、彼の占卜が当って宰相となったのは姚崇・李迥秀・杜景佺の三人である。それ以外の予言は的中していない。蔣儼（六一〇―六八七）、常州義興（江蘇）の人。高麗に使して幽囚の身となる。後に釈放され、諸官をへて、終官は太子詹事。「（蔣儼等）八九」の看相とあるが、『新唐書』張伝では六例であり、『旧唐書』張伝では蔣儼・劉仁軌の二例のみ。

劉思礼（?―六九七）、劉義節の従子。幷州晋陽（山西）の人。少時、張憬蔵に師事して相術を学ぶ。綦連耀（?―六九七）、武則天の下で洛州録事参軍。神功元年（六九七）、劉思礼と謀反を起こすも失敗し、処刑された。

〔淮陰節婦伝略〕

呂夏卿という人物がいる。字縉叔。泉州晋江（福建）の人。慶暦進士。博覧強記で史学に長じ、『新唐書』編纂で功績があった。英宗朝、史館検討・知制誥となる。神宗朝、熙寧中に知潁州に出され、奇病を煩う。体躯が日々縮まり、臨終には小児のようであったといわれている。その著『呂夏卿文集』（佚書）中の淮陰節婦伝の紹介である。潁川は荘綽の故里、呂夏卿の任地、ただ荘綽が生まれた頃は、すでに呂は没している。

余の家の古籍に『呂縉叔夏卿文集』があって、淮陰節婦伝を記載する。そこにこう書かれている。嫁は若くて美しく、姑に仕えて謹み深かった。夫は商人で、里人と資金を出し合って商売に励み、互に仲良く、代々付き合う間柄であった。里人は嫁の美貌に心を奪われた。三人一緒に長江の舟に乗り、たまたま傍に人がいなかったので、夫を水中に突き落した。

夫は水泡を指して、「他日、これが証拠となる！」といった。夫は溺れ、里人が大声で救助を求めながら助け上げたが、すでに息絶えていた。号泣のあげく、喪服は兄弟と紛うようだった。手厚く納棺し、送礼は至れり尽せり。夫の銭袋を確かめ、一銭たりともくすねることはなかった。販売でえた利益は、均分して帳面につけていた。帰郷すると、全額をその母に差し出し、地を択んで埋葬した。

里人は毎日のようにその家を訪れ、母に仕えること己れの親のようであった。こうして数年がすぎた。嫁は姑が年老いているので、去るわけにもゆかず、みんなは里人に恩を感じていた。人々もその義行を良しとした。姑は嫁がまだ若く、里人も独身であり、わが子のように思えたので、嫁を里人に嫁がせた。夫婦仲睦じく、数人の子供も授かった。

ある日、大雨が降り、里人はひとりで軒下に坐り、庭にたまった水を見てほくそ笑んだ。嫁がそのワケを聞いても、答えようとしなかった。いよいよ疑念がつのり、問いつづけた。里人は嫁が暮しに満足し、数子も儲け、自分への持て成しも申し分なかったので、本当のことを口にした。「俺はお前を愛するあまり、お前の亭主を殺害した。彼は死に臨んで水泡を指して、これが証拠になる、といった。今、水泡を目にして、どうせ何もできっこない、と思った。これが笑ったワケだ」と。

後日、里人が外出したのを見計らい、すぐにお上に訴えて罪業を究明し、処罰した。嫁は慟哭して、「私は美貌ゆえに二夫を殺してしまった。もうこれ以上は生きてはゆけない！」といって、淮水に赴いて入水した。この書は、呂氏はすでに他界しており、手元のものも兵火で失われてしまった。姓氏もみな覚えておらず、当分は概略を記すにとどめる（巻下九八頁）。およそ節婦伝なら決して意外な筋書きではない。しかし、かりに小説の御膳立てだとすれば、申し分ない内容である。本項は注釈も解説も不要か。

〔寓居平江府紀事詩〕

全編を通じ、荘綽の行跡につき紀年を明示する記事は少ない。巻上二一頁に金剛経の効能をのべた長文がある。その導入部に建炎元年（一一二七）の情況を記す。荘綽は穣下（河南鄧州市）から許昌（許昌市）を経由して宋城（商丘市）へ赴く。この間の光景を、「幾千里、復た雞犬無く、井は皆な積尸ありて、飲む可き莫し。仏寺は倶に空にして、塑像、尽く胸背を破りて心腹中の物を取らる。殯せんとするも完柩無く、大逵は已に蓬蒿に蔽われ、菽粟梨棗も亦た人の采刈する無し」と描写する。宋金戦争で荒廃する河南の様相を簡にして要を得た筆致で語っている。

さて、南への逃避行の途次、建炎三年七月に長洲県（江蘇）に立ち寄り、張氏宅に寄寓する。ここに一と月ほど滞在し、浙江へ向かうことになる。これなど、年月まではっきりさせた稀有の資料といえよう。

建炎三年七月、余は平江府長洲県彭華郷高景山の北、白馬澗にある張氏の邸宅に寄寓した。時に山上に烽火台を設け、毎夕、煙を立てて平安を報らせた。一と月あまり滞在し、浙東へ赴くことになる。出発にさいし、絶句を壁に書き、「昔年、牒に従いて辺候を佐け、長安を愁望して戍楼に向かう。

今日、衰頽して沢国に来り、又た看る烽火の長洲を照らすを」と。この冬、金人は杭・越に侵攻し、明年の春、平江府から退去した。

白馬澗は長洲県城から十八里離れている。張氏の邸宅は数が百余もあるが、ほとんどが焼かれてしまい、余が寓居する建物だけが免れた。余は壁面に「耿先生到此不焼（南唐の女道士耿先生が此処へ来たので焼けずにすんだ）」の七字を題した（巻上一七頁）。

「彭華郷」『宋平江城坊考附録』郷都では、「彭華は旧と徐杭」とあり、案文を付して「疑うらくは余杭ならん」とする。「高景山」は県の西三十里に在る。「白馬澗」は晋の高僧支遁（字道林）が馬に水を飲ませたのに因んで名づけられた。「昔年云々」は宣和年間、原州通判時代の身上である。「戍楼」は原州の粗末な官舎。『宋史』巻二六高宗本紀三によれば、建炎三年十二月十一日に「兀朮、臨安府を犯す」とあり、二十四日には「金人、越州を犯す」と記す。翌年二月二十五日には「金人、平江に入り、兵を縦《はな》ちて焚掠す」とあり、三月一日に「金人、平江を去る」とある。

「耿先生」五代・南唐の将校耿謙之の娘。若くして女道士となり、火を使った煉丹術に巧みであった。『馬氏南唐書』巻二四等にみえる。ここでは、荘綽の寓舎だけ焼け残ったのは、火を駆使する耿先生のオカゲだという意味である。結局、荘綽は北辺の原州でも、避難先の沢国（長洲）でも、金軍の侵攻に備える烽火を目撃したことになる。

第四章　両宋間の政官財

〔靖康初諸口実〕

金軍の南侵により、その応接に暇がなかった欽宗朝。政策は一貫性を缺き、それに憤激した軽薄子の戯言及び女流詩人李清照の批判を掲げ、後世の人々に警鐘を打ち鳴らす。

靖康初、舒王王安石を宣聖（孔子）と一緒に祭るのを罷めた。また、春秋博士を置き、銷金（金箔細工）を禁じた。時に欽宗の弟、粛王枢が金に遣わされたが、抑留されて帰国できないまま。种師道が金への攻撃を提言するも、すでに和議が成立し、金軍の撤兵を容認せざるを得ず、种の防禦策は実現しなかった。

これらを踏まえて、太学の軽薄子が「粛王を救わないで舒王を廃し、大金を禦さないで銷金を禁じ、防秋を議さないで春秋を治む」といった。以後、金人は毎年のように弓勁く馬肥ゆる深秋を利して入寇し、初夏に帰国した。遠くは湖南・浙江・江蘇にまで侵出し、兵戈乱舞、どこにも楽土は存在しなかった。

これより、越人は秋を迎えると山間に隠れ、翌春に出てくるようになった。人々は千字文を使って戯言をつくり、「彼（胡人＝金）は寒に来りて暑に往き、我（越人＝宋）は秋収し冬蔵す」と。当時、趙明誠の妻李氏清照も詩を作って士大夫を誑り、「南渡の衣冠に王導（東晋の名宰相）を欠き、北来の消息に劉琨（西晋の将軍）少し」といい、更に「南遊は尚お覚ゆ呉江の冷やか、北狩は応に悲しむべし易水の寒きを」といった。後世、人々はこれを語り草にすべきである（巻中四三頁）。

『宋史』巻三二七王安石伝によれば、彼は元祐元年六十六歳で卒し、太傅を贈られている。その後、崇寧三年に文宣王廟に配食され、舒王に追封された。しかし、靖康元年に楊時の上言により崇寧の措置は停止された。「春秋博士」は太学に所属し、元祐元年に創設された。以後、新旧両党の抗争の余波をうけ、頻繁に廃置を繰り返す。同一の命運をたどった春秋科が靖康元年に復活し、翌年に廃止されているので、靖康元年の時点で春秋博士は置かれていたことになる。

「禁銷金」は『宋史』巻二三欽宗本紀靖康元年五月乙亥にみえる。粛王（枢）は徽宗の第五子、欽宗の弟。靖康初、京城が金軍に包囲された時、金は徽宗の子弟を人質に要求した。結局、粛王枢が北へ遣わされ、金に抑留された（『宋史』巻二四六宗室三参照）。种師道（一〇五一―一一二六）、字彝叔。洛陽の人。累官して秦鳳路提挙常平となるも、元祐党籍に入れられ、十年近く免官。その後、西北辺境で軍を率い、たびたび西夏を破る。宣和中、金と結んで遼を攻めんと力諫するも、却って官を追わる。靖康初、金軍が南下すると、京畿・河北制置使に起用され、汴京を救援した。つぎに金軍が南下すると、京畿・両河宣撫使に任命さる。和議成るや、金軍の糧が尽き北へ向って渡河するのを待って、追撃・殲滅せんと提言するも、採用されず。その後、金軍が再度南下すると、河北・河東宣撫使に起用されるも、ほどなく病没する。結局、金軍の度重なる南下にさいし、种師道の示した防禦策はそのつど欽宗によって拒絶された。

「防秋」とは、西北遊牧民族が往々天高く馬肥ゆる秋に南侵し、その期に漢族が辺境の警備防護を厳重にしたため、秋を防秋と称した。「寒来暑往、秋収冬蔵」は千字文の書き出し直後にみえる八文字である。趙明誠（一〇八一―一一二九）、字徳父。密州諸城（山東）の人。崇寧中、鴻臚少卿。宣和中、知萊州・淄州。靖康二年、知江寧府。建炎三年、知湖州となるも、赴任の途中、建康にて没。李清照（一〇八四―一一五一頃）、号易安居士、趙明誠の妻。済南歴城（山東）の人。詩文にすぐれる。夫の死後、金の攻撃を避けて南方を流転。紹興二年、張汝舟に再嫁するも離婚。最後は孤独のうちに病死した。

王導（二七六―三三九）、字茂弘。琅邪臨沂（山東）の人。東晋の司馬睿の参謀となり、南北の有力貴族間の融和に尽力し、睿を擁して建康で帝位につけた。彼は宰輔の立場で元帝・明帝・成帝三朝の国政を総攬した。劉琨（二七一―三一八）、字越石。中山魏昌（河北）の人。永嘉元年、并州刺史。軍政を整頓し、晋陽を保衛す。劉淵・石勒と対抗したが、後に石勒に敗れ、幽州刺史段匹磾に投ず。しかし、段との間で隙を生じ、段に殺された。「呉江」呉淞江の別称。江蘇呉県に発源し、東流して長江に入る。「易水」河北の西部に発源し東流する河。

〔「省記条」与「幾乎」賞〕

法令・賞与の語彙の頭に「看做し」ないし「実無し」を冠したら適当かもしれない事例である。混沌たる形勢下にあった南宋初の官界ならではの現象といってよい。

朝廷が江左（長江南岸）に置かれると、すでに典籍の散佚はひどかった。どの省曹台閣（中央官庁の各部局）も老吏に往時の記憶を蘇らせ、それを参考にして法令を作った。これを省記条という。みんな一時的な私利にはしり、自らの便宜だけを考えた。

さて、敵騎は両浙から長江を渡って北帰したが、官軍は建康（江蘇南京）の江中で敗北した。将領たちは論功行賞をねがい、「四太子（金の太祖阿骨打の第四子宗弼＝兀朮）を捕捉したに幾乎《ちかし》、そこで賞与をいただきたい」と申し出た。当時の人々は「省記条」をもって「幾乎」賞を推す、といった（巻中四六頁）。

「省記条」省記は記憶、条は条令。『中興小紀』巻一五紹興三年一〇月に、「南渡して自り以来、官に籍無く、吏、事に随い文を立て、号して省記と為し、出入自如たり」とある。なお、『宋史選挙志訳註（二）』六九七条（四）参照。

〔制詞竄易〕

制詞（詔書の文章）が第三者によって改竄された場合、起草した大官は一体どういう処分を受けるのか？　本人が処罰を待つという点では共通するが、処分は北宋と南宋とでは違っていた。

紹興三年七月、右僕射朱勝非は母の喪に服していた。ところが、まだ喪が明けないうちに、復職せよ！　という詔書が降された。詔書の文章は吏部侍郎・権直学士院陳与義の草稿であった。草稿では「茲宅大憂」の四字が使われていたが、翰林学士綦崇礼が「方服私艱」と書き換えた。陳は処罰を待ったが、お咎めはなかった。

議者がこういった、麻制（唐宋で宰執大臣に委任した詔書）の中に「於戯《ああ》！　邦勢此の若し、積薪の已に然ゆるを念い、民力幾何《いくばく》ぞ、奔駟の将に敗れんとするを懼る。朕の相を論ずるに、何ぞ以って備えざる可けんや？　卿の功を図るに、亦た攸終に在り」と。同僚はこの言葉を悪んで、「宅憂」（南宋初の劣勢を彷彿させる二字）を持ち出して疵《そし》った。

昔、楊文公（楊億）は真宗の御筆中の一箇所を「隣壌」と改めたため、ただちに辞職となった。後、許□□が哲宗哀冊を作って、「霊輿を攀《よじ》りて痛みを増す」と書いた。徽宗は「攀」字を「撫」に改め、「痛」字を「愴」に改めた。許は不称（任にたえない）を事由に位を辞した。徽宗は再三にわたって留任するよう申し渡し、ついに礼部尚書に転じさせた。

今、他人に字句を改竄されれば、たんに処罰を待つだけ。また富鄭公（富弼）が数十章を上奏して辞任した例もある。陳与義の場合、一つの意見が出てきただけであったが、結局は辞職願いはお預けとなった。以前はこんなことはなかった。つまり、時世が変ると、扱いも違ってくるものである（巻中五六頁）。

朱勝非（一〇八二―一一四四）、字蔵一。蔡州（河南）の人。靖康元年、権知応天府。尚書右丞・中書侍郎をへて、建炎三年尚書右僕射兼御営使。いちじ外任となるも、紹興二年再相。後、秦檜と対立し、廃黜閑居すること八年で卒す。実は、朱が復権後に右僕射になったのは紹興三年七月であって、それ以前は左僕射であった。母の喪が明けない時点では、左僕射である（『要録』巻六四紹興三年四月丁亥、巻六七同七月乙亥の両条参照）。

陳与義（一〇九〇―一一三八）、字去非。洛陽の人。紹興初、中書舎人・吏部侍郎・翰林学士・参知政事を歴任。綦崇礼（一〇八三―一一四二）、字叔厚、一字処厚。濰州北海（山東）の人。高宗の初期、中書舎人から翰林学士へ。皇帝のために詔書を起草すること数百篇。最終は知紹興府。

楊億（九七四―一〇二〇）、字大年。建州浦城（福建）の人。真宗時、翰林学士兼史館修撰・戸部侍郎を歴任。王欽若と共に『冊府元亀』を編纂。楊に関する逸話は欧陽修『帰田録』巻一にみえる。「楊大年、学士為りし時、答契丹書を草して云う〝隣壌交歓〟と。進草既に入る。真宗、其の側に自注して云う〝朽壌、鼠壌、糞壌〟と。大年、遽に改めて〝隣境〟と為す。明旦、唐の故事を引き、学士、文書を作りて改むる所有らば、職に称わざると為し、当に罷むべく、因りて亟に解職を求む、と。真宗、宰相に語りて曰く〝楊億は商量に通ぜず、真に気性有り〟と」。

許□□、許将（一〇三七―一一一一）、字冲元。福州閩県（福建）の人。神宗時、翰林学士・竜図学直学士・知成都府を歴任。元祐三年、再び翰林学士となり、翌年尚書右丞を拝す。紹聖間、尚書左丞・中書侍郎。謚文定。□□は字仲元か謚文定のいずれかであろう。なお、淳熙『三山志』巻二六人物類一科名・諸科に嘉祐八年許将牓とあり、許の官歴を併記する。

「哲宗哀冊」『会要』礼二九歴代大行喪礼上・元符三年四月一五日に、即位直後の徽宗が中書侍郎許将に哲宗哀冊を書くように命じた記事がある。なお、『宋大詔令集』巻一〇帝統一〇に「哲宗哀冊」の一文があるが、「攀」以下の字句を欠く。許将が礼部尚書に改められたか否かは不詳。

富鄭公（一〇〇四―一〇八三）、諱弼、字彦国。洛陽の人。慶暦三年、枢密副使。范仲淹等と慶暦新政を推進。至和二年、宰相となり在位七年。嘉祐六年母の喪でもって位を去る。熙寧二年復相。王安石変法に反対し判亳州に貶さる。『宋史』巻三一三富弼伝に「王安石、事を用い、雅《つね》に弼と合わず。弼、争う能はざるを度り、疾と称して退を求むること多く、数十を章して上る」とある。

〔南宋初罷易執政及遷官之頻〕

南宋では、いわゆる「員多闕少」（官員は多いのにポストが少ない）現象が続いた。そこで、人事異動がめまぐるしく行われたわけである。本題に入る前に、予め「考」と「資」の解説をしておきたい。「考」毎年、吏部は官員の政績考査を行った。任満一周年を一考とする。考は上中下三等に分けられ、差遣（実職）注授の拠り所となった。上等は昇進年限の短縮に、下等は延長に結果した。

なお、選人は三考で改官つまり京官へ昇転できた。「資」各種の差遣には任期があって、満一任で一資を得る仕組みであった。資は官員考査・差遣注授の根拠となった。文武官員には資があって、選人が七階を遷転するのを循資とよび、京朝官のそれを転官と称した。

建炎元年（一一二七）から紹興三年（一一三三）までの七年間で、執政についたのは三十五人、更迭された宰相は十一人。呂頤浩・朱勝非は返り咲きで二度宰相を務めた。つまり、宰執の罷免・更迭が行われなかった年はなかったのである。当時、国土は狭く官員が多かったため、ただ選人だけが三考であったが、京朝官以上は二年で成資とされ、転官した。

侍従官・郎中・員外郎はおおむね順調に昇進した。一年を越して転任しない者は延滞の悲歎を味わった。士人は戯れて「（昇進期間が）一年から三年まであった」といった。つまり、高（侍従官等）下（選人）の格差があったのである（巻中六九頁）。

呂頤浩は建炎三年と紹興元年に、朱勝非は建炎二年と紹興二年に、それぞれ宰相の地位についた。戯言は、侍従官等は一年で任期を全うして次の差遣昇進のための資格を得る（成資）のに、選人は循資のために三年を要するの意。

〔靖康後多奪哀起復〕

北宋末の混乱期、戦時態勢のさなか、人材の不足もあって官員は服喪中でも復職する傾向があった。興国軍通山県尉（湖北）である将仕郎李東の事例を踏まえて、荘綽は礼義の頽廃ぶりを慨嘆する。

靖康以降、戦争に備えて人材確保が急だったため、士大夫の多くは服喪を返上して復職した。これより、軍隊内の職権代行は朝命を待たずして実施された。戦争とはかかわりなくとも人材が必要ならば、喫緊を理由に俸給を与えて起用した。

将仕郎李東はこう告白する。「興国軍通山県尉となり、母の喪に服して休暇をとったのに、出仕する羽目となった。周囲は愕然としたが、敢えて問い質さなかった。数日後、同僚は自分が着衣に白絹の喪服を用いているのを目にして、そのワケを聞いてきたので、〝亡母の不幸〟と答えた。同僚が〝それならば何故に出仕するのか？〟と訊ねるので、〝某《それがし》は仏壇の前で焼香をすませたので、出仕したのだ〟と応じた」と。礼義の喪失はこの辺にまで及んでいる。誠に嘆かわしい限りだ（巻下一一九頁）。

「李将仕東」と表記されている李東の伝記は未詳。ただ、『要録』巻八六紹興五年閏二月乙未に、「故迪功郎李東に宣教郎を贈り、一子を官とす。東は楚州軍資庫を監し、金人の入犯にて害を被る、故に之れを録す」とあり、迪功郎（＝将仕郎）ゆえ、この人物を指すと思われる。更に、『会要』崇儒四―二〇求書・蔵書、宣和五年二月二日の提挙秘書省の言によれば、開封府進士李東が秘閣に家蔵書を上納し、その功で迪功郎に補せられた、とある。従って迪功郎になったのは宣和五年のこと。原文「在告」は官吏の休暇中の意、同じく「参告」とあるのは、休暇中に政事に参与するの意。

〔招安〕

南宋初、招安と称して、盗賊を懐柔し体制内に取り込む方針がとられた。招安は、朝廷にとっては苦肉の策、盗賊にとっては苦汁の選択であった。ただし、朝廷はみだりに招安を実施したのではなく、そこには一定の制限が加えられていた。

　紹興以降、巨盗の多くが任官を餌に招安を受けたが、おおかたは宣贊舎人が与えられた。当時、この官につくのは恥とされた。一方、高潔な士人は寄禄官名の下に「兼」字が付されたが、賊党には無かった。遙郡を加えられた者は、すべて辺界の忠州（四川）名を冠する措置をうけ、その配下も同様であった。朝廷はそれほど度量が広かったのではなく、招安を乱発するつもりもなかった（巻下九二頁）。

「宣贊舎人」は正式には閤門宣贊舎人。宣旨を伝え、拝謁を助けるのが職掌。「遙郡」は武階の上位ではあったが、実職を伴わない名誉職。「忠州」夔州路に属す。忠義の意にかけたのであろう。『会要』兵一三捕賊下建炎元年一〇月七日に、招安を受けた賊の首領が忠州刺史に任ぜられた事例がある。

〔建炎後国用窘匱一斑〕

南宋初、宋朝の財政は逼迫していた。ために、官僚への下賜品も廃止または削減の対象となった。紹興初の黎確の事例をあげて、荘綽は支給者側の浅知恵を嘲笑する。

　建炎以後、財政が逼迫していたため、従来通りの群臣への下賜は、多くは廃止されたり削減されたりした。ただ、初任の従官の場合は、鞍馬と公服の賜与はそのまま存続したが、半分は省略した。

　紹興二年、黎確は諫議大夫から吏部侍郎へ転じた。そのさいの下賜目録をみると、末尾に御璽が押されていて、「馬半匹・公服半領・金帯半条・汗衫半領・袴一隻」とあった。笑止千万というほかない。ただ、支給銭に換算すれば、半額を削減した理屈にはなる。当時の役人の陋見は、これに類するものが多かった（巻中四四頁）。
「従官」は侍従官の別称。皇帝に随従するといった一般用語ではなく、特定の高級官僚をさす。黎確は吏部侍郎であったが、これも従官である。詳しくは『朝野類要訳註』二称謂「侍従」参照。原文「鞍馬対衣」は鞍と馬及び上衣下裳一対の公服。黎確、字介然。邵武軍（福建）の人。靖康初、侍御史。紹興元年、右諫議大夫より試吏部侍郎へ。試吏部侍郎に除せられたことについては『要録』巻四五紹興元年六月辛卯にみえる。なお、二年の時点では吏部侍郎であった（『会要』選挙二四紹興二年四月二五日参照）。

〔紹興初財用窘匱一斑〕

南宋初の財政危機は官費全般の抑制・削減につながったが、軍費だけは例外であった。劉光世・韓世忠等の軍閥や岳飛軍への手厚い支給が目立った。これに関して、相互補完の二題があり、その訳文を並記する。

紹興中、財政は逼迫していた。武臣で軍功を立てて入仕する者が多く、俸給の米麦は足らず、たとえ宗室であっても半減支給であった。その後、再三にわたって復元と半減が繰り返された。ついに、正任観察使でもわずか二石六斗を請求するにとどまった。ただ、統兵官だけは元通りの全額支給であった。開府儀同三司劉光世・韓世忠、太尉張浚《ママ》、承宣使王𤫊等は統兵官であった。ところが、殿前馬歩三師はこの恩恵には浴さなかった。

当時の歩軍都指揮使藺整は、「昔は殿前司所属の軍兵ならば米四石八斗を請求できたが、今は歩軍太尉でもこの額には及ばない。しかし、所詮統兵官にはなれなかったのである」といった。これは笑止千万である。〈当時、殿前諸軍の数はわずか数百であった。殿帥郭仲荀の言によれば、職責を荷なう者以外は三十八人。各人が衛宿するたびごとに、従者はたったの十五人である、と〉（巻中四六頁）。

〔紹興神武五軍軍費〕

建炎以降、殿前馬歩三帥以外の諸将兵は御営使司の統率下に置かれた。後に分轄されて神武五軍となり、劉光世・韓世忠・張俊・王𤩽・楊沂中の五帥がいたわけである。劉太傅（光世）軍は池陽（安徽）におり、毎月銭二十六万七千六百九十貫三百文〈一十万四千貫は朝廷からの支給であり、そのほかは転運司からであった〉、米二万五千九百三十八石三斗、糧米七千九百六十六石八斗、草六万四百八十束、料六千四十八石を費した。この中には激賞（庫）・回易（庫）の費用は含まれない。

韓世忠軍については実態が判らないが、ただ朝廷からの支給銭は毎月二十一万余貫であった。これで、五軍の経費はほぼ推測できる。紹興になって呉玠軍が四川におり、毎年の費用は四千万に達していた。紹興八年、余は鄂州にいたが、岳飛軍が毎月銭五十六万緡、米七万余石を使用していたのを知っていた。これは劉光世軍に比べて二倍以上である。しかも、この中に馬の芻秣は含まれていない（巻下九三頁）。

「正任観察使」政和七年以降は承宣使に次ぐ武階。「統兵官」武官で大軍を統べる統制・統領のこと。

劉光世（一〇八九―一一四二）、字平叔。永興軍路保安軍（陝西）の人。韓世忠（一〇八九―一一五一）、字良臣。永興軍路延安府（陝西）の人。張俊（一〇八六―一一五四）、字伯英。鳳翔路成紀（甘粛）の人。王瓔、武将の一人。『要録』巻八六によれば、紹興五年の時点で承宣使であった。「開府（儀同三司）」元豊官制の文臣寄禄官。従一品。「太尉」政和新制の武臣寄禄官。正二品。「承宣（使）」政和七年以前の名称は節度観察留後。武臣寄禄官。正四品。

「殿前馬歩三帥」禁軍は殿前司・侍衛親軍馬軍司・侍衛親軍歩軍司の三衙に分かれ、それぞれ都指揮使が統轄した（三帥）。

藺整、『要録』巻八六によれば、紹興五年に主管侍衛馬歩軍公事（公事は都指揮使の資浅き者）の職にあった。郭仲荀（?―一一四五）。嘉定『赤城志』巻三四人物門によれば、字伝師、洛陽の人。紹興中、殿前都指揮使（『要録』巻六七、六八では紹興三年の時点で主管殿前司公事）。「御営使司」建炎元年創設の軍事機関。その後、復廃を繰り返し、隆興元年に廃された。南宋初、三衙の禁兵が崩壊状態に陥ったため、諸軍の統一的指揮が必要となった。そこで、皇帝直属の機関として設置され、兵権を独占した。

「神武五軍」建炎四年、御営使司を廃し、神武五軍は神武軍に、御営諸軍は神武副軍となった。紹興五年、神武諸軍は行営諸軍と改称された。楊沂中（一一〇二―一一六六）、字正甫。代州（山西）の人。劉光世軍の費用につき、『要録』巻六三紹興三年三月戊午に「浙西安撫大使兼鎮江府劉光世言う、本軍は月ごとに銭二十七万緡を費やす。朝廷及び漕司は纔かに十六万七千有奇を応副するのみ」とある。

「(三省枢密院)激賞(庫)」南宋初の創設。もとは対金戦争用の一費目であったが、和議成立以後は堂厨(宰執食堂)・東厨(枢密院食堂)等の費用にあてられ、時に朝廷の緊急需要にも使われた。「回易(庫)」官による営利活動で得た資金を掌る機関。その収益は地方財政の不足を補うはずであったが、実際には官員・武将によって私的に流用された。呉玠(一〇九三—一一三九)、字晋卿。徳順軍隴干(甘粛)の人。岳侯、岳飛(一一〇三—一一四一)、字鵬挙。湯陰(河南)の人。

第五章　社会経済の珍貴資料

〔唐有坐席遺風〕

唐宋の変革が叫ばれて久しい。議論の主流は生産様式の違いについてである。一方、生活様式にも差異が認められる。部屋の中で人がどういう坐り方をするのか？　荘綽は『旧唐書』巻一八六下酷吏・敬羽伝の記事を援用しながら、宋代との対照を明らかにする。なお、ほぼ同内容は『新唐書』巻二〇九敬羽伝にもみえる。

昔の人は席《むしろ》の上に坐った。ために両足を前方へ投げだすのを箕倨（箕のような格好で坐ること）といった。今は榻《ベッド》に坐るため、足を下に垂らすのが礼儀にかなう。つまり相い反しており、唐代は今とは違っていたのである。

『（旧）唐書』敬羽伝にこうある。「羽は御史中丞であった。太子少傅宗正卿鄭国公李遵が同族の子弟李若冰によって収賄罪で告訴された。皇帝は取調べを羽に命じた。羽は遵を手招きして、それぞれ小牀（小さな椅子）に正坐した。羽は小さくて痩せており、遵は肥満体であった。しばらくして、遵は下へ転げ落ちた。足を垂らしたいと申し出たが、羽は〝尚書も獄に下れば囚人です。羽は礼儀にかなう坐り方をお願いしたわけで、どうしていい加減な扱いなどできましょうか？〟といった。遵は再三再四転げ落ちた」と。要するに、『旧唐書』には席に坐るという遺風が残されている。今は僧侶が古風を守っているにすぎない（巻下一一六頁）。

われわれ日本人の疊の上での正座が唐の遺風であることが判る。宋代の榻に坐って足を下に垂らす習慣は日本には伝わらなかった。逆に、現代の漢族の坐り方は宋を継承し、唐にはつながっていない。

〔柬版〕

書翰の一形式である柬版という珍奇な風習が士大夫間に存在した。

元祐中（一〇八六―一〇九三）、余は始めて士大夫間で柬版を使うのを目にする機会をえた。それは、伝言を書いた一尺ほどの木を蠟封したものである。謝意を伝えるのに便利だし誤謬の懼れもない。証拠を残したくない人は、紙をやめて版を用い、やがて金漆の類もあらわれる。その製作は巾広く、棺をしばる縄を用い、大きな袋に包むのもあった。

崇寧時（一一〇二―一一〇六）になると、各家に数枚はおかれた。遠方への書翰や官方への礼節でなければ、便箋は用いなかった。それでも利害がからむ場合は柬版に濡れた紙を押しつけて摹印し、証拠として残す者もいた。これは実に冷酷な風俗である（巻上五頁）。

柬版が出現する背景として、元祐間の党争があったことを示唆する。これが後世に伝承されたかどうかは判らないが、少くも宋代の興味深い風習ではあった。荘綽は「俗之薄悪、亦可見矣」の一文で結び、この風習を嫌悪し非難している。

〔蔣仲本論鋳銭事〕

蔣仲本（伝未詳）の鋳銭論という宋代貨幣史研究にとっての貴重な資料がある。とりわけ、北宋各朝代の料例（どれだけの原料でどれだけの銭が造れるかの規定）の変化を明らかにした点では、唯一無二の価値をもつといわれる。主題の性質上、はたして口語訳が適当であるかどうか疑問が残ったが、あえて試みることにした。

蔣仲本が鋳銭問題を論じて次のようにいう。熙寧・元豊間、十九監を置き、毎年六百余万貫を鋳造した。元祐初、しばらく十監を閉じた。四年になって、江・池・饒州の三監において暫定的に添鋳内蔵庫銭三十五万貫を停止した。現在の十監は毎年二百八十一万貫を鋳造する。ところが、毎年、定額に達しない。開宝より以来、宋通・咸平・太平銭を鋳造し、いずれも非常に精巧である。今の宋通銭は毎緡の重さが四斤九両。

宋朝では、鋳銭の料例は四度にわたり増減がみられた。咸平五年より以来、銅鉛錫五斤八両を用いた。火耗（目減り分）を除き、正味五斤が得られた。景祐三年、開通銭（唐・武徳四年に始まる開元通宝）の料例によって、毎料五斤三両を用い、正味四斤十三両を得た。慶暦四年、太平銭の料例によって、五両半を減じて、正味四斤八両を得た。慶暦七年、建州銭が軽くて粗末であるため、ついに景祐三年の料例によらしめた。五年（景祐に五年はなし。慶暦か皇祐）になって、錫が不足したために、錫を減らして鉛で間に合わせた。嘉祐三年、条件がそろったので旧に復した。

嘉祐四年、池州から、鉛錫それぞれ三両を減じ、銅六両を加えたいという請求があった。治平元年、江東転運司から、元通り銅を減じて鉛錫を加えたいという請求があった。提点（鋳銭事）は協議して、しばらく池州の計画通りにしたいと申し出た。戸部は議論がまとまらないので、結局旧法通り五斤八両を用いて、正味五斤を得ることにした。

今に及ぶまで、銭が軽く利が多ければ盗鋳は防ぎようがない、といいつがれてきた。盗鋳行為は料例など気にしないことを理解しないからで、開通銭が始まった唐の武徳から現在までの四百余年間、どうして軽くて壊れやすいなどといえようか？　たぶん、物料に剰余があって、たまたま盗鋳に都合がよかっただけのこと。今、景祐三年の料例により、十監の毎年の額二百八十一万貫から八十七万八千余斤を減ずれば、銭十六万九千余貫を鋳造できる計算となる（巻中七九頁）。

右の鋳銭論は、全体にわたって門外漢が中途半端な解説を施すと、火傷の元になるので控えることにしたい。興味のある方は、専門家による精緻な論考（中嶋敏「北宋の銭の重量について」『和田博士還暦記念論集』所収、一九五一年）があるので、それを参照されたい。ただ、文末の景祐三年の料例数値の根拠は次のごとくである。十監の歳額二百八十一万貫を一斤（十六両）につき五両の割合で減ずれば、八十七万八千余斤となる。さらに、この数値を五斤三両で除すと、十六万九千二百七十七斤となる。

〔石炭〕

一九九〇年六月二八日昼下り、洛陽黄河大橋の袂にひとり佇んでいた。目の前を大型トラックがひっきりなしに往き来する。北の山西方面からは石炭を満載し、南からは空車であった。これが北宋時代なら、さしづめ運河に浮かぶ舟で石炭を汴京へ運ぶ光景となるはずである。巻中七七頁の石炭記事は、中国史研究者なら知らぬ者がいないほど人口に膾炙する。北宋期、薪柴燃料が枯渇し、深刻なエネルギー危機に見舞われた社会を救ったのは、石炭の利用であった。

蘇東坡の「石炭」詩の引《まえがき》に、「彭城（江蘇）にはもと石炭はなかったが、元豊元年十二月に始めて人を調査に出して、州の西南の白土鎮の北で発見し、それで鉄を製煉して兵器を作ったところ、その鋭利さは常に勝るものであった」と述べている。

後漢の地理志を見ると、その豫章郡（江西）の建城の条に、『豫章記』を引用して、「県に葛郷があり、そこには石炭二百畝があって、燃やして炊事に使うことができる」とあるから、すでに前代から東南では発見されていたわけである。

以前には汴京の数百万の家は、ことごとく石炭に頼って、薪を使う家は一軒もなかった。しかし今は朝廷は呉越に移ったので、あれほど広い山林も、燃料を供給するのに十分でなく、そのため美しい木も竹も、墓地の松栢さえも、年のたつうちに赤裸の地肌を残すのみとなり、わずかに残った根やひこばえさえ、余すところなく掘りつくされて、もはや新たな芽の生えようもない。石炭の利を思っても手には入らない。東坡でさえそれを「遺宝」と呼んで珍重したほどだから、まして今お目にかかれようはずもない。

話によると、信州（江西）の玉山にもあるが、開掘のどさくさを恐れて、だれも表沙汰にしたがらないのだという（巻中七七頁）。――（入矢義高訳を転載）。

前項の鋳銭論同様、本項も私が贅言を付す必要はない。入矢訳の註二に「これは短い記述ながら、極めて重要な記録である。宋代では十一世紀半ばごろから製鉄や製陶に石炭が盛んに使われるようになって、一種の産業革命の役割を果たしはじめた。それが一般家庭の燃料としても急速に普及したことが分かる…下略…」とあるので十分だが、より敷衍した成業としては、宮崎市定「宋代における石炭と鉄」（「東方学」第十三輯、一九五七年）がある。

第六章　諺語・諱忌語・俗言

まず農諺の二項を紹介する。いずれも、荘綽自身の見聞にもとづき、時期も明示されている。

〔農諺〕

「麦の穂が人の背丈を越えると、人の口には入らない」という諺がある。靖康元年（一一二六）、麦の多くが人の背丈を越え、完熟しているのに大雨となり、八割が損傷した（巻上一八頁）。

〔槐花験歳時〕

宣和壬寅の歳（四年＝一一二二）、汴京から関西へ向ったが、槐《えんじゅ》に花は皆無であった。老農がいう「来年の旱魃と大麦小麦の不作に対応しなければならない」と。はたして、その通りであった。諺に「槐は来年の麦によろしく、棗《なつめ》は当年の禾を熟させる」とある（巻上一六頁）。

初めの麦と背丈の諺は、どの地方のものかは不明である。次の槐の諺は華北地方である。宣和四年は荘綽が原州へ赴任した年で、その途次における聞書に拠っている。槐の開花と麦熟の関連は現代にも通ずる。現代の農諺に、「麦収は当年の槐」（陝西周至県）、「今年の槐花は来年の麦」（江蘇北部）、「来年の麦を知りたければ、まず当年の槐を看よ」（陝西）というのがある。『中国農諺』上冊三五七頁（農業出版社、一九八〇年）参照。

〔膁瘡〕

摂取する飲食物を俎上にのぼす。巻上二五～二六頁の要旨はこうである。北人が膁瘡といい、南人が骭瘡という。いずれも臑《すね》にできた腫物のこと。この病気は西北人には少なく、婦人も下半身に血気がみなぎっているため稀れである。ところが、南方の婦人は白酒・魚の干物・塩分を摂取する関係で、この疾病に苦しむ。とりわけ、白酒の麹に大毒のトリカブトを使うのが良くない。

右の話材を提供した上で「諺に〝病は口より入り、禍は口より出づ〟というが、マコトなり！」と荘綽は断じている。この諺は古今東西にわたって普遍性をもつ。中国の諺語を渉猟すると、「病従口入」の四字は頻出する。一例を示すと、「水は源より出で、病は口より入る」（『中国諺語選』上三四七頁、甘粛人民出版社、一九八一年）といった按配である。

〔一雞擅場〕

養雞の習性に関する諺語も呈示される。

人家の養雞は、百羽いても鳴くのは一羽だけで、残りは鳴かない。諺に「一雞の死後に、別の一雞が鳴く」というのがそれである。自分が処州の斂川にいた頃、佑聖の僧舎で二羽の雄雞を飼っているのを見たが、いつも啼くのは交互であって、エサをつついたり塒《ねぐら》に宿ったり動き回ってたりするさい、二羽が闘うことはなかった。

古諺に「両雄は決して塒を同じにしない」というが、これは競うことがなかったからであろう？広南では多数の雄雞が競って鳴くというが、それは理解できない（巻上一八頁）。地方によって雞の鳴き方に違いがあるのかどうか、寡聞にして知らないが、荘綽が浙江処州と広南での差異を理解しがたい、というのは当然のような気がする。

〔江南諺語〕

気象をとり上げた一例。荘綽の見聞が根拠か？

江南人は「社日（立春後の戊の日）に霜が降りると必ず雨が降る」という。紹興五年（一一三五）の春社に大量の霜が屋根瓦を覆いつくし、翌日はたして大雨が降った（巻下九九頁）。

〔浙西諺語与民性〕

荘綽は人間の修養・勤惰の領域にも諺語趣味を広げてゆく。風土と人間の本性とのかかわりにも拘泥する。南宋の都が置かれた浙江は、彼の好みには合致しなかったようである。浙西の諺語を引用しながら感想を吐露する。

浙西の諺に「蘇・杭・両浙は春寒く秋熱し。人々も面と向かっては平然と飲み食いをし、陰にまわっては相手のことを何かとウワサする。」これは繰り返し起ることだという。また「雨が降ると寒く、晴れると熱い。これは春夏秋冬にかかわらない」…中略…おおかた、人の性格は風土とかかわりがある。西北は山が多く、ために性格は重厚・朴訥である。荊州・揚州は水が多く、ために性格は明慧・文巧である。ただ軽薄が缺点だ。人の内心は顔色を見れば判る。風俗の感化を受けないのは、賢哲だけである（巻上一〇頁）。

前半の諺語は、季節・気温と人情とは相互に呼応する。蘇州・杭州・両浙は季節も裏切るし、人情も同然だ、の意である。人情については、端的にいうと「面従腹背」のこと。後半では、西北と東南の自然を比較し、山と重厚・朴訥と結びつけ、水と明慧・文巧を繋ぐ。そのうえで、東南人の缺点を軽薄さだと断定する。本項は明清以降の中国全土に跋扈した紹興師爺に対する嫌悪感を連想させる。

〔李琮罷職〕

同時代の財政・経済官僚の生活習慣を俎上にのぼせ、諺語にかこつけて笑話に仕上げた。

李琮は諫官から「碁に湛《ふけ》って職務を廃《おこた》る」と上奏され、発運使を棒にふる。李は笑って「結局、〝酒多く公を慢《おこた》る〟と好一対だ」という。これは諺語の顕著な例である。ところで、〝酒多く〟の言辞は『北史』にみえる（巻上一六頁）。

李琮（一〇二六―一一〇〇）、字献甫。江寧（南京市）の人。慶暦進士。神宗朝の元豊五年に江淮等路発運副使となり、ほどなく梓州路転運副使に転じている。晩年は戸部侍郎・宝文閣待制知杭州等を務めた。右の発運使失職の件は元豊五年末から六年にかけてのことである。

さすが、正史の類には取り上げられてはいないが、「碁・将棋や酒におぼれるな！」は普遍的な教訓ではある。『北史』とあるのは、巻五一斉宗室諸王上・永安簡平王浚伝のことで、「多酒」の主は北斉第一代皇帝文宣帝高洋である。

〔避諱亦人情近厚之一端〕

ここからは諱忌語、つまり忌みコトバ。この分野にも関心をもつ。

唐の李賀（七九一―八一六）の父名は晋粛であったため、賀は科挙の進士科に応じなかった。韓愈は「諱辯」の一文を認め、嫌い避けるのはよくない、とした。紹興中、范湍は鄂州知州となる。父名が崿ゆえ辞退するが許されなかった。唐の馮宿（七六七―八三七）の父名は子華、華州刺史を拝命するが、避諱を理由に受けなかった。

賈曾（？―七二七）は景雲二年（七一一）、中書舎人を授けられるが、父名が忠であったため固辞し、諫議大夫にかわる。開元初、再び中書舎人を命じられるが、また固辞した。論者はこういう、中書は官庁名であり、曾の父名と音は同じでも字は別だから、礼儀上は嫌う必要はなく、就職せよ、と。

字同と音異は字異と音同と似たりよったり。また二字の偏諱は避ける必要はなく、唐代の法制でもこれを認め、この点現在の条令とはいくぶん異なる。宗室の趙令時（一〇六四―一一三四、字徳麟）の父名は世曼、提挙万寿観に任命されると、字は古今で差異はあるとしても、子華と比べれば避諱すべきだと思ったが、朝廷は許さなかった。

法では府号・官称が父祖の名と抵触すればすべて避けるべきだ、という。馬騭の父名は安仁、紹興八年（一一三八）、隣は衡州知州となる。域内に安仁場があったため、避諱を申し出で、許されている。令には合致しなくとも、人情としては厚いといえる例である（巻下一一四頁）。晋粛の晋は進と意味・発音が同じで、粛はつつしむの意。鄂と崿、忠と中はいずれも同音異字。偏諱は父祖が二字名のとき、うち一字を忌み避けて用いないという礼の規定。曼と万は同音。「府号」は官位のこと。

〔天下方俗所諱〕

各地の風習や職種による忌みコトバも取り上げる。現在の日本でも、卸売業者は商売が赤字になるのを嫌って赤色ペンを使わない。また「すり鉢」を「あたり鉢」、「するめ」を「あたりめ」と言い換える例も知られている。

全国各地の風俗には、それぞれ諱み嫌う事柄があって、それには然るべき謂れがある。渭州潘原（甘粛）は「頼」を諱む。太祖趙匡胤が若かりし頃、鳳翔（陝西）に往って節度使王彦才に謁見し、銭数千を入手した。それから原州を過ぎり、田畑に臥したが、樹蔭が太祖を覆って移動せず、今に至るまでそのまま。これを「竜潜木」という。潘原に至り、市中の人と賭事をし大勝した。すると人々が客人を欺き、殴ってこれを奪った。太祖は即位直後にこの県を廃そうとし、「頼」を恥とした。実のところ、「欺」を「頼」に置き換えたワケが判らない。

常州（江蘇）は「打爺賊」を諱む。伍伯（役卒）を子にもつ父が罪を犯した。他人が撻つのを恐れ、自ら杖打した。いつくしみの心から出たわけだが、礼教の点では疏略である。楚州（江蘇）は「烏亀頭」を諱む。州城が亀の形で、かつて攻撃を受けた。策士がその首を撃てと教え、破城につながったといわれている。泗州（安徽）は水害が多いため、「葦山子」（山に頼る奴）を諱む。真州（江蘇）は火災が多いため、「火柴頭」を諱む。漣水（江蘇）は土地が狭くて荒れており、人々は蘆《あし》根を食するのを諱んだ。蘇州人は盗を喜び、「賊」を諱言とした。范仲淹は蘇州人。夜警は、あえて賊というコトバを避け、「参政の郷人を看たり」（参政は范仲淹、郷人は蘇州人）といった。笑止の沙汰だ。

京師の僧は「和尚」を諱み、「大師」と称した。尼は「師姑」を諱み、「女和尚」と呼んだ。南方の科挙受験生は都に来ると、「蹄子」（牛馬の脚）を諱み、爪（愚者）が獠（馬鹿者）と同音だからという。また、秀州（浙江）は「仏種」（仏の胤）を諱む。昔、回頭（ゆきずり）和尚がいて姦淫で身を滅ぼした。良家の子女が彼に汚染されたからである。衛卒は「乾」を諱み、医家が「顚狂」を諱むのも、みな陽気が盛んだからである。たぶん「乾」は健をさすのだろう。俗に神気（気魄）の足らない人を九百（痴呆）という。あるいは乾をもって九数となし、成をもって呼ぶ場合も重陽（九九）の意味にとどまる。

蜀人が「雲」を諱むのは、それが風に近いからだ。劉寛（一二〇—一八五）は客人が奴を罵って「畜産」（けだもの）といったため、奴が辱められて自殺するのを恐れた。浙人は父子・朋友であっても、畜生（＝畜産）を戯語《ざれごと》とした。そして、子孫に対して父祖名を呼ぶのを、人を損壊する極みとした。

竜泉（浙江）では、村人が石に刻して蛮とか嬌とか名づくるのを恥じ賤しむ傾向があり、どうしてかと問うと、人は犯し難いものだからという。なんとも不思議な話だ。天長県（安徽）では米を炒って粉とし、それをこねて団子をつくる。数升の大きさのものがあって、臙脂を用いて花や草の形状に仕上げる。これを「炒団」（米粉の団子）という。ところが、なんと「炒団」を諱んだ。何か謂れがあるのであろう。当方が判らないだけのことだ（巻上一三頁）。

そもそも、荘綽は諱忌語が好きではなかった。『会要』方域六―一五州県陞降廃置、紹興元年四月八日に以下の文がみえる（『要録』巻四三同年月日にも同趣の記事がある）。「通判建昌軍荘綽言う。竊《ひそか》に見るに、大観中、忌避日々広し。君主の竜天・万年・万寿の類の県邑の称呼・名字の例、皆な改易して之れを識観すること有りて以って靖康の讖と為す。乞わんと欲す、応縁前項の衆字を避けて更むる所の県邑・郷村・寺院等の名は並《み》な故の如くせしめよ、と」。大観期、皇帝にかかわる「竜」「万」字を含む地名の変更が行われたが、それが靖康の変の不幸の前兆となった。荘綽は変更を不当と主張し、裁可された。十九例が掲示されているが、うち数例を挙げておく。（　）内が改易した地名である。竜州（政州）、処州竜泉県（剣川県）、循州竜川県（雷郷県）、袁州万載県（建城県）、秀州青竜鎮（通恵鎮）、常州武進県万載鎮（阜通鎮）。

荘綽の提言は採択されたわけだが、その過程において秦檜（この時点では執政）が関与した可能性が高い。第一章（二）で触れたが、秦檜は荘綽の政見を支持していたので。

〔建炎後俚語〕

建炎後の俗言には時代の世情を反映したものがある。

「仕途の捷徑は賊になるのが一番、上将の奇策は招安を受けること」また「官を得たければ、殺人放火して招安を受けよ！　富を得たければ行在に赴いて酒醋を売れ！」（巻中六七頁）。

後半の俗言は『張氏可書』にもみえ、紹興間のこととする。「上将」が韓世忠・劉光世・張俊を指すのは言うまでもない。「招安」は朝廷が反逆者を説得して帰順させること。「酒醋」は専売品であって、それを売るのは密売。

〔各地媵妾之異名〕

婢女についての南北の異名にも言及する。

昔のいわゆる媵妾（嫁入りのさい男家に随伴する女の召使い）のことを、現世の風俗では、西北人は祇候人とか左右人といって、近親者を表わすが、下品きわまりない。ところが、浙江人は貼身とか横牀とか称し、江南人は横門と呼ぶ。笑止の沙汰だ（巻下九三頁）。

「祇候」正しくは「祗候」。荘綽は各地の媵妾の俗称を掲げ、西北人と浙江・江南人と、双方に批判的である。ただ、前者は「鄙陋を極む」という評言であるが、後者は「尤も笑う可きと為す」と極め付けて、より厳しい見方をする。この辺にも荘綽の江南嫌いの一側面が顔をのぞかせる。

第七章　奇習異俗と年中行事

〔小人之相〕

表題の奇習異俗とはやや趣きを異にするが、二つの小品から始めたい。

小人の相貌もいろいろだが、それを容易に見分ける一つの絶句がある。「人となりを識ろうとすれば、まず四種を看ればよい。飯が遅く、排便が早い。あっさりと眠りに落ち、着衣にまごつく」。これは万人が納得するところだ（巻上一八頁）。

荘綽が納得する宋代中国における小人の見分け方は、現代の日本でもおおむね通用する。はたして欧米はどうか、不明にして知らない。

〔蝨沾露化青蟲〕

汝陰の尉李仲舒（字漢臣）は山陽（江蘇）の人。平生、殺生を戒めとした。彼は「仏教では蝨《しらみ》を筒の中の綿毛に入れると、やがて飢え死にする、と。ある人が、青草の葉上におき、宵越しにて露にぬらせば、青蟲に化けて飛び去る、と教えた」という。自分が試してみると、はたしてその通り。みな背が坼《くだ》けて化けた（巻上一九頁。入矢義高訳がある）。

蝨が羽化して青虫になる?! 怪異談に属する話である。しかも、潁州汝陰県は荘綽の故里であって、彼が実験して確認したとなると、何となく真実味を帯びる。はたしてどうか？

〔泉福婦人轎子与広州波斯婦〕

荘綽は南方の風俗を好奇の眼で見つめたが、概してそれを軽蔑・嫌悪した。

泉・福二州の婦人の轎子《かご》は金色の漆を用い、婦人を雇って荷なわせた。福州では僧が捧げ持ち、他の男子は担ごうとしなかった。広州のペルシャ女は耳に穴を穿ってイヤリングをつるし、その数が二十数枚に及ぶ者もいた。

各家は竹皮で門を造り、人々は檳榔を食べて地に唾するので血のようだ。北人は「人々みな血を吐き、家々すべて竹の門」といって嘲った。婦女は凶悍で闘訟を喜《この》み、刑罰を受けても恥とはしなかった。風采のあがらないことこの上なし。秀美の気分は、緑珠（広西人。晋の石崇の愛妾）に集約されているだけか？（巻中五三頁）。

これだけ罵倒されたら、宋代以降の南方人は荘綽を憎み、『雞肋編』を焚書に値すると思ったのではなかろうか？ でも、この一項に限ったことではない。広南の僧侶にも冷やかであった。もともと仏教を信仰していた彼にして……。

〔広南僧率有室家〕

広南の風俗として、市井の商人は僧が営むことが多く、みな財をなした。また、ふつう妻帯するため、婦女で僧に嫁す者が多い。出家しようと思えば婚約の儀式を行い、剃髪得度がすめば挙式する。市中でも僧帽を製造するのに、帽子の縁だけで本体はなく、ただ縁の上に花冠を挿そうと心掛けた。一軒の富家でムスメを嫁に出すのに、数多くの賓客を集めた。坐の中に一人の北人がいた。しばらくして迎えの壻がやってきた。「王郎、至る！」という大声がして、そちらに目を向けるとなんと僧であった。北人は驚いたあげく詩を作った。「世間を渡り歩くこと四百州。この地ほど風流な処は無い。昨夜来の華燭の宴、迎えることのできた王郎は頭を包まず！」と。

貧乏な家では、ムスメが十四、五歳になると、たとえ独自に嫁入り道具を整えても、ムコが点検した上で嫁した。先方が喜んでくれれば、父母は即座に同意してムスメを与え、終始一銭の出費もなかった（巻中六五頁）。

荘綽は紹興六年（一一三六）、江西との境界に近い広東北部の南雄州に知州として赴任している。南方の風俗に関する上記両項目は、恐らく伝聞にもとづくと推測されるが、どこか荘綽との緊密さを感じさせる。

〔近時婚喪礼文亡闕〕

福建・広東ほど南ではないが、南宋の都が置かれた浙江も荘綽の肌には合わなかった。

礼節儀式が缺け失われる現象は、近時が最も顕著である。とりわけ冠婚葬祭の乱れがひどい。親王が夫人に対して、拝先霊（先祖の霊を祀る儀式）とか合髻（婚礼の儀式）とかの俗礼を採用する。李広（前漢の将軍）は髪を結って匈奴と戦い、自ら冠（髪を結って冠をつける成人の儀式）以前の年少時より髪は結っていたんだと言い張る。それゆえ、杜甫は「新婚別」詩で「髪を結いて君の婦と為り」といっている。ところが、後世になり、はじめて結婚する男女が互の髪をそぎ合わせて髻《もとどり》をつくり、「結髪」と称した。笑止の沙汰だ！

こうした道理に反する行為は挙げたらきりがない。南方の風俗は、中原のとはかなり違っている。たとえば、近日皇帝の車駕が越（浙江）にあった時、ある執政の家で嫁を娶ったが、呉（江蘇）の人で、かの地の慣例に従った。蛤の殻を砕いた粉を灰にまぜ、紅紙に包んで数百袋もつくり、婦が自ら輿に登り、手で道中につぎつぎと擲った。これを「護姑粉」という。

婦が門に到着すると、酒肴をならべて歓迎し、巫祝が紙銭を焼いて祈禱し、婦の親族を駆逐した。婦が輿から下りると、親族の男女が彼女を抱きかかえて牀《ベッド》に登らせた。舅姑・来客が三杯の酒を飲むと、その子が出てきて、一礼して坐す。人々は子の父の傍に席を設け、酒三杯を飲み、合髻等の諸儀礼を行う。すこぶる変った風習である。

庶民の女子は輿に立てる大きな日除を用いず、見物人の眼を避けようとしなかった。処女はベッドの上に坐し、再婚者はベッドの前に坐す。観る者が綺麗だと誉めそやすと、男子は愛撫しながら喜びをかくせず、満更でもない様子。

喪家はおおむね楽器を用いた。衢州開化県では、昭慈太后（哲宗の皇后）のために哀悼の意を表わす場合も同然であった。今、隣郡に行くと、人々はみな当然のこととし、禁止しなかった。やや有力な士族は、朱塗りの漆の棺が多かった。卜葬は日取りを選ぶ関係で、先延ばしされる傾向があり、殯《かりもがり》葬の費用を節約するために多くは柩を家の中に留め置いた。また塗り瓦を敷かず、百物を棺上に安置するのは、あたかも机のようだ。卒哭（仏教の百箇日）の後は祭らず。ただ、一日と十五日にお供え物をあげて祭るが、哭することはない。不思議なことだ！（巻上八頁）。

「結髪」が唐以前の本義とは掛け離れ、「後世」（宋）においては男女の毛髪を切って合体させ髻を作る意に変ったことを、荘綽は「甚可笑也」と慨嘆する。そして、この種の道理に背く行為は枚挙に暇がない、という。風俗の変化・差異は時代によってだけではなく、南北といった地域差によっても存在した。

婚姻のさいの呉人の「護姑粉」といった奇習も興味深い。また南方では花嫁の乗る輿は貧富で仕来りが異なり、牀に登る直前の作法も初婚・再婚では別だったようである。葬礼に関しても、「卒哭」後は月二回の祈禱はするものの、哭泣行為は省略され、荘綽は呆然として「是可怪也」と結んでいる。

〔浙人諱鴨〕

蕭魯陽が「浙人、鴨を諱む」という仮題を付し、入矢義高が「浙江の女」と名付けた項目（巻中七三頁）がある。両者で本項の要諦のつかみどころに違いがあるのは興味深いが、実は前半の記述は入矢が的を射ており、後半は蕭に軍配を上げるべきである。なにぶん優れた邦訳があるので、拙訳は割愛し、要旨のみとする。〔前半〕両浙の婦人は衣食に貪欲で、仕事をするのを恥とした。これらの費用を捻出できない貧家では、女子が情夫をもつことを容認した。これを貼夫といい、男は公然と出入した。寺の近くでは貼夫は仏門戒行の人ばかりで、女一人に四、五人という場合もあった。〔後半〕浙江人は「鴨児」（＝忘八、罵詈語）を禁句とした。一方、北人は鴨ときけば鴨羹（あひるスープ）しか頭に浮かべない。自分は南方へ移住して、鴨のメスはオスが一羽だと受胎しないことを始めて知った。二、三羽と交配して始めて卵を生む。鴨を禁句とするのは、このためか？　スープにした時の香りの有無など無関係である。

要するに、浙江では女は公然と情夫を迎え入れ、鴨のメスは複数のオスと交配してやっと受胎する、という。人間も鳥類も不義密通に奔るということか？　荘綽の南方嫌いは徹底している。

〔井鳴〕

浙江にかかわる災異・奇異を扱った二、三の記事を取り上げる。

紹興四年（一一三四）、温州瑞安県で井戸の中から鳴声が聞こえ、それは鐘の音のようだった。ついで州全域に広がった。従前の史書の災異志には見られない現象である。ある人は「昨年、福建でも同様なことが起こり、結局大洪水の被害となった」といい、別の人は「単なるミミズの鳴き声にすぎず、欄干を叩けばすぐに止んだ。決して井鳴ではない」という（巻下八九頁）。

荘綽はこの種の情報に格別な興味を示す癖があった。

〔葉錬師冬啖巨桃絶粒〕

これは人物奇談で、桃に秘められた魔力という主題からすれば、日本の桃太郎伝説に一脈通ずるものがある。

婺州義烏県（浙江）に葉錬師という人がいて、もと菩蕾村の農家のムスメであった。嫂に従って谿流で薄絹を洗っていると、巨大な桃が上流から流れてきた。ムスメはこれを取って嫂に進呈した。時季は十一月、昼食後の午後だったので、嫂は手にせずに棄ててしまった。すると、ムスメがこれを啖い、帰宅後はついに穀物を口にしなくなった。

年を越すと、性質はいたって聰明となり、もともと無筆だったのに、巧みに筆を操り、書道のお手本のような字を書いた。このことを耳にした徽宗は、ムスメを都に召して禁中に入れ、錬師という号を賜った（巻下一二二頁）。

「絶粒」（穀物を絶つ）の用語が使われているが、これは一方で道士が五穀の火食を避けて長寿を求める修養術の意でもある。また主人公の名「錬師」は道士の敬称であり、加えて徽宗が熱心な道教信者であってみれば、全体の趣旨は道教で一貫している。

〔呂洞賓遊宿州天慶観〕

道教が登場したついでに、唐末宋初の仙人呂洞賓にかかわる伝説の一齣も神秘的である。

かつて、呂洞賓が宿州（安徽）の天慶観に赴くと、道士が内に入れてくれず、やむなく大門の下に宿泊し、柏（このてがしわ）の葉を採って食べ、月を越してやっと出立した。出発にさいし、ザクロの皮を用いて道士の門扉上に「手で丹篆（仙人になる秘伝書）の千年術を伝え、口で黄庭両巻経（道教の経典）を誦う」と記した。字はすべて木に深く入り込んだ。

後世、疾病のある人がその字を削り、水でもって服用すると病が癒えた。今、門木を削り取ると、みな裏側まで貫通する。また楚州（江蘇）紫極宮の門上の梁の壁面に題詩があって、「宮門の一閒人、水に臨み闌に憑りて立つ。人、我れの来たるを知る無く、朱頂の鶴声急なり」と。人が字を削り取れば、壁土にも穴があくことになる（巻下一一九頁）。

この種の縁起かつぎの仕草は珍しくなく、わが清水次郎長の墓文字は、渡世人の指先で繰り返し擦られて摩滅していると伝えられている。

〔臨終身縮〕

話は変わるが、臨終に体躯が短縮するという奇病も取り上げる。

『筆談』は「呂縉叔、臨終に身が縮まり、わずかに数尺」と記す。洛陽の人、范季平の息子の嫁は、病んで痩せること累年、だんだん身が短縮し、紹興六年（一一三六）春に死亡した。六、七歳児のようであった。これまた不思議なことだ（巻下九九頁）。

当時、呂縉叔のことは滑稽な話題だったようで、『夢溪筆談』巻二一異事及『宋史』巻三三一呂夏卿伝にみえる。呂は英宗朝の知制誥、徽宗の熙寧中に潁州知州に出されており、そこで五十三歳の生涯を閉じている。

〔戒食魚〕

陸に揚げられすでに息が絶えた魚介類が、突如動きだすという荒唐無稽な奇異現象を語る。

李文定公（李迪九七一―一〇四七）の親族李孝博の子に李捷（字全夫）がいて、酔蟹を好んで食べた。自ら大きな罈《かめ》を造り、蟹数百匹を入れ、一匹だけ残してみな食べ尽した。その一匹を取り出して器に入れると、たちまち動き出し、逐いかけても間に合わず、ついに行方不明となった。

孫威敏公（孫沔九九六―一〇六六）夫人の辺氏は鱠《なます》を好んで食べた。日々新鮮な鱠が切り割かれるのを目の当りにし、口にすると美味であった。ある日、庖丁人が生魚を切り刻むのを見て、急に眠気を催し、どっと床についた。魚を蓋物に入れ、目覚めを待ってから切ることにした。夢で器中に大きな光明がさしこみ、そこに観音菩薩が鎮座していた。辺氏が起き上って魚を見るとすべての切身が動き出したので水中に棄てた。それを期に終身蔬食に徹した。

余が順昌（安徽）にいた時、同僚二人は年齢が六十を越していたが子が無いため、魚食をしないと自戒したところ、ほどなく二人とも子を授かった。そのことを文に刻んで人に勧め、自身も魚食を断った。建炎三年（一一二九）は平江の常熟（江蘇）にいた。家人がいうには、鮭魚（別名鱖魚、水豚）は水から揚がるとすぐに死に、それを食べても殺生にはならないから、切身にした、と。夕暮となり、これを煮ようとしたが、なんと動き出した。これは唐の文宗（八〇九―八四〇）の哈蜊を食する故事と同じ。もし前世からの因縁がなければ、剛強で化身できない者でも、この種の事柄を目撃できない（巻下一一三頁）。

孫泗夫人の辺氏は荘綽の母方の祖母であり、鱠の切身が動きだすことなど有り得ないが、もし夢の中での話と仮定すれば納得がゆくし、それを契機にベジタリアンになったとしても、少しもおかしくはない。時期と官職名は未詳だが、荘綽は潁州順昌軍にいたことがある。同僚二人が還暦を過ぎても子が無く、魚食を断ったら子を授かった、ということを実しやかに語る。また建炎元年、常熟滞在中、寄宿先の家で鮭魚の切身が調理寸前に動き出したというのも奇妙であるが、自身の見聞に基づいており、批評の限りではない。

唐文宗の故事は、曾慥『類説』巻四四「哈蜊中菩薩」にみえる。蛤蜊好きの文宗が、殻の開かない貝に香を焚き祈ると、殻が開いて中から菩薩が出てきたという話である。本項は魚介類にまつわる四種と唐文宗の故事から成り立っている。「観音菩薩」「善縁」といった仏門がらみの用語が使われ、精進潔斎を勧奨するのが主題となっており、荘綽の仏教信心が底流にあることを伺わせる。

〔女酒郎衣等殊俗〕

全国各地の風変りな習俗を羅列した文章も目を引く。

陝西人が子を生むと、すぐに仲間がその父を丸坊主にし、宴会を開かせて行事を終える。これを将帽会という。江蘇・浙江人の家で女の子を多く生めば、すべてが嫁するのを待って、親族・賓客を招いて大宴会を催す。これを倒箱会という。広南では、富家で女の子が生まれると、すぐに酒を準備して田中に貯蔵し、嫁に行った後に取り出して飲んだ。これを女酒とよんだ。貧家は生涯木綿をまとうが、ただ花嫁を娶ると三日間だけ絹を身につけた。これを郎衣という。みなペアーで行うべきものである。

蜀人は食後、残り物を何でもかんでも器に投げ入れ、三か月過ぎてから取り出して食べた。これを百日漿という。この食物をきわめて貴重なものとみなし、ごく近親の者でなければお相伴にあずかれなかった。江南・福建では、公私ともども醸造酒は紅麹酒であって、秋になるとみんな紅い酒糟を食べた。また野菜・魚肉にもまぜ合わせ、あえて酢を口にしなかった。信州（江西）では、冬期に紅い酒糟でもって鯪鯉の肉を煮て販売した。鯪鯉とは穿山甲のことである（巻下一一八頁）。

「将帽」の「将」は指で摘み取る意。「倒箱」とは財布をはたくこと。「女酒」で連想されるのは、紹興の女児紅という銘柄の酒のことで、事の始終は類似する。「漿」は半ば液状化した食物。「穿山甲」は有鱗目の哺乳類。

〔古碑験災異〕

彭城（江蘇）の県学の中に古碑があって、夜ごと声を発し、あたかも磬（打楽器）を撃っているようだ。劉愿恭叔は秦州（甘粛）の人、徐州の教官となり、この音を聞いたと言う。崇寧間（一一〇二—一一〇六）、原州《?》真寧県の要冊湫廟中の衆碑の表面は湿めりっけを帯びて水が流れるごとくであったが、一碑だけはそうでなかった。この年、疫病が多発した。宣和中（一一一九—一一二五）にも同様の現象が起った（巻上一六頁）。

宋代で同姓同名の劉愿が三、四名はいる。本項に該当する可能性のあるのは北宋期の二名である。一人は『宋元学案補遺』巻一六にみえ、天水の人で王安石の学に附会せず、伊洛の学に没頭した、という。もう一人は『宋詩紀事補遺』巻三七にみえ、字は恭叔、新昌（江西）の人。宣和六年進士、永・鼎二州の通判を務めた。つまり、本貫からすれば前者と一致し、字からすれば後者が適合する。荘綽はこの両名を混淆したと思われる。

錯覚といえば、「原州真寧県」も間違いで、正しくは原州は寧州とすべきである。『皇朝事実類苑』巻六九神異幽怪「湫神」に「寧州真寧県要冊湫」の一句で始まる文がある。同一記事は『長編』巻一八太平興国二年七月癸亥にもあり、両資料の趣旨は以下の通り。

開宝九年（九七六）、太宗がまだ晋邸にいた時期、馬匹購入のために使者を秦州に派遣した。使者は帰還のさい要冊湫祠に宿泊し、夢で神人から「晋王、帝位に登る。汝、急ぎ帰京せよ！」と告げられた。使者が長安に帰還すると、果せるかなお告げの通り、太祖が逝去し、晋王が即位した。

翌太平興国二年（九七七）五月、白竜が祠の池中に現われた。太宗は詔を下して湫神普済王を封じて顕聖王となし、祠宇を増修した。春秋に祠を祭り、碑を立ててその事を記した、と。

つまり、秦州の要冊湫祠は宋朝創業期の縁起のよい神秘的な場所であった。荘綽の頭の中には、右の故事が伏線として敷かれていたはずである。

〔王介甫詩用「木稼」出処〕

天変地異と貴人の死を結びつける、つまり自然現象と人間の運命との因縁を探る、これまた荘綽の好みであった。ただ、これは彼に限ったことではなく、古今東西おもしろおかしく語り草にされてきたテーマであって、その意味では決して珍しい話材ではない。

王安石が韓琦のために輓詩を作って言う「木稼（樹氷）をかつて高官たちは恐れ、山崩れを見て今の哲人は萎える」と。時に華山は崩れ、京師は雨降りて木冰り、まさにぴったり符合した。多くの人は木稼の出典を知らない。

『旧唐書』五行志をひもとくと、「開元二十九年十一月二十二日、雨が降って木が冰る。凝寒凍冽が数日間は解けなかった。これを見て寧王が歎き、諺にいう、樹稼を高官が恐る、と。きっと大臣の誰れかが標的になる、と。この月、寧王自身が死んだ（巻下一二四頁）。

『老学庵筆記』巻七によれば、熙寧六年（一〇七三）に華山が崩れ、七村の民家で数万人が圧死した。また『宋史』巻一五神宗本紀、熙寧八年正月乙卯に「雨木冰」（雨ふりて木冰る）の三字がみえる。韓琦の死没は八年六月のこと。これら天変地異と韓琦の死との因縁については、『石林詩話』上が取り上げている。

唐朝の宗室、寧王李憲（六七九―七四一）の因縁話は『旧唐書』巻三七五行志に記載されており、荘綽の記述は全面的にこれに依拠する。

〔黄羊与噏酒〕

陝西・甘粛方面の野生の羊と西北民族の醸造する噏酒（蘆酒）にも異国情緒を懐いた。

潼関以西の辺境地帯には角の無い黄羊がいて、獐《のろ》に似ている。人々はその皮を剝いで蒲団をつくる。また夷人は噏酒を醸造し、萩ストローで瓶から吸飲する。杜甫が「送従弟亜赴河西判官」詩（『杜甫詳註』巻五所収）で「黄羊飫《あ》きて膻《なまぐさ》からず、蘆酒多くして還って酔う」というのは、つまりこれを指す（巻中五三頁）。

「黄羊」は野生種で、草原・沙漠に生息し毛も腹下も黄色である。「噏酒」の噏は嗅に同じ。「飫」は美味しく食べること。噏酒の原料は雑穀の黍《きび》。アルコール度は低いが、たくさん飲めば酔う。

〰〰〰〰〰〰〰〰〰〰

奇習異俗の最は食人肉である。(1)唐初の朱粲軍 (2)靖康元年から数年間の北東・京西・淮南地区 (3)南宋紹興三年の登州・范温軍。以上三局面での食人肉につき巻中四三頁は描写している。本項は入矢義高訳があり、参照されたい。ここで贅言を並べるのは控えたい。

〰〰〰〰〰〰〰〰〰〰

〔各地歳時習俗〕

余はかつて職務で鄧州順陽県（河南）に赴き、元日に到着した。家々は門戸を閉ざし、食物を手に入れる術が無かった。下僕を遣わし、ある家の門を叩き、米を購入しようとしたが、家人は激怒し「家親（ご先祖さまの霊魂）を驚かす気か」と。ついに入手できなかった。大きさ数斤の蕪があったので、それを軟らかく煮て、やっと腸を充した。寧州（甘粛）では十二月八日に家々で競って白粥を作り、表面に柿・栗の類をあしらい、いろいろと着色を施して花鳥の文様をかたどり、互いに遣り取りした。

浙江人は七夕に小家でも食用の鵝鳥や鴨を買い、みんな集って門前で酒を飲む。これを「喫巧」という。冬至は祝事をせず、春節だけを重んじた。澧州（湖南）では除夜に家々で爆竹を鳴らす。音が鳴り響くたびに、町中の子供達が「大熟」（豊作だ）と叫び、翌朝まで続いた。正月の縁起物を届けるのに、必ず二本の大きな竹竿が後に随った。広南では「万歳」と叫ぶが、とてもビックリさせられる。寧州城は北山に倚りそう。上元節（正月十五日）になると、南山の頂に縄をつけ、その下部は麓に達する。素焼きの壷に薪火を盛り、そこに丸い綱を上下に貫通させる。遠くから眺めると大きな流星のようで、土地の人は「彗星燈」とよんだ。

襄陽（湖北）では正月二十一日を「穿天節」という。（鄭）交甫、佩玉を解くの日と伝えらる。襄陽府中で人々は漢水のほとりに集い、町中あげて万山より、飾りつけた舟を浮かべて下る。婦女は穴を開けることのできる白い小石を早瀬で拾い、色絲で貫いて首にかけ、子宝に恵まれる瑞祥とした。湖北では五月十五日を大端午といい、ボート競技を行う。各村の人々が一つの舟を仕立て、それぞれ一人の屈強の者を雇い、船首で旗を持たせ、身体に紙銭を掛けさせた。ときに先を争って殴り合いとなり、死者を出す場合もあった。加害者は闘殺の刑に甘んじた。ために、官側では厳しく禁じた。

成都は上元節より四月十八日まで、遊覧観賞ごとが多く、暇無しであった。知府の邸宅の裏庭は西園と名づけられ、春季には人々の行楽が許された。西園が開放される初日、二軒の酒店がそれぞれ優れた芸人を呼び寄せ、集会にて芸くらべをやった。小箱の中にサイコロを入れて振り、サイコロの目が多い方が先に演じた。これを「撼雷」とよんだ。朝から夕暮まで雑戯一色であった。演武場に坐って庭の四囲を見回すと、すべて知府邸の見物桟敷であった。桟敷の外側には一段と高い物見台が設けられ、庶民の男は左、女は右に立ち、山のような様相。ギャグを聞いて、敷きゴザの上でみんな笑いころげる。衆民で大笑いする者は、始め青や紅の小旗を椅子の上に挿してシルシとした。晩になって旗の多い者が勝者となった。もし、上方下方ともども笑わない場合は、数にのぼせなかった。

浣花溪は成都城から僧寺（名は失念）まで十八里、知府は飾り立てた舟に乗り江を下った。両岸には民家・楼閣がまとわりつき、錦繍で装飾を施す。この舟が到着するごとに、歌舞する者があると、スダレを巻き上げて見物し、金帛を賞与した。大艦に公使庫の酒を積載し、遊人の家があれば、員数を計って酒を支給し、一人当り一升とした。夕暮になると、舟は陸に沿って帰還した。

流鏑馬を得手とする者は、知府が出城するごとに、必ず前方を疾駆した。道の両側には五、六段の物見台を設け、その上に人が立って見物した。ただ頭しか見えず、これを「人頭山」とよんだ。男は左、女は右と分かれて立った。九月九日になると、譙門から玉局化門に至る五門において薬市が開かれ、店舗を設けて百薬を売り、犀や麝《じゃこうじか》の類が山積みされた。知府や監司はみな武装して視察した。五門の下に数十斛を容れた大きな酒樽を置き、通行人は用意した杯と杓で自由に飲んだ。これが五日間続く。時には一風変った人が、頓狂な振舞に出ることがあった。天下泰平の世、公私ともども富貴にして、上下ともども逸楽にふける図であって、枚挙に遑がない。

澧州（湖南）では、五瘟社（疾病を司る神を信仰する社団）を形成するさい、旌旗・礼器は王者の所有物を用いた。ただ赤い傘は設けず、油をこれにぬりたくった。軽い木でもって大船を造り、長さは数十丈。舳《へさき》・艫《とも》・檣《ほばしら》・柁《かじ》すべてを備え、五色で飾った。州人はみんな自分の姓名・年齢・仏教行事等を書状にしたため、舟に乗せて江中に浮かべた。これを「送瘟」という。成都の元夕（上元節の晩）は、毎夜油五千斤を用いた。その他の費用は推して知るべし（巻上二〇頁。入矢義高訳がある）。

鄧州をはじめとする七、八か所の歳時習俗を紹介している。ほとんどが任地や滞在地のそれであるが、成都だけは荘綽の足跡が印されたかどうかは不明で、むしろ追体験として語られているとみるべきである。鄧州の件で「家親」という稀覯の語彙がみえ、蕭魯陽は荘綽が長期にわたって生活した潁川の方言で、本族の鬼の意とする。これをうけ、拙訳では「御先祖さまの霊魂」とした。襄陽の件で正月二十一日を「穿天節」という、とある。

范仲淹「献百花洲図上陳州晏相公」詩の自注では、「襄・鄧の間、旧俗、正月二十二日、士女河に遊び、小石の中に通ずる者を取りて、絲を用って之れを穿ち、帯して以って祥と為す」（『范文正公集』巻四）とあって、二十二日とする。鄭交甫は周人。楚に赴く途次、江妃二女に遇う。二女は佩玉を解いて交甫に与えたが、それを懐にして歩き、数十歩にして二女も見えず、懐の佩玉も無くなっていたという。この逸話は『列仙伝』巻上などにみえる。

〔各地寒食習俗〕

寒食節（四月五日の清明節の前日か二日前）の各地の習俗についての記事もある。春秋時代、晋の功臣介子推が綿山（山西）に隠居したさい、晋の文公は子推を出仕させようとして山を焼いて追い出そうとしたが、焚死してしまった。この故事にちなんで、寒食節前後三日間は調理に火を使わず、その死を悼んだ。

寒食節の火禁は河東（山西）で盛んである。陝右（陝西）もカマドを使わないこと三日。冬至（十二月二十二日）後、一百四日を「炊熟日」という。二、三日分の米飯や麺・餅はあらかじめ用意しておく。またキビの粉を蒸して甘い団子を作り、輪切りにして乾燥させれば日持ちが良い。柳の枝を棗餻（小麦粉と棗で作った蒸し餅）に挿して門の上の梁に置き、「子推」とよんだ。これを一年も留め置けば、口中のデキモノの治癒に役立つ、といわれている。

寒食の日に墓地へ行き、線香は立てないが、紙銭を樹木に掛けた。故郷を離れている者は、山に登って遙かかなたから祭事を行う。紙銭に象った絹布を引き裂いて空中にばらまく。これを「擘銭」とよんだ。

汴京の辺りでは墓掃除を口実として、酒肴を用意し、一家そろって春遊した。あるいは、寒食の日が雨降りだったり、墳墓が他所にあったりすると、必ず吉日を択んで出遊した。太原（山西）では、もともと寒食は一月だったので、寒食のことを一月節といった。浙西の人家では、墳墓の傍らに丸屋根の小屋を造る。いろいろと用具を備え、なかには簫《ふえ》や鼓《たいこ》まであって、利用する者を待ちうけた（巻上二三頁）。

寒食節の風習については、高承『事物紀原』巻八歳時風俗部「子推」「寒食」「禁火」項及孟元老『東京夢華録』巻七「清明節」項、陳元靚『歳時広記』巻一五等に、より詳細な記述があるが、『雞肋編』の内容と大同小異である。なお、「冬至後一百四日」を『歳時広記』は一百三日につくる。

年中行事の一環として、巻上二三頁に立春の土牛風俗を述べた項目があり、主に後漢と宋の差異を指摘するが、その詳細は割愛することとする。

第八章　コトバ遊び

言語学・音韻学といった格調の高い表題をつけるべきかもしれないが、それでは諧謔を旨とする荘綽の意志にそぐわない。ここは俗っぽく「コトバ遊び」としたい。

〔字謎〕

本書の扉、第一頁に字謎（文字を使ってのなぞなぞ）が登場する。まさしくコトバ遊び。荘綽の面目躍如たるものがある。

筋屐の謎は前史にみえ、『鮑昭集』中にも記されている。たとえば、一土（王）・弓長（張）・白水（泉）・非衣（裴）・卯金刀（劉）・千里艸（董）の類である。もともと反正（「正」字を反《ひっくりかえ》すと「乏」字になる、『春秋左氏伝』宣公十五年）・止戈（「武」字。戦乱を終息させ武器使用をやめることが、真の武功となる、『左伝』宣公十二年）に起源をもつが、後世の人はそれから字謎を作った。

王安石も字謎を作ってこういう。「兄弟四人、二人は大、一人は地に立ち、三人は坐る。家の中に更に「一口」と「二口」がある。たとえ凶年でも、過ごすことができる」（字謎の答えは「儉」）。また謎を作り「（この品物は）常に任官を志す貧乏書生に随伴し、腹を満たすのは文章・儒学のみ。あるいは満面紅で化粧し、風前月下（美景の絵画）に向わんとす」（字謎の答えは「印章」）。

酒席では専ら文字遊びをする。常に酒令をやり、いう「商人がいて姓は任、名は餁。金と錦を販売して関に至った。関吏が彼にこう告げた〝任餁は入るに任《まか》せ、金錦は禁急なり〟と。また〝親兄弟（実の兄弟）の日曰は昌、堂兄弟（父方のいとこ）の日木は相、親兄弟の火火は炎、堂兄弟の金今は鈐と。〝地を撅《ほ》りて土を去る、水を添えれば池と成る〟。これでは誰も酬ゆる（主人が客に酒を勧める）者はいない。

字中の筆画の点から謎を作っていう。「寒は重重疊疊（点が上下に重ねられる）、熱は四散分流（四つの点が分散している）。兄弟四人、縣に下り、三人は州に入る（縣字中の四箇の点、州字中の三箇の点）、村の内はただ村の内にあり（村字中の点はあくまでも村字の内にある）、市頭《いちば》はただ市頭にあり（市字は点が頭についている）」。

疊字の下が二点となっているのは「兄弟二人、同姓同名。もし我を識ろうとすれば、まず家兄を識れ。家兄を識らなければ、我が誰であるか知りようがない（人人―人ㇾ。上の人が家兄、下のㇾが弟＝我）」。また婦字の謎にいう「左七右七、山を横にし出を倒す（婦字を分解。女は左七右七となる。帚は上部が山を横にし、下部巾は出を倒した形）」。甑謎にいう「将軍の身は五行精。日日、燕山にて石城を望む。功成を得るを待ちて、身また退く。空しく心腹をもって蒼生の為めにす」（甑謎は不可解）（巻上一頁）。

甑は炊事用の蒸器で素材は（五行精）土。末尾の空腹は蒸器の内側を暗示する。功成身退の四字の出典は『老子』上篇第九章。「功成り名遂げて、身退くは天の道なり」の意。

冒頭の筋は箸に同じで、ハシのこと。屐は木のゲタ。二本と二歯で、数字の二が隠されたキーワードであることは予測できるが、それ以上のことは判らない。鮑照（四一三頃―四六六）は南朝宋の詩人。字明遠。明人の編集した『鮑参軍集』六巻がある。

〔戯李閌謎語〕

前項の字謎に続けて、「識」と「拭」の音通（shih）を介しての謎語である。

京師で果物を売るさい、李《すもも》は必ずその蒂《へた》を摘み、実には触れない。必ず外皮を留め、芳香を保とうとした。人々は新鮮なものを好み、食べる者がこれを雪去《ぬぐいさ》（雪は拭の意）った。元祐中、李閌待制、字子先なる者がいて、朝廷において戯れに謎を作ってこういった、「売る者は識らず、買う者は識る」と。つまり、識を拭にかけているわけである（巻上二頁）。

李閌は元祐中は虞部郎中（延祐『四明志』二職官攷上）、大観四年の時点で顕謨閣待制（『会要』礼部四四―一七）であった。つまり、後年の職官名を元祐にかけているわけである。

〔釈蓙〕

顔延年の「阮始平を詠ず」にいう「屢々薦めらるるも官に入らず、一たび麾《なざ》されて乃ち出でて守たり」と。『五臣注』にいう「山濤、（阮）咸を薦めて吏部郎と為さんとし、三たび武帝に上るも、帝用うる能わず。荀勗、性自矜、事に因りて咸を左遷して始平太守と為す。麾は指麾なり」と。

麾字を考察するに、古えは揮斥（奔放）の意とした。ところが、杜牧之の「将に呉興に赴かんとし楽游原に登る」の絶句にいう「一麾を把りて江海に去らんと欲す。楽游原上に昭陵を望む」と。これに依って後世の人はもっぱら旌麾の意と解し、五馬（太守）と対応して、太守の故事となった。さらに牧之の「黄州即事」にいう「一麾東下の計を笑う莫かれ、満江（江一面）の秋浪、碧、参差（並び続く）す」と。つまり呉興以前にあっては、「把」字は無かった。麾と訓《よ》んでも、何の意味か判らなかったのである！（巻下一〇八頁）。

顔延年（三八四—四五六）、本名は延之。南朝宋の詩人。『五臣注』は呂尚等唐の五臣が『文選』に施した注。阮始平、本名は阮咸。始平は官名の始平太守のこと。竹林七賢の一人。山濤（二〇五—二八三）、字巨源。竹林七賢の一人。晋初、吏部尚書・尚書右僕射となり、官吏任用の実権を握った。荀勗（？—二八九）、字公曾。晋で中書監・侍中・尚書令を歴任し、晋律の制定に寄与。「五馬」は太守の別称。漢代、太守の乗る車は五馬で引いたことに由来。この絶句は『樊川文集』巻二に収められている。

「麾」字の解釈をめぐっては、なぜか宋代の文人の間で関心が高かったようで、沈括『夢溪筆談』四辯証二及王楙『野客叢書』巻二三「唐人用一麾事」は「顔延年の一麾は指麾（指揮）のことで、旌麾（長官の旗印）ではない」という意見で、荘綽も同じである。ほかに、「人から排斥されること」（程大昌『演繁露』巻八「州麾」）とか、「去ること」（王得臣『麈史』巻中）等々諸説紛々である。なお、梅原郁訳注

『夢溪筆談』1八七―八八頁（東洋文庫344）を参照。

〔饊子〕

奇怪な食品名・饊子について。

食べ物のなかに饊子というものがあり、又の名は環餅、人によっては古えの寒具だという。京師で調理食品を売る者の間では、詭怪な表現のコトバと思われたが、そうこうするうちに売り上げは増大するばかり。かつて環餅をひさぐ者がいて、品物の名は言わず、ただ長歎息して「儲からなければ損するのは俺だ」と。価格が廉くて割が合わないといっているだけ。

紹聖中（一〇九四―一〇九七）、昭慈（哲宗の孟皇后）が廃され、瑶華宮に移された。さきの環餅をひさぐ者、宮前に来る度毎に必ず荷物を置き、ため息をついて大声をあげた。ついに開封府の役人が彼を逮捕して訊問したが、これといった下心もないのに杖一百の罪に処せられた。納得顔で改まって「私は釈放を待っており、歇《やす》むこと則箇《しばし》」とつぶやいた。これを聞いて笑わない者はいなかった。

これにより、環餅を買う者は益々多くなった。蘇東坡が儋耳にいた頃、鄰人の老婆が環餅を生業とし、熱心に東坡に作詩を頼んできた。東坡はふざけてこう言った。「纖手搓《よ》り来たる、玉色と匀《ひと》し、碧油煎出だすこと、嫩黄深し。夜来の春睡、軽重を知らんや？　匾を圧す佳人臂金を纏わん」と（巻上七頁）。

東晋の文学者・史学家于宝の『周礼注』に「祭に麷䴬《れんろう》を用う。晋制、環餅と為し、又た寒具と曰う。

今は饊子と曰う」とある。饊子にはいくつかの別名があったことが判るが、現代の油条の類で、京師では広く売られていたようである。蘇東坡の寒具詩は、実は唐の劉禹錫の作であって、荘綽の錯覚である。ただ、東坡の寒具詩中にも「圧扁佳人纏臂金」の七言があり、これが念頭にあって思い違いが起ったと想われる。

「纖手」は女性のたおやかな手。「碧油」は青く澄んだ油。「嫩黄」は浅黄色。「匾」は薄くて平べったい竹器。「纏臂金」は腕輪。

〔繋捉銭〕

猟官運動にまつわる南宋初の独特の用語三つ。鋪地銭・買門銭・繋捉銭。綦崇礼（一〇八三―一一四二）、字叔厚のコトバとして伝える。綦は高宗初、中書舎人から翰林学士へ進んだ人物で、皇帝のために詔命起草に当った。終官は知紹興府で、のち台州に退居している。

綦叔厚がいう、「婿が進士に合格して瓊林苑に赴くさい、妻の実家ではその費用を負担した。それを鋪地銭という。庶民が高門に攀じ登るために費やす金銭を買門銭という。これらを引っ括めて繋捉銭という」と。以上は有官者は当然のこと、進士合格者か否かを問わず必要経費であった（巻中七一頁）。

鋪地は地面に敷くこと、従って「鋪地銭」は銭を敷きつめて女婿の進士を搦め取る意となる。「繋捉銭」は権勢と付き合ったり、彼に縋ったりして引き立てを求めるための礼金の意。

〔玉楼銀海〕

蘇東坡の詩篇に鏤められた難解の語句―玉楼・銀海・輭飽・黒甜―にも食指を動かす。

東坡、雪詩を作り、「凍は玉楼を合し、寒は粟を起こす。光は銀海を揺がし、眩《くら》みて花を生ず」という。大方の人は玉楼・銀海のことは判らない。ただ、王安石が「此れ道家に見え、肩と目を謂うなり」と明かす。東坡は別の詩で「三杯輭飽の後、一枕黒甜の余」という。これは諺語である。かりに杯・枕字がなければ、後世の人はそれが飲酒と熟睡の意であることを知る由もない（巻中七一頁）。

雪詩とは「雪後書北台壁」詩之二。「玉楼」「銀海」については、趙令畤『侯鯖録』巻一「荊公博学」によれば、王安石がこの詩句を論じ、「道家は肋骨を以って玉楼と為し、目を以って銀海と為す」といった。つまり、玉楼は肩、銀海は目のこと。

後半は「発広州」詩の文言であり、東坡の自注に「浙人は飲酒を謂いて輭飽と為す」とあり、さらに「俗に睡を謂いて黒甜と為す」と記す。ちなみに、魏慶之『詩人玉屑』にも「西清詩話に云う、南人は飲酒を以って輭飽と為し、北人は昼寝を以って黒甜と為す」の一文がある。

〔浙東諱避可笑〕

浙江人は家畜名で相手を呼べば、笑ってすます。ところが、もし父祖をその本名で呼ぶと、この上ない侮辱とみなし、殴打のあげく死にいたる場合もある。また、ほんらい語音の訛謬なのに、忌避することがあって笑止の沙汰だ。処州遂昌県に潘二というお大尽がいて、人々は「両翁」と呼んだ。どうしてかと尋ねると、父の名が義だからだ、という（巻中八〇頁）。中国では古来相手を諱（本名）で呼ぶのは失礼とされる。ふつう字とか号が使われる。「潘二」の二と「両翁」の両は同義語である。父の名「義」は分解すれば羊我となり、羊は家畜名である。荘綽が語音の訛謬といっているのは、現代漢語の発音からすれば、羊我は yáng wǒ であり、両翁は liǎng wēng である。音は明らかに異なっているが、かなりの類似性はある。所詮、荘綽が浙江人のコトバ遊びを嘲笑したことになる。

〔釈王孫〕

後漢の王延寿は「王孫賦」を作って、「王孫は獰猛な野獣であって、形状は醜く、顔つきは年寄りじみ、体躯は小児に似ている。食糧を耳や頬に儲え、その後、胃や脾臓へ送り込む。甘苦といった味覚は人間と同じで、好んで酒糟を食べ薄酒を啜る」という。

柳宗元（七七三―八一九）も「憎王孫」を作る。この題名は王延寿からきている。余が思うには、ヒト社会の王と侯に仮託して王孫といっているだけのことである（巻中八〇頁）。

「王孫賦」は『初学記』巻二九に収められている。王孫は猴の別称。「憎王孫」は『河東先生集』巻一八に収められている。それによれば、同じ猴でも王孫は悪玉で猨（手ながザル）は善玉とある。この文集に明人蔣之翹が注をつけ「王孫は猴なり。状は愁胡に似たり」と。愁胡とは胡人の悲愁をおびた奥深い目のこと。文末に付す荘綽の評言中の「侯」はいうまでもなく猴と同音である。

〔釈朶頤〕

漢字考証ともいうべき二項目。

『周易正義』に朶頤を解釈して、朶は動の義、手で物を捉えるさまで、それを朶と謂う、とある。今、世俗では、小児の手を引いて歩行を学ばせることを指すが、おおかたその本義を知らないのである。総じて観れば、手でもって物を捉えること、それこそ朶の義とすべきである（巻下一二六頁）。『周易正義』の孔穎達疏である。『周易』正文の「頤」は「初九は爾の霊亀を舎て、我が朶頤を観る。凶」である。「頤」はあご、「朶」は動かす。「朶頤」はあごを動かして物を食べること。それが、宋代では小児の手を引いて歩行訓練する意に転じた。荘綽は朶を手で物を捉える義と結論づけている。

〔釈老草〕

世間では、書翰中で「老草」の字を用いることが多く、それは草略の意味である。余が博識の士に問うも、みなその出処を知らなかった。のち『礼部韵略』で検証すると、「老」字の注に「愺恅、心乱るるなり」とある。恐らくこれが典拠であって、伝わり広まるうちに誤謬が生じた。もとより「心」を除去しただけのこと（巻下一二七頁）。手紙文の末尾の「老草」字の考証である。『礼部韵略』の注にたどりつき、「恅愺」の心（りっしんべん）が除去されただけだとする。呉曾『能改斎漫録』巻一事始・恅愺には、「文士、事を作して迫促せらるる者を以って、通じて之れを恅愺と謂う」とある。要するに、日本で用いる「草草」に相当する。

〔広南俚俗字画及称謂〕

暦書には「除手足甲」とか「除手足爪」の記載がある。甲と爪の違いについては、当然説明がありうるが、識別できないむきもある。ある人は「肉が附いているのが甲である」という。それでは、甲を除去するのは不可能ではないか？

広南の習俗で字画を組み合わせ、𡘙を恩とし、𡘫を穏とし、𡚻を矮とするといった事例が多い。また舅を官、姑を家、竹輿を逍遙子、女婿を駙馬と呼んだりするが、中原では決して言わない。大晦日に爆竹を鳴らし、軍民が寄り集って万歳を叫ぶのには、本当にビックリさせられる（巻下一〇八頁）。

前半の手足の甲や爪を切除する話と後半の広南習俗とは、必ずしも整合性がない。前半に関連して、あくまでも参考資料ではあるが、清代の『御定星暦考原』巻六「整手足甲」に、手足の甲を除去するのに適した日として、丑日・寅日・六月六日等があげられている。

後半は⑴広南習俗としての字画を組み合わせての造字、⑵広南独特の称謂。⑴造字のうち「𡚻」「𡘫」については、周去非『嶺外代答』巻四「俗字」に、広西俗字として同様の記述がみえ、南宋では広く知れわたっていたようである。⑵舅・姑等々の独特の言い替えは、中原では決して言わないし、大晦日の爆竹・万歳の習慣も驚愕すべきこととする。いずれにせよ、荘綽にとって広南は異国情緒にみちあふれた地域であった。ただし、彼は紹興六年に広東南雄州知州に着任しているので、実際の見聞にもとづいていると解すべきであろう。

〔釈大人丈人〕

大人とは小に対して大を言うだけのこと。ところが、世間では子が父を称して大人という。もし父以外の人に使えば、みんなは驚いて笑う。そこで、経書・史書・子部書・伝記類の記述を例示して、その誤りを証明しよう。『周易』乾卦に「九五は飛竜、天に在り。大人の造《しわざ》なり」と。注に「大人は賢人君子を謂う」とある。『論語』（巻八季氏）に「大人を畏る」と。注に「大人は即ち聖人なり」とある。『孟子』（巻八離婁章句下）に「大人とは、其の赤子の心を失わざる（者）なり」と。注に「大人とは国君を謂う」と。また「惟だ大人のみ能く君の心の非を格《ただ》すを為す」（離婁章句上）ともいう。輔君をさす。さらに「大人は己れを正しくし、物（自ら）正しき（者）なり」（尽心章句上）と。

大丈夫は利害のために右往左往しない者をいう。「其の小を養う者は小人たり。其の大を養う者は大人たり」（『孟子』告子章句上）と。注に「口腹に務むる者は小人たり、心志を治むる者は大人たり」という。「大人は為さず」（離婁章句下）と同じである。「大人は、言必ずしも信ならず、行必ずしも果さず」（離婁章句下）、義も同調。

一方、漢の高祖は「始め大人、（常に）臣を以って亡頼と為す」（『史記』巻八高祖本紀）という。霍去病は「早くは自ら大人の遺体と為ることを知らず」（『漢書』巻六八霍光伝）という。崔鈞は「大人は少《わか》きこと英称有り」（『後漢書』巻五二崔寔伝）という。晋の陳騫は「大人は大臣なり」（『晋書』巻三五陳騫伝）という。

唐の裴敬彝は「大人の痛を病めば徹然無し」という。（注・『新唐書』一九五裴敬彝伝は「大人、痛を病めば、吾れ輒然たり」に作る）。以上はすべてその父を呼んだものである。ところが、疏受が叩頭して「大人の議に従う」（『漢書』巻七一疏広伝）といったのは、その叔父を名指したのである。張博が「王、大人を遇すること益々解《おこた》る」（『漢書』巻八〇宣元六王伝）といい、范滂が「惟うに大人の忍ばざるの恩を割く」（『後漢書』巻六七范滂伝）というのは、その母をさす。

唐の柳宗元は劉禹錫の母に向って「以って其の大人に白《もう》すに辞無し」（『新唐書』巻一六八柳宗元伝）と。蘇章伝には「蘇純三輔、号して大人と為す」と。注に「大人は長老の称、之れに尊事するを言うなり」（『後漢書』巻三一蘇章伝）とある。岑彭伝に「韓歆は南陽の大人なり」と。注に「大家豪右を謂う」（『後漢書』巻一七）とある。高駢伝に、女巫王奉先が畢師鐸に「揚州の災にて、大人の死する有り」「秦彦曰く、〝高公に非ざるや〟」（『新唐書』巻二二四下）とある。

呼韓邪単于伝に「大人、相い難ずること之れを久しうす」（『漢書』巻九四下匈奴伝）と。後漢では「北匈奴の大人車利・涿岳」（『後漢書』巻八九南匈奴列伝）とある。唐の蓋蘇文の「父は東部大人為り」（『新唐書』巻二二〇東夷伝）とあるのは、つまり夷狄も尊長を指して大人といった。梁元帝『金楼子』（巻六）に「荊（楚）間、人名我（なる者）有り。此の人、父に向いて（恒に）我と称し、子に向いて恒に名を称す。此れ其の異なるものなり」とある。また子に大人と名づける者がいる。この人はつねに子を大人と呼んだ。これはすばらしいことだ。

且鞮侯単于はいう「漢の天子、我が丈人の行なり」と。注に「丈人は尊老の称なり」（『史記』巻一一〇匈奴列伝及『漢書』巻九四匈奴伝上）とある。それゆえ、荊軻伝には、高漸離「家の丈人、召して前にて筑を撃たしむ」（『史記』巻八六刺客列伝）としるす。

杜甫の「韋済に贈る」詩にいう「丈人、試みに静かに聴け」と。柳宗元は妻の父楊詹事を丈人と呼び、母独孤氏を丈母と呼んだ。それゆえ、今時はただ壻が婦の翁をそう呼ぶだけで、しいて尊老とは名づけないのは、嘲笑されるのを畏れるからだ。父を爹、母を媽、兄を哥と呼ぶのは、いつの世も同じである。その意味を問えば、これといった説もなく、恥しさの自覚すらない。

風俗が人を移ろわせ、いわば大勢の楚人がやかましく言い立てる図であって、このことに限ったことではなさそうだ。爹字は『南史』梁・始興王憺にみえ「始興王、人の爹なり。人の急を救うこと（注・『南史』巻五二に赴くこと）水火の如し。何の時か復た来りて我に哺乳せん。荊土の方言は父を謂いて爹と為す。乃ち音は徒我の切」と。世人の発音とは違っている（巻上二七頁）。

大人・丈人の語釈をめぐって、精力的に博引傍証につとめた成果である。まず、大人。『易経』『論語』『孟子』から事例を集め、賢人・君子・聖人・国君の義と判じ、時には優れた輔臣を指す場合もあったとする。本来の小人に対する大人であり、高徳の人の意味である。

ところが、漢代以降は子が父を称したり、母・叔父にも適用され、大家豪右や夷狄の尊長にも及ぶといった転義がみられるとする。異例として、子に大人と名づけるものもあった。『史記』『漢書』から

『新唐書』までの正史が典拠とされ、梁元帝『金楼子』や杜甫詩も渉猟の対象となっている。

つぎは、丈人。匈奴では単于の父を丈人といった。唐の柳宗元は外舅を丈人、母を丈母と呼んだ。宋代でも壻が外舅をそう呼んだ、とする。更に父を爹、母を媽、兄を哥と称し、意味不明の節もあるが、荘綽は宋代に限らない普遍的呼称であると認識している。

〔右軍左軍泰山泰水〕

人の姓名を別の個有名詞で呼ぶ。つまり人名の別称である。その延長線上で、父母を地名に喩える話にも及ぶ。右軍・左軍・泰山・泰水がそれである。

王羲之は鵝《がちょう》を好んだ。曹操には梅林で喉の渇きを癒した故事がある。そこで俗人は鵝を右軍、梅を曹公と呼んだ。昔、人は書翰の中で冗談半分に「湯引きした右軍一羽、蜜漬けした曹公二瓶」と記した。

張元裕という男がいてこう言う、鄧雍が書翰で自分を招き、「今日、たまたま左軍を恵んでくれた人がいて、もう小麦粉も用意したし、こちらへ来て一緒に味わえれば幸甚です」と。はじめは左軍がどんな物か知らなかったが、食べてみたら鴨であった。名前の出処を尋ねると、鵝より下位におり、淮河北岸の地では左軍の語を用いる、と。

鄧雍は官は待制に達し、荊州を治めた。知枢密院事鄧洵武の子である。俗人は、泰山に丈人観があるため、妻の母を泰水と呼んだ。まさに左軍と好対照の表現である（巻上一八頁）。

王羲之（三〇三―三六一）は右軍将軍に任ぜられたことがあり、王右軍と呼ばれた。彼は鵝を好物としたため、鵝には右軍の別称がある。『事物紀原』巻一〇蟲魚禽獣部・右軍及『夢溪筆談』巻二三譏謔にみえる。また曹操（一五五―二二〇）と梅とのかかわりは、『世説新語』巻下の下、望梅止渇及『夢溪筆談』譏謔に紹介されており、梅は曹公の別称である。

鄧雍は南宋初の人で、本貫は成都雙流県。岳父を泰山または嶽丈、岳母を泰水と呼んだことは、晁説之『晁氏客話』及祝穆『古今事文類聚』後集巻一四、翁婿にみえる。

〔用典当究其初〕

人口に膾炙した後漢の三つの名句（「懸榻」「鷙鳥累百、不如一鶚」「手握王爵、口含天憲」）の始原を探求する。

徐穉（九七―一六八）は豫章郡南昌県（江西）の人。陳蕃（?―一六八）が豫章太守となり、彼は郡にて賓客と接しなかった。ただ穉がやってきた時だけ例外で、特別に長椅子を用意し、穉が去るとそれを立て懸けた。陳蕃伝（『後漢書』巻六六）に「楽安（江西）太守となる〈本名は千乗、和帝が改名を行う〉。郡人周璆は高潔の人で、前後の郡守が招待するも、応じようとしなかった。ただ陳蕃の招きだけには応じた。そのさい、字で呼んで名は言わなかった。特別に長椅子を用意し、彼が去ればそれを立て懸けた」とある。

蕃は楽安太守から修武令をへて尚書となり、ついで豫章太守に出された。徐穉の長椅子の話は、孟玉（周璆）の後であり、周璆の逸話が伝わらなかったのは典拠不足であって、徐稺の方は伝説があり、同時に『世説新語』（上、徳行篇第一）や（王勃）「滕王閣序」にも記載されているために後世に伝わったのであろう。

「鷙鳥を百羽集めても、一羽の鶚《みさご》に及ばない」の一句は、『漢書』巻五一鄒陽伝にみえる。元初中、樊準（?—一一八）が上疏して龐参（?—一三六）を推薦したさい、この一句を用いた。人々はもっぱら孔融（一五三—二〇八）のものした禰衡（一七三—一九八）推薦文中の一句と称するが。「手に王爵を握り、口に天憲を含む」の一句は劉陶（?—一八五）の上疏であるが、世間では范蔚宗（三九八—四四六）の論であると理解している（巻中五五頁）。

後漢の周璆と徐稺の二例で紹介された「懸榻」は、後に賢士を礼遇する比喩となった。「鷙鳥云々」で本文は元初中とするが、正しくは永初中で、『通鑑』巻四九によれば永初二年のこと。「鷙鳥」は鷹・鷲の猛禽類。「鶚」はこの類のいっそう大形のもの。全体は逸材を推挙する名句となった。末尾の「手握王爵云々」は『通鑑』巻五三永興元年（一五三）七月にもみえ、胡三省注では「天憲は王法なり。刑戮を其の口に出だすを謂うなり」とある。なお、この句は『後漢書』巻七八宦者列伝の序論にもみえ、荘綽が范蔚宗の論と指示するのは、この序論のことである。

〔地名之訛〕

地名之訛謬を慨嘆した内容である。

許昌（河南）より京師にいたる道中に重畳の高い丘があって、ラクダの峰のようである。ために駝駝堰と名づけられている。滞積した沙で通行困難で、俗に駝駝嫣と称される。

さらに大沢があって、見渡す限りの草むらで、好草陂と名づけられている。夏秋は積水でジメジメの泥沼状態となり、鏖糟坡と化す。小姑山・彭郎磯の類に至っては、世俗の乱用の所産で、この種の呼称はあげたらきりがない（巻中七五頁）。

まず河南の地名。馲駝堰を俗に馲駝嫣と称するのは誤りだという。「嫣」は笑う貌であって「堰」とは無縁である。ただ両字は同音である。好草陂を鏖糟陂とするのも誤り。「鏖糟」はきたならしいの意。ここでも好草と鏖糟は音が酷似している。

つぎは江西の地名。小孤山が小姑山に、彭浪磯が彭郎磯と俗称される事例である。荘綽はことわってこそいないが、実は欧陽修『帰田録』巻二「世俗伝訛」に依拠している。ここでも孤と姑、浪と郎は同音である。結局、地名の同音転訛を例示して、世俗の乱れを慨嘆している。

〔健児〕

健児の語は、『晋書』段灼伝と『梁書』陳伯之伝にみえ、唐に至って使用頻度がとても多くなる。

余は若い頃、荊南（湖北）の白碑駅を過ぎ、功績を称える碑に、唐の官員の肩書が刻まれていて、招募健児使の文字を見た。その碑石は透き通るような白さで、駅名もそれに由来する。ある人が「後代、大晟樂が作られ、石を採って磬を作った」というが、本当かどうか判らない（巻上四頁、中嶋敏訳がある)。

健児は魏晋南北朝では、ごく一般的に勇士の意味であった。広くこの語が出現する唐朝では、辺境の軍鎮に配備された兵種の一つとなる。健児は始めは徴兵であったが、負担の加重にともない、開元二十五年(七三七)の詔により、募兵に変った。

「招募健児使」は中央から派遣され、健児の招募に当った官。「大晟楽」は崇寧四年(一一〇五)に蔡京によって創造された新楽律の名称である。ともあれ、この碑刻は荘綽の若い頃の実地見聞に基づいている。

〔翟字読音〕

翟と扁、両字の発音を考証する。

『春秋』に「鄭伯突、櫟に入る」とある。注に「鄭の別都なり。今の河南陽翟県。陸徳明が翟の音は徒歴の反」とある。『広韻』は音は宅、魏の翟璜・漢の翟公いずれも同音。(翟)方進に至っては、音を狄とする。以上、それぞれの根拠が判らない(巻上一五頁)。

冒頭の一句は『春秋左氏伝』桓公十五年秋七月にみえる。櫟が鄭の別都で、今の陽翟県にあたることは竹添井井『左氏会箋』第二桓十五の注に記されている。陸徳明(五五〇頃—六三〇)は唐初の経学者で『経典釈文』を撰した。同書巻三「翟」字に徒歴反とある。

〔扁字読音〕

扁鵲の姓につき、『漢書』の注で顔師古は「音は歩典の反」とする。『千姓編』は、音は辯、『荘子』に扁慶子有り、と記す。陸徳明は音は篇、また符殄の切、とする（巻上一五頁）。

扁鵲は戦国時代の名医。『漢書』巻一下高帝紀の師古注である。『千姓編』は宋代陳氏の作で、古今の姓氏を韻に分けて類別した書であろうと思われるが、佚書である。「荘子に扁慶子有り」は『千姓編』からの引用の形をとっているが、『荘子』達生第十九にみえる。陸徳明は前掲『経典釈文』巻二七の「扁慶子」に付された注である。

〔袴・胯・跨三字読音〕

「韓信伝」。淮陰の屠殺者の少年で、韓信（?—前一九六）を侮辱する者がいて、「信よ、殺せるものなら俺を刺せ。殺せないなら、俺の袴下をくぐれ」といった。後に、韓信は己れを侮辱して胯下をくぐらせた少年を召して、楚の中尉とした。徐広の注に「袴は又は胯に作る。胯は股のこと。音は同じ。『漢書』は跨に作る、同じである」という。

『玉篇』を参照すると、袴の音は苦故の切。胯は股のこと。音は袴と同じ。跨は苦化の切、跨は越なり。または両股の間である。胯も両股の間である。音は跨と同じ。胯と跨は字体が似ているが、音韻は違う。今の学者も区別できないで、まず胯を発音して庫音とするが、まさに世間の笑い者である。諸書でこのような発音の違いが多々みられるが、ここではその一例を挙げたわけである（巻下一一六頁）。

誰れでも知っている韓信の股くぐりの逸話をキッカケとして、字体の類似した袴胯跨三字の発音の違いを考証する。荘綽は「胯」kuàを「庫」kù と発音するのは笑止の沙汰だと断じている。ただ、宋代の『広韻』では、どちらも苦化切となっており、一体どうなっているのであろうか。また「胯」と「跨」の音韻は違うというが、『広韻』ではやはり苦化切であって、どうも合点がいかない。

第九章　風土・気象・産物・食習慣

〔西北東南之水風〕

荘綽は宣和年間に原州通判、紹興年間に鄂州知州の任にあった。西北と東南の水・風を比較対照する。自身の見聞なり伝言なりに基づいているとみてよい。

世間では「西北は水は善いが風は悪い。ために、人々は賊風（すきま風）に痛めつけられるが、冷たい水を飲んでも問題はない」という。東南はその逆で、庶民は道路上でも必ず湯沸し水を飲み、横臥する場合、風の心配がないので首を外気にさらした。檐《ひさし》の下の籬《まがき》・壁《かべ》の隙間を泥でうめることはない。四季を通じ烈風は吹かない。また春は暴雨で水びたし、秋はいつも旱天に苦しむ。

蘇東坡の詩句に「春雨は暗塵の如く、春風は人を吹倒す」とあるのは、いずれも浙江にはあてはまらない（巻上一〇頁）。

賊風は人畜に有害とされる。『證類本草』巻六独活《うど》及巻二八薄荷《はっか》では、いずれも賊風に効能あり、と記されている。東坡の詩句は『東坡全集』巻一三「大寒歩至東坡贈巣三」の句で、彼が元豊二年、新法諷刺を咎められて黄州〔湖北〕に貶された時の作。鄂州といい黄州という、東南とは湖北を指している。

〔陝西辺地麦粘歯〕

西北、甘粛の煕州・原州の麦と羊肉の特徴を比較する。両州は数百キロも隔っており、煕州に荘綽が足跡を残したとは思えないので、伝聞であろう。一方、原州は彼の初任地であって実体験に違いない。

陝西の辺境は酷寒の地で、麦を種え、一年たってやっと成熟する。そのためか、麦はねばっこく歯にくっつき、食べられたものではない。煕州の麦粉の場合、灰を手ですくってこれに混ぜ、やっとメン棒で延ばして切ることができた。

羊肉も生臭い。ただ、原州の麦と羊肉は美味で、麦粉は紙袋に入れて近所に配ると、佳い贈物とされた〔巻上一六頁〕。

〔抝〕

『雞肋編』の中でわずか十七文字という最短の記事がある。杭州についての記述である。冒頭に表題とおぼしき「抝」〔ねじれ現象〕という辞がある。

抝。雪が降ったのに炭が賤《やす》く、雨が降ったのに水が貴い。北門を出て西湖に遊ぶのと同類〔巻上一七頁〕。

要するに、逆の方向・不測の事態へねじ曲がるという意味をもつ「抝」字を実例で示したわけである。雪が降れば寒い、なのに炭価が廉い。雨が降れば水が多い、なのに水価が高い。杭州城から西湖へ赴くには、西へ向わなければならないのに、北門を出る類である。

〔臨安蔵冰与鎮江進冰船〕

同じ杭州の氷雪事情はどうだったのか？　もともと少ない冬場の氷を、夏に備えて地下窖に貯蔵する方式は、金に圧迫されて移住してきた北人が伝授したものである。なお、進冰船の軍閥韓世忠については、すでに人物評の「悪評の部」で取り上げた。

浙江はもともと雪や氷が少ない。紹興二年（一一三二）車駕は銭塘にあり、この歳の冬は寒さがきびしく、しばしば雪が降り、氷も数寸の厚さに達した。北人はこれを地下に貯蔵した。周囲を焼き固めた土で作る地下窖は、すべて京師方式であった。

臨安府は諸県に氷を貯蔵させたが、そのさい北人からその方式につき教えを請うた。翌年の五月五日の端午の節句は晴天で暑く、行宮に仕える官員たちは厚く慰労された。その後は銭唐《ママ》では貯蔵する氷に事欠いた。当時、韓世忠は鎮江（江蘇）にいて、統率する舟に氷を載せ、昼夜兼行で車船を疾駆させた。これを進冰船と呼んだ（巻中五二頁）。

〔臘月雷雨〕

あくまでも陰暦でのことであるが、春雷ないし冬の雷鳴の変異を語る。冒頭の紹興四年（一一三四）の洪州（江西）での現象は、荘綽が地方官として当地に滞在していた時期のことで、実体験によっているとみてよい。

紹興四年十二月二十九日三十日、洪州では稲妻が鳴りやまず、雪も降って厳しい寒さであった。立春まであと数日であったが、季節はずれの早さであった。

杜甫の詩に「十日、荊南の雷は怒号」とあるが、これまた奇異の感をいだかせる。都転運使趙正之は「自分が蜀にいた時、十月に雷鳴を聞いた。地元の人は、これは豊年の兆だ、といって喜んでいた」とのべている。所詮、四方の風俗は一つの道理では割り切れないものだ（巻下九七頁）。

杜甫詩は『杜詩詳註』巻二〇所収「久雨期王将軍不至」の一句である。趙正之、諱子涖。燕王五世の孫、令鑠の子。靖康初、金人が洛を侵すと、子涖は荊南に奔る。潰兵の祝靖等が荊南を破ると、子涖は泣いて彼らを説得した。「君輩はすぐに都城に還り、社稷を護り功名を取り、財を貪って州県を擾すなかれ！」と。彼等は応諾して北行。紹興元年、徽猷閣直学士となり、江西都転運使に改めらる。後に宝文閣直学士・京畿都転運使となる。

〔風和紀元及陶瓦圏古井〕

荘綽の故里は潁昌府、初任地は原州である。この両処の井戸の構造は共通している、という。私事にわたるが、一九八一年五月、ほぼ一か月にわたって西安市近郊の農村を散策した。そこで目にした井戸も同じであった。

潁州府城の東北門内は蔬菜畑が多く、俗に「香菜門」と呼ばれている。修理にともない、門の鉄製回転軸に鋳込まれた字をみると、風和二年六月造とある。この紀元名は書籍にはみえない。

門西の道北に晁錯廟がある。范忠宣（范純仁）は再度知潁昌府を務め、恵政を施した。地元の人は廟の傍に祠堂を建てた。地を掘って古井を見つけたが、ふつうの敷瓦ではなく、焼き瓦を用いて囲いとしていた。竹木製の蒸籠《せいろ》に似ており、高さは一尺ほどで、みな「うけ口」を重ねている形式で、上世ではこの製法は罕れである。いつ頃からこの製法が始まったのかは知る由もない。

余は後に五原（甘粛）で任についた。鄰郡の鎮戎軍・懐徳軍の辺塞は流沙でおおわれ、井戸を掘れなかった。そこで、余は右の製法を伝授し、ついに水の恩恵を受けられるようになった（巻上三四頁）。

晁錯（前二〇〇―前一五四）、前漢の法家思想家。潁川の人。文帝の時、「智嚢」と称された。景帝即位後、内史・御史大夫となる。重農抑商策を堅持。呉楚七国の乱が起ると、政敵袁盎の讒言によって長安東市で斬殺された。范純仁については、人物評「好評の部」で既述したので、そちらを参照されたい。なお、井戸の構造を説明する件で「皆以子口相承」とあるのは、焼き瓦を井戸の内壁に嵌込み式に積んでゆく方式である。更に「余後官五原云々」とある。五原は北宋の版図には存在しないし、歴史上は内蒙古包頭市西北か陝西定辺県かの地名である。鎮戎・懐遠の隣郡であれば、おそらく原州であろう。荘綽の誤記と思われる。

〔衢州黄沙落〕

『雞肋編』中で衢州（浙江）が頻出することは既述した。これも、その一つ。黄沙の害である。

衢州府江山県は、春になると空が陰翳で覆われ、あたかも霧のようである。地元の人は「黄沙落」

という。黄沙が野菜・果物畑に落ちると、作物を傷つけ、桑葉に付着すると蚕まで損い、人に当たると発病の因になる、といわれる。これは毒気の一種である。ただ、雨が降れば解けてしまう（巻上二九頁）。

〔各地食物習性〕

南北で食習慣に大きな違いがあった。北人は魚介類など不慣れで扱いに困惑する。南人は麺類などめったに口にしない。荘綽は南の黄中庸（福建人）のもたらした干しえびの食べ方が判らなかった。北人の游師雄と南人の范純仁の間で交わされたふかひれスープとうどんをめぐる会話も滑稽である。南宋初、金軍に追われて大勢の北人が南へ移住した。淮南では麦作が盛んとなるが、その辺の事情も活写している。

『筆談』に、陝西で蟹を使って瘧鬼（おこり）を辟《しりぞ》く、とある。余は安定（甘粛原州）にいて客曹黄中庸と会い、鰕駒（干しえび）を殻のまま食べたが、歯茎を傷めたため、えびは捨ててしまった。都監楊璋は嘉樹を目にすると、これを棄ててしまい、「この樹の枝は口にするのを喜ばない」といった。游師雄は長安の人。范純仁丞相が鮫の皮を入手し、細かく切って煮つめ羹（スープ）を作ったが、一筋で碗一杯分ができた。食べおわって、范が游に問うた、「味はふつうより勝れていると感じたが、どうだろう?」と。游は「うどんかと思ったが、もう呑み込んでしまった後なので」と答えた。

要するに、西人（游）はうどんを食べるさい、ほとんど嚼まないし、南人（范）はめったにうどん

郵便はがき

料金受取人払郵便

麹町支店承認

7928

差出有効期間
平成25年11月
30日まで
（切手不要）

1028790

102

東京都千代田区
飯田橋二—五—四

汲古書院

行

通信欄

購入者カード

このたびは本書をお買い求め下さりありがとうございました。今後の出版の資料と、刊行ご案内のためおそれ入りますが、下記ご記入の上、折り返しお送り下さるようお願いいたします。

書　名
ご芳名
ご住所 ＴＥＬ　　　　〒
ご勤務先
ご購入方法　① 直接　②　書店経由
本書についてのご意見をお寄せ下さい
今後どんなものをご希望ですか

など作らない、ということだ。戯語があって、こういう「子供はもはやゆっくりと睡ってはいられない。麺棒で門がたたかれるので、どうだろう、焼餅を買って薬殺するのは！」と。つまり、北方の食習慣になれないのを譏ったわけだ。

建炎以後、江・浙・湖・湘・閩・広には、西北からの移民があふれた。紹興初、麦一斛は一万二千銭にもなり、農民はその利益を手にし、稲作と比べ倍増した。ところが、佃戸の小作料はただ秋季の米負担に限られた。そこで、麦作の利は佃戸の独り占めとなった。みんな競って春まき小麦を種え、見渡す限りの麦畑で、淮北にひけをとらなかった（巻上三五頁）。

『夢溪筆談』巻二五雑誌二に「関中には螃蟹《かに》はいない。元豊年間、わたしが陝西にいたとき、次のような話を聞いた。秦州のある家が、一匹のひからびた蟹を手に入れた。土地の者はそのかたちを怖がり、魔力のあるものだと思った。瘧《おこり》を病む家があると、借りてきて入口の戸の上に掛けたが、しばしばそれでなおってしまう」（梅原郁訳）とある。

「安定」は漢の安定郡、宋では原州。「客曹」は礼部に属し、外交使節の接待・設宴を掌った。黄中庸、字長行。仙遊（福建）の人。皇祐五年進士。太常博士。司馬光の推薦で浙西提刑司となる。太常博士の職掌が礼部のそれと近似するため客曹と表記したと推測される。「鰕駒」は鰕朐（干しえび）の意と思われる。「駒」と「朐」は発音が近い。「都監」は兵部都監の略で武官。陽璋の伝は未詳。

游師雄は（一〇三八―一〇九七）、字景叔。京北武功（陝西）の人。治平進士。元祐年間、軍器監丞から陝西転運使へ。紹聖初、知秦州から知陝州へ。「西人」南宋初、軍人は西北（陝西）出身が多かったが、ここでは游師雄をさす。「南人」は蘇州出身の范純仁。

〔塞上苦寒〕

酒についての三項目。酒造や酒の性質に関する記述が目立つ。

陶隠居の『注本艸』に「大寒は海を凍らすが、酒は凍らない。酒の成分は熱く、群物中の最たるものであるのは明白だ」とある。余は原州任官中、官庫慶錦堂の酒は稀少品で、その芳醇さは秦鳳路随一。ただ、それが氷結するのは変だと思っていた。

司馬温公の「苦寒行」に「幷州（山西）は従来惨烈と号し、今日乃ち信《まこと》に虚名に非ず。誰れか言わん、醇醪能く独立すと？ 壷腹迸裂し傾くるに由無し」とあるのをみて、塞上の寒さを、東南生まれの陶隠居が体験できなかっただけだ、と知った（巻下一〇三頁）。

陶隠居＝陶弘景（四五六―五三六）、字通明、自号華陽隠居。南朝梁の道士。丹陽秣陵（江蘇南京）の人。万巻の書を読破し、天文・暦法・医薬に精通。永明十年（四九二）、句曲山（江蘇）に隠遁。梁武帝の度重なる招聘にも応じなかったが、朝廷の大事につき諮問をうけ、時人は「山中宰相」と称した。著に『本草経集注』（佚書）がある。

司馬光の「苦寒行」は三十二句から成り、ここではうち四句が引用されている。「醇醪」は味の濃厚な美酒。「独立」は不凍のこと。「迸裂」は破裂。要するに、酒は酷寒では凍る！ 陶弘景は南人なので、それを知らなかっただけ、という。

〔二浙造酒用石灰〕

両浙路（浙江全域と江蘇の一部）の造酒に灰や石灰を用いる話が、巻上一六頁と巻下九四頁の二か所に登場する。主題と内容がかなり重複しており、なぜ荘綽がこうした形式を選んだのか、いささか怪訝な感じがする。とりあえず、二か所の訳文を並べてみよう。

二浙における造酒はみな石灰を用いた。これを欠くと酒は清《す》まないといわれている。かつて平江常熟県（江蘇）において、官営酒務に焼いて灰を作るための柴が置かれていて、それは転運司を介して銭を出して調達したものであった。醅（にごり酒）一石ごとに石灰九両を要した。はじめ檏木《にれのき》を用いて石灰を赤く焼きあげ、木灰と一緒に冷やして醅の中に入れる。市営酒務がこの方式を多用している時に桑葉を用いることもある。檏木の葉は青楊《かわやなぎ》に似ている。

唐の李百薬は杜伏威の手で殺されかかり、石灰酒を飲まされた。ために、ひどい下痢をおこし、瀕死状態となった。そうこうするうちに、持病がすっかり快癒した。今は南人は此れを飲んでも無事である。長く服用すれば、かえって治病に効果があるのだろう（巻上一六頁）。

〔造酒用灰〕

二浙における造酒は、灰を利用しなければ澂《す》ますことができず、出来もよくない。ために灰の購入に官も出費する。衢州の場合、毎年数千緡を支出した。すべての僧寺のカマドの灰は、民間で値段を決めて買い占めてしまう。しばらく時間をおいて、柴薪を用いて再度燃焼させ、灰の良し悪しを確かめた。

地面にばらまいて遠くまで軽々と飛散する灰を佳品とした。軽くて滑らかな灰は十分に煉《や》き上っている証である。官はこれを再度柴で燃焼させたうえで利用した。医者や方術士は冬季の灰に日々火を加えたものを用いた。平江（江蘇）の場合、樸木を用い、石灰を混ぜて焼いた。この点は浙東（先述の衢州）とは異なっている（巻下九四頁）。

「石灰」には生石灰CaOと消石灰$Ca(OH)_2$とがある。生石灰に水を作用させると、強く発熱して消石灰に変化する。ここでの石灰は生石灰である。常熟県は荘綽の母方の親族辺氏の居住地である。両宋間、荘綽は南下の途次ここに滞在した。従って、実際の見聞に依拠しているとみてよい。

李百薬（五六五—六四八）、字重規、李徳林の子。定州安平（河北）の人。隋時、太子舎人等に任ず。隋末の反乱にあい、いちじ杜伏威の陣営に抑留された。唐の貞観中、中書舎人・礼部侍郎となる。『斉史』五〇巻、現在の『北斉書』を修撰した。杜伏威（?—六二四）、隋末の群雄の一人。斉郡章丘（山東）の人。若くして無頼となり、輔公祐とともに群盗の首領となった。淮南を転戦して勢力を伸ばし、隋軍を破って総管と自称した。その支配地域は江淮一帯に及んだ。武徳二年（六一九）、唐に降る。五年、長安に至るが、反唐勢力となった輔公祐によって毒殺された。

〔記南雄州雷火事与沈括筆談相符〕

荘綽が南雄州（広東）知州に着任した紹興六年八月二十四日に、たまたま大きな雷があった。寺の像や金飾の獅子は被害をうけたが、それ以外の物は無傷であった。これは、『夢渓筆談』巻二〇神奇の記事内容と符合する。宦官李舜挙の家が暴雷に見舞われたさい、金属類は鎔けたが、植物は焼けなかったという話である。

沈括は、これは「人情の測る所に非ざるなり」と評している。李舜挙（？―一〇八二）、字公輔。開封の人。沈括と協力して西夏対策を講じ、永楽城（陝西）で戦死した人物である。なお、内容は気象に関するもので、本章中で排列が前後していることを断っておく。

沈存中『筆談』の「雷火は宝剣を鎔かすが、鞘は焚《や》けない」という記事と、王冰『（黄帝内経）素問注』の「竜火《おにび》は水に遇うと燃え盛かり、火に投ずると自滅する」という記述は、世間の常識では考えられないことだ。

余は南雄州知州として、紹興六年八月二十四日に着任した。当日、大きな雷があって、数か所で樹木が断裂し、福慧寺の普賢像も破壊され、乗っていた獅子の金飾を施された表面も消え失せたが、それ以外の物は元どおりであった。つまり、これは沈括の話と符合している（巻下一〇六頁）。主題は雷火である。ついでに竜火《おにび》にも触れている。『黄帝内経素問』に注釈を施した王冰は唐の医学者。自号は啓玄子。粛宗宝応中に太僕令となったため、後人は王太僕とよんだ。

〔陝西田窖与江浙倉庾〕

穀物の貯蔵方式も南北で違いがあった。陝西は土質が堅く、しかも縦貫する形状だったので、小麦を地下の土間にじかに積み上げた。これで二十年たっても一粒の虫喰いも無かったという。さらに、土窖上の表土には禾黍の種植も可能であった。一方、江浙の倉庫の床は地上数尺の板張りであった。稲米は二年もたたないうちに変質した。つまり、雨露に弱かったわけである。

陝西は土地が高くて寒いうえに、どこも土質がしっかりしているので、官の倉庫に穀物を備蓄する場合、下に物は敷かない。小麦のような最も長もちしにくいものでさえ、二十年しても一粒も虫にやられない。

民家では畑のなかに穴蔵を作る。ちょうど井戸を掘るように土地を掘り下げ、入口の部分は深さ三、四尺だが、底部は蓄える穀物の量に応じて四方に掘り広げる。土の色は金色に近く、砂や石がまったくない。内部を火で焼き、わら縄を四方の壁に張りまわして打ちつける。貯蔵量は多いものは数千石に達するし、長く貯えておいても質は良好である。

入口は土で固めて塞ぎ、その上に五穀を植えると、以前よりもよく成長する。ただ、そこの土を叩くと音がするし、その部分だけ雪が融けやすいから、そこが入口だと分かる。夷《えびす》が侵入してくると、たいてい見付かって暴《あば》かれたが、わが官軍がかれらの寨《とりで》を討つ時も、右の方法で穴蔵を突きとめた。

江蘇・浙江の米倉は、地面から数尺高く建てられ、板で床を作ってある。稲は茎ごと束にして収納し、金持ちの家でも、毎日これを脱穀精米して食べる習わしだから、長く持っても二年ぐらいのものである。しかも土地は低くて水分が多く、雨期は高温多湿であるから、天井にわたした木組みのあたりにさえ、露のように水滴がつながっている（巻上三四頁。入矢義高訳の転載）。

〔南北風雨之殊〕

風雨も南北で差異があった。西北（河南・陝西）の春は大風・小雨であり、秋は長雨・洪水が特徴である。一方、二浙は四季を通じて大風はなく、春は大雷雨・長雨であり、夏は梅雨と分竜雨＝隔轍雨（馬の背を分ける夕立）、実りの秋は旱天つづきで降雨を祈願する。荘綽は南渡して十数年、秋の祈雨には驚いた様子である。

西北では春はたいてい大風が多くて雨が少ない。降っても霧雨である。それで杜甫の詩には、「物を潤おし細かくして声《おと》なし」と詠んでいる。また東坡の詩には、「春雨は暗き塵の如く、東風は人を吹き倒す」と詠じ、韓持国にも「軽雲と薄霧と、散じて花を催すの雨と作《な》る」という句がある。秋になると、冷たいいやな長雨がつづく。毎年こういう調子である。

浙東・浙西では四季とも大風はなく、春は大きな雷が多くて、長雨がじとじとと降りこめる。夏になると梅雨になり、つづいて洗梅になる。五月二十日が分竜で、これからは雨は局地的となる。ちょうど北方で「隔轍」という降りかたである。秋になって稲が熟しかけ、田んぼに水が必要な時になると、こんどは逆に日照りつづきになる。私は南へ移ってから十数年、その間、秋になって雨乞いせぬ年はなかった。これが南北の違いである（巻中八〇頁。入矢義高訳の転載）。

韓持国（一〇一七―一〇九七）、諱維。億の子、緯の弟。開封雍丘（河南）の人。恩蔭で入官。神宗時、翰林学士・知開封府・御史中丞。王安石変法に反対し、知襄州に出さる。熙寧七年、翰林学士承旨に復活。青苗法などの新法の弊害を力説。紹聖二年、元祐党籍に入り、均州安置となる。「洗梅」は梅雨の後に降る雨。

第十章　本草点描

荘綽の著書の一つに『本草節要』（佚書）があり、彼が本草に深い関心を懐いていたことを窺わせる。『雞肋編』中にも本草関係の記述は比較的多い。ここでは、八項目を選んでみた。

〔五倍子〕

最初は五倍子を解説した二項。五倍子（付子）とは白膠木《ぬるで》の葉に寄生した虫（ヌルデノミミフシ）が作る瘤状のもの。樹液を食べた虫が作るものなので、白膠木＝塩麸木の穂に似ている。五倍子は主に黒の染料に用いる。

　初虞世『必用方』に、官製の大臘茶と白礬の二物は諸の解毒に役立ち絶品である、という記載がある。『本艸』に、茶・茗・荈・樣は同種で、いずれも毒消しの効能はない、とある。後に剣川（浙江）の僧志堅に逢ったが、彼は「さきに閩中を旅し、建州坤口に行くと、地元の人々が競って塩麸木（付子）の葉を採り、それを蒸して擣き砕いて木型に入れ、方形にするのを見た。訊ねると、郊祀のさい官が下賜する茶を作っている。茶以外の樹は関係ない」という。後で知ったことだが、この茶は五倍子の葉であり、これを消毒に使えば、確かな効能がある。

五倍子は塩麸木の葉の下に生ずるので、別名は塩麸桃である。衢州開化（浙江）では傴人膽とよぶ。唐の陳蔵器は「蜀人はこれを酸桷とか醋桷といい、呉人は烏塩とよぶ」という。『玉篇』を参照すると、櫹字は皮秘の切。木の名で蜀中に出で、八月中に塩のような穂をつけ、食べることができ、味は酸っぱくて美味しい。『本艸』に「呉・蜀の山に出づ」とある。余は五倍子はたぶん同音の呉櫹子の誤りではないかと思う（巻上二五頁）。

初虞世、字和甫。宋代の医者。著書として、『直斎書録解題』巻一三に『養生必用書』三巻とあり、『郡斎読書志』後志巻二及『文献通考』巻二二三経籍考には『養生必用方』一六巻とある。「臘茶」は蠟面茶ともよばれ、滴乳・白乳という品種がある。福建建州・南剣州の特産。「白礬」は明礬のことで、染料のほか製紙・製革・製薬等々多方面の用途をもつ。

陳蔵器（六八三―七五七）、唐代の薬物学者。『神農本草経』をもとに『本草拾遺』一〇巻（佚書）を撰す。部分的に宋・唐慎微『証類本草』及明・李時珍『本草綱目』中に採録されている。「蜀人…烏塩とよぶ」の件は、『証類本草』巻一四塩麸子項の陳蔵器の言では、「蜀人は酸桶と曰い、呉人は為塩と曰う」とあり、『通志』巻七六は、「為塩」を「烏塩」に作る。

〔本草零拾〕

茈胡（＝柴胡。薬草名、のぜり。葉は茹でて食べ、根は解熱・発汗作用がある）と五倍子についての考証である。五倍子についての記述は、前項と重複する部分がある。

茈胡は『本艸』では音は柴だが、『劉禹錫集』では音は紫である。『広韵』を参照すると、茈字には二つの音があり、茈胡だと音は柴、茈艸・茈薑だと音は紫である。少陵詩を調べると「省郎、病士を憂う、書信に柴胡有り」とある。正しく柴字を用いており、『劉集』の音はたぶん間違いである。

また、仙霊脾につき、柳子厚は脾字を毘に作り、ここは柳に従うべきである。『本艸』木部・塩麸子に、樹葉は椿に似ており、秋に実を結び、形は小豆のようである。上に塩が付き、これを口にすると酸味をおびた塩味で、渇きを止める作用がある。別名は叛奴塩。五倍子はこの木の葉下に生じ、ほんらいは別物であるが、艸部に記載されている。

『玉篇』を参照すると、樠音は皮祕と平祕の二切があり、木名で蜀中に出で、八月中に塩のような穂をつけ、食べることができ、味は酸っぱくて美味しい。つまり塩麸子にほかならない。『本草』に「呉・蜀の山谷に出づ」とある。五倍子はたぶん同音の呉樠子の誤記ではないかと思う。また豬苓、別名は豬屎。陶隠居は「もと楓樹苓という。皮は真黒で、塊状は豬屎に似ている。それゆえ、そう名づけられた」という。『通俗文』を参照すると、豬屎は豨といい、音は霊である。たぶん、豨字を用うべきであろう（巻下一〇七頁）。

「少陵詩」は『杜詩詳註』巻一五「寄韋有夏郎中」にみえる。「仙霊脾」淫羊藿の異名。薬草名、いかりそう。江東・陝西・泰山・漢中・湖湘地方に自生し、葉は青く棘があり、根は紫色で鬚のような根毛がある。葉・根ともに用い、仙霊脾酒は強壮作用がある。『証類本草』巻八参照。柳子厚の言は『柳河東集』巻四三「種仙霊毗」参照。原文で「五倍子…乃載於艸部」とある部分。『証類本草』目次・五倍子双行注には「今附す、草部自り今移す」とあり、草部から木部に移されている。
『本草綱目』虫部巻三九には『開宝本草』は草部、『嘉祐本草』は木部に入れる、という指摘があり、荘綽の参考にしたのは『開宝本草』の可能性が高い。「豬苓」菌類植物。楓樹に生じ、表皮は黒色。内部白色のものが佳く、皮を削って使う。利尿作用がある。『証類本草』巻一三、『本草綱目』木部巻三七参照。

〔説蕨〕

商朝の伯夷・叔斉の二人が首陽山（山西）に身を隠し、蕨を食べて飢えをしのいだ話は有名である。以下は荘綽による蕨談議である。

　蕨は山間に生じ、青と紫の二種があって紫を上品とする。春季の嫩芽《わかめ》は小児の拳のようで、人々はそれを蔬菜とした。味はほろ苦く、身体を冷やす性質をもつ。山陰に生ずるものは、煅《や》いて丹薬を作ることができる。葉が大きければ、貫衆《やまそてつ》や狗脊《おおかぐま》と類似する。採取して田中に置いたり、焼いて灰にすれば肥料となる。

　別に狼衣艸というものがあって、小さいのは蕨に似ているが、枝葉は細くて硬い。人々は採取して牆を覆う。また、泥と混ぜて石段用の甓《れんが》とするが、滑らかではないにしても丈夫である。蕨の根は枸杞《くこ》に似ており、皮をむくと中味は白色である。日干しにして擣《つ》き砕き、水で不純物を除去してから粉を取り出し、蒸して食べると餅のようだ。俗名は烏糯・蕨衣である。二十斤ごとに米六升と代えられる。

紹興二年、浙東飢饉のさい、蕨の根を食糧とする者が山谷にあふれた。ところが、『本艸』はこのことを記載しない（巻上一〇頁）。

蕨の「嫩芽」は小児の拳に似ているため、蕨拳という表現がある（宋・朱松『韋斎集』巻一「蔬飯」詩参照）。「貫衆」は貫渠・貫節ともいう。多年生草本植物。根状茎と葉柄基部が解熱・解毒等の効能をもつ。「狗脊」茎や葉は貫衆に似ているが、根は貫衆より細長く枝分かれしている（『証類本草』巻一〇貫衆、巻八狗脊参照）。「狼衣艸」は狼尾草のことか？　狼尾草は沼沢地に生え、葉・茎は紙原料となり、織れば袋や草履が作れる（『証類本草』巻二六狼尾草参照）。

〔麻勃及米糲〕

本草学と音韻学を綯い交ぜにして、麻勃（大麻の種子）と米糲（ビーフンに施す米の打ち粉）を説明する。

『本艸』麻蕡、一名は麻勃で大麻の花の上につく粒である。ために、世人は塵のことを勃土といい、諸果樹上に付着するものを衣勃と称した。麪（小麦粉）をねって、その上に乾いた粉をつけるのを麪粉（打ち粉）といった。浙江人は米粉を羹《あつもの》に和えるが、これを米糲と称した。音は佩 pei。ただ孛（po, pei の両音）に力をそえて勃とするのは、勃が一音 po だけだからである。

『大業雑記』は「尚書直長謝諷が淮南王食経を造る。四時飲があって、全部で三十七種」と記載する。すべて米糲を加えている。この書物によれば、茶飲・茗飲・桂飲・酪飲等いずれも米糲を加えている。ただ、南宋時と隋大業年間と同じかどうかは判らない（巻上三二頁）。

「麻勃」は一名麻花。大麻は旧暦五、六月に細くて黄色の花を咲かせる。「勃」は粉末または粒子。『大業雑記』は唐・杜宝撰。もともと一〇巻だが、現存は一巻のみ。宋・晁載之輯『続談助』に引く『大業雑記』に「冬に茶飲・白草飲・枸杞飲・人参飲・茗飲・魚荏飲・蘇子飲有りて、並《み》な米糲を加う」とある。原文「凡三十七種」の五字は現行本にはない。「尚書直長」は尚書局の直長（長官奉御の貳）。尚書局は殿中省所属六局の一。宮廷の膳食等を掌った。

〔甫田通応子魚〕

甫田県（福建）の河口附近で獲れる通印子魚（鯔《ぼら》）をめぐる話。その卵子は、いうまでもなく珍味として名高い鯔子《からすみ》である。文中、山谷（黄庭堅）の言とするのは誤りで、正しくは蘇軾「送牛尾狸与徐使君」詩の文言である。詩中の「通印子魚」を荘綽は「通印鯗魚」とする。鯗魚は刀魚（たちうお）で、子魚（ぼら）とは異なる。「子」と「鯗」は音通で、荘綽は蘇軾の誤謬とみなしたようである。

更に原文で「鯗魚の背上に三印を通ず」とあるのは、荊公（王安石）詩の文言で、荘綽は「長魚俎上」（荊公）を「鯗魚背上」と書き換えている。いずれにせよ、本項は人名・魚名が錯綜しており、解読には細心の注意を要する。

興化軍莆田県の城内から六十里隔ったところに通応廟がある。その下を川が流れ、これも通応と称する。その地は迎僊と名づけられ、水深は深く流れは緩やかである。海潮が押し寄せてくると廟所まで達した。ために、川の水は海水と淡水が混じり合っている。そこで獲れる子魚（ぼら）はすこぶる珍味であった。川の上下数十里で魚味に違いがあったが、魚獲量は決して多くはなかった。それゆえ、通応子魚の名は天下に広く知れわたっていた。

ところが、四方は無知で、子魚の大きいもので印を容れられるものを佳品とした。山谷は博聞であったが、通印鯊魚（たちうお）を披縣黄雀（脂身の多いスズメ）と一対のものとした。「鯊魚の背上に三印を通ず」というに至っては、伝聞者の誤りである。まさに一麾の麾字の誤解と対比できる。子魚に子字をつけるのは、子が多いのを貴重品とみなしたからである（巻中六八頁）。

「迎僊」は迎僊港。莆田市東北に在り。「子魚」王得臣『麈史』詩話に「閩中、鮮食の最も珍なる者《は》、所謂る子魚なる者なり。長さ七八寸、闊さ二三寸許《ばかり》。之れを剖けば、子、腹に満ち、冬月正に其の佳き時なり。莆田迎仙鎮乃ち其の出処」とある。「通応子魚」は通印子魚とも称す。范正敏『遯斎間覧』証誤に「蒲陽の通応子魚、名、天下に著わる。蓋し其の地に通応侯廟有り。廟前に港有りて、港中の魚、最も佳し。今人、必ず其の大にして印を容る可き者を求め、之れを通印子魚と謂う。故に荊公も亦た詩有りて、〝長魚の俎上に三印を通ず〟と云うは、此れ伝聞の訛れる者なり」の一文を加えている。なお『続墨客揮犀』巻一「通印子魚」は右文を転載する。『容斎四筆』巻八「通印子魚」も参考となる。既述したが、文末の「麾」には、指揮と旗幟の両義があって、その誤用を通応子魚と対比するのは適切である、と荘綽はいう。

〔白花蛇〕

毒蛇の一種、白花蛇（アマガサヘビ）の話。頭と尾に猛毒があり、乾燥したものを酒に浸し、皮と骨を除去して中央部の肉を用いる。中風・関節痛・瘙痒などに効く。南方と四川でとれるが、ここでは蘄州（湖北）・宿松県（安徽）産を取り上げている。荘綽は紹興八〜一〇年、鄂州知州であったので、実体験に基づく可能性が大である。

『本艸』に「白花蛇、一名は褰鼻蛇。南地及び蜀郡の諸山中に生ず。九月十日《?》、之れを採捕す」と記す。『図経』には、「其の文《もよう》、方勝白花を作し、喜びて人足を螫《さ》す。黔人（貴州人）の螫される者、皆な立ちどころに之れを断つ。其の骨、人を刺傷するは、生螫と異なる無し」とある。今、医者が使うのは、蘄州蘄陽鎮の山中で採れたものだけである。鎮から五六里の処に霊峯寺がある。寺の後方に洞があって、内部にこの蛇がいるが、入手はきわめて難しい。入手できた者は朝廷への貢品とした。洞の内外で産出するものは、死んでも両目は光っている。

黄梅諸県（蘄州の属県）の場合は、鄰境を含め、死んでも片目は光っている。舒州宿松県は黄梅県の鄰境にあたり、時たまこの蛇をみかけるが、死ぬと両目とも光らない。購入する者はこの点を確かめる。軽小のものを良品とし、四両は値十千足であった。土人は冬季はこの蛇の螫《かく》れている処をさがして捕獲した。夏季は蓋物の中のを食べると、病気治癒に大きな効能があった。採取する者は、餌を竹筒の中に置き、縄網を用意して蛇の首に繋け、腹を剖けば死ぬ。薬にする場合、酒に浸して熱を加え、首と鱗骨を除去すれば、三両で肉一両が得られる（巻下一一四頁）。

本文は「九月十日」とするが、『証類本草』『本草綱目』の白花蛇項は九月十月である。十日は誤りであろう。「方勝白花」につき、『証類本草』巻二二白花蛇で引く『本草衍義』には「白花蛇は他の蛇と違って鼻は上を向き、背に方勝花紋があって、こう名づけられた」とある。「方勝」は菱形をつなぎ合わせた模様である。「霊峯寺」は黄梅県東北の烏牙山にある名刹。

〔広南倒掛子鳥〕

蘇軾は流刑地の恵州（広東）で、紹聖三年（一〇九六）に「西江月・梅」詞をものした。時に六十一歳。この中で緑毛么鳳（倒挂）という広南の珍鳥を詠み込んでいる。形状は鸚鵡、大きさは雀に似ている小鳥である。なお、梅花は恵州で起居を共にし、当地で没した愛妾朝雲の寓意である。つまり、この詞には彼女への追悼の念が随所にこめられている。

東坡は恵州で「梅詞」をものした。「玉骨、那《なん》ぞ煙瘴を愁えん、冰姿、自《おのずか》ら僊風有り。海僊、時に遣わして芳叢を探り、倒挂せる緑毛么鳳なり。素面、嘗っては粉汙を嫌い、洗妝、脣紅を退《あせ》らず。高情、海雲の空を逐い易く、梨花と夢を同じうせず」と。

広南には羽が緑で嘴が紅い鳥がいる。大きさは雀ほどで、形状は、鸚鵡に似ており、棲息する姿は枝に倒立する形である。士人は「倒挂子」と呼んでいる。一方、鳥がとまる梅花の四周は紅く、ために「洗妝」（洗顔・化粧）の句が生まれる。この色合いの通ずる「倒挂子」と「洗妝」の二事は、北方人にとっては未知の事柄である（巻下一一三頁）。

詞中の文字は版本によって異同がある。ここでは、『東坡楽府編年箋注』（華中師範大学出版社、三八四頁、一九九〇年）との対比にとどめる。煙瘴→瘴霧　嘗嫌粉汙→常嫌粉涴　不退→不褪　高情易逐海雲空→高情已逐暁雲空。「冰姿」を冰肌とする版本があるが、「玉骨冰肌」は女性のスラリとした体躯と色白の皮膚。朝雲を形容している。

「僊風」は神仙の風致。「素面」は素顔。「粉汙」は化粧でよごすこと。「高情」は朝雲を追憶する心か？「海雲」にせよ「暁雲」にせよ、朝雲を暗示しているか？　ちなみに、末尾の「梨花同夢」は唐・王昌齢「梅詩」の「落落寞寞路不分、夢中喚作梨花雲」を典拠とする、という（『野客叢書』巻六「東坡梅詞」参照）。

〔釈鶻雕〕

山禽類タカ目の鷹《たか》・鶻《はやぶさ》・鵰《わし》・鶚《みさご》の釈義を、杜甫詩・張九齢序・『漢書』孟康・顔師古注・貨殖伝等を博引旁証し、究明する。

杜甫に「義鶻行」がある。張九齢には「鷹（鶻）図賛序」があって、「凶暴な鳥に鷹・鶻がいる。鷹といえば、名は尚父のように飛揚し、義は『詩経』にみえる。鶻については、その痕跡は古人の間に埋没し、史書にも記載がない。往昔の多識といえども、物によっては遺失もありうる。現今、瑞祥さえあれば、逸材は必ず出現し、異変が起っても記載を違うことなどありえようか？」とのべる。

古人が鵰鶚を称賛するのは、「百羽の猛禽も一羽の鶚には及ばない」という文言に凝縮されている。ところが、今、世に鶚を見かけないのは、名称が変ったからであろうか？　さらに、鶻は所詮鷹鵰の右には出られないのだ。

杜甫の「鵰賦」にいう、「九秋の悽清に当りて、一鶚の直上するを見る。伊《か》の鷙鳥の百を累ぬるは、敢えて同年にして長を争う。此れ鵰の大略なり」と。結局、杜甫は鵰を鶚とみなした。一方、孟康は『漢書』に注をつけ、「鶚は大鵰なり」という。『礼部韵』には「鶚は鵰の属なり」とある。顔師古は『漢書』に注をつけ、「隼は鷙鳥、即ち今の�なり。説者以って鵅と為すは之れを失うなり。鶻字の音は胡骨の反。鴝と鶻とは同じ」という。また貨殖伝に「隼は亦た鷙鳥、即ち今の呼びて鶻と為す所の者なり」という（巻中四八頁）。

杜甫の詩は『杜詩詳註』巻六、張九齢の序文は四部叢刊『唐丞相曲江張先生集』巻五にそれぞれ収録されている。「尚父」は文王に師尚父と仰がれた呂尚（太公望）をさす。『詩経』大雅・大明に「維れ師尚父、時に維れ鷹の揚がるがごとく、彼の武王を涼《たす》く」とある。「鵰鶚」は猛禽であるが、才望抜群の人物の喩えである。

「鷙鳥累百、不如一鶚」は『漢書』巻五一鄒陽伝にみえる有名な文句。如淳注には「鷙鳥は諸侯に比し、鶚は天子に比す」とある。文末の顔師古注は『漢書』巻二七五行志下之上にみえる。ただ「鳩」zhì字は「鳩」húとなっている。もっとも、琳琅秘室叢書の『雞肋編』は「鳩」である。末尾の「鳩与鶻同」は現行本の『漢書』にはない。荘綽の見た版本にはあったのか？ または荘綽自身の挿入句か？ 「鳩」はキジ、「鳩」はハヤブサ。「胡骨友」とあり、現代音でも「鳩」「胡」はhúで同じ。「鳩」が正しい。

第十一章　姓名・地名奇談

〔司馬先不得湯飲〕

たまたま自分の姓名の字画が著名人のそれと酷似していたため、人生の悲哀を味わった男がいる。州府の属官、司馬先の事例である。

四川人の司馬先は、元祐中、栄州曹官（四川）となった。彼の告白によると、司馬光のせいで、上級の監司（転運・提刑・提挙司）がやってくる度毎に、自分ひとり遅れて行き、湯茶の接待も受けられなかった。つまり、出入りする客人の多くが、必ずといっていいほど彼に家柄を尋ねるからである。丞相司馬光の兄弟でないと判ると、彼を会席に招かなかった。彼はすごすごと走り去るしかなかった（巻下八九頁）。

たんなる一笑話にすぎないが、本人にとっては深刻な悩みだったのであろう。荘綽好みの話材であるが、いったい彼はどういうルートでこの種の情報を入手したのであろうか？

〔名同年号〕

紹興年間の二人の官員─喬大観と葉三省。前者は人名が年号名と一致、後者は姓名・字ともに発音が二つ。まさしく姓名奇談にふさわしい。

喬大観は維揚（江蘇揚州）の人。紹興中に仕官した。ある人がふざけて「あなたは（唐）鄭元和と好一対です！」といった。喬は「某《それがし》は不品行という点で彼と同等であるはずはない」と。ある人は「何かの為にするつもりはありません。ただ、お名前が年号名と同じなので、世の中で稀れであるといっただけです」と。

葉三省景参は厳州（浙江）の人。かつて起居舎人となる。姓名と字と、すべて両呼（二つの発音）があって、これまた稀有のことである（巻下一二六頁）。

喬大観は『要録』巻一六二紹興二十一年二月丁未及六月壬戌にみえ、肩書は知郢州（湖北）である。鄭元和、唐粛宗時の進士。滎陽（河南）の人。礼部尚書・京兆尹となる。「元和」（八〇六─八二〇）は憲宗の年号、「大観」（一一〇七─一一一〇）は徽宗の年号。

葉三省景參、字景曾（荘綽が「參」に作るのは疑問）。厳州寿昌（浙江）の人。建炎三年、起居郎。後、中書舎人となる。紹興二十二年、和議を非難し、言辞が謗訕という事由で落職。筠州（江西）居住。

「両呼」五文字を現代漢語の発音で示すと次の通り。葉 yè shè 三 sān sàn 省 xǐng shěng 景 jǐng yǐng 参 cān sān（参には、ほかに shēn cēn の音もある）。「三」だけは音が一つであるが、「参」

と通用するとなれば二つ以上となる。

〔地名雷同〕

「鳳林」「金華」「竜門」「丙穴」、これらの地名は全国各地に見られる。ただそれだけのことを叙述した短文である。

河州鳳林県（甘粛）に鳳林関、襄陽府襄陽県（湖北）に鳳林山鳳林関がある。厳州遂安県（浙江）にも鳳林郷があり、弘農郡（河南）を隋は鳳林郡と改名した。婺州金華県（浙江）、梓州射洪県（四川）にはいずれも金華山がある。竜門・丙穴の類はこれまた数か所ある（巻中五二頁）。

「河州」については、『新唐書』巻四〇地理志四河州属鳳林県に「北に鳳林関あり」と。「襄陽府」については、『隋書』巻三一地理志下襄陽県に「鐘山・峴山・鳳林山あり」と。襄陽県南七里に鳳林関がある。「鳳林郡」については、『新唐書』巻三八地理志二虢州弘農郡属六県の一つ弘農県に「本と隋は弘農郡。義寧元年、鳳林と曰う」とあり、唐初に廃された。「竜門」の二字を冠した地名は多数ある。「丙穴」は陝西・四川の数か所で見られる地名であるが、丙穴魚といって嘉魚を産する洞穴名でもある。

〔地名可悪〕

中国史上の悪役である王莽・安禄山の名を冠した地名。曾子が忌避した勝母、墨子が嫌悪した朝歌といった地名を俎上にのぼせる。

単州（山東）に単父県があり、王莽村がある。衢州江山県（浙江）に禄山院がある。禄山はまだ意味があるが、王莽については推察しようがない。勝母・朝歌は悪むべきであるが、ここまでくると何をかいわんや（巻中八〇頁）。

「単父県」秦が置く。治所は今の山東単県南。王莽は利父県と改む。後漢以降、廃置を繰り返す。宋代は京東西路単州に属す。「勝母・朝歌」勝母は閭名であるが、実在したかどうかは不明。朝歌は邑名で、今の河南淇県朝歌鎮。周代、衛国はここに都を置く。前漢に県となる。

『淮南子』説山訓に「曾子、孝を立て、勝母の閭を過ぎず。墨子、楽を非とし、朝歌の邑に入らず」とある故事に依拠している。曾子は「母に勝つ」という名称が不順という理由から、墨子は音楽嫌いで朝歌の呼称を忌んだため、それぞれ当該地に足を踏み入れなかったの意。

第十二章　仏教の諸相

〔華厳経浄行品之異〕

両宋の京師―開封と臨安で発生した火災で、華厳経の浄行品（修行に関する章）が奇跡をもたらしたという話であるが、仏教信者であった荘綽ならではのテーマといってよい。

開封の新門の裏にあった向敏中の南宅は、この丞相の旧居である。後に欽聖憲粛（神宗の皇后。向敏中の孫向経のムスメ）が別に邸宅を建てた。そこで、南・北の称号がある。南宅はしばしば火災に遭ったが、執務室のある建屋だけは免れた。そこで瓦を剝がしてみると、屋根の棟から華厳経一巻が出てきた。

余はかつて浄行品を刊行して人に与えた。それを屋根の柱に張り付け、数十年をへて万余に達した。後になって、一司敕令刪定官の張博南叟に贈って、竹窓上に張り付けさせた。紹興二年十二月八日、臨安に大火があり、数万軒が焼かれ、張氏宅もすべて焼失した。竹窓も半ばは焼かれたが、浄行品を張り付けた箇所で延焼は止った。その上部の建屋も無事であった。以上は奇跡というほかない（巻中五五頁)。

向敏中(九四九―一〇二〇)。字常之、開封の人。太平興国進士。咸平初、参知政事、四年宰相。五年、一旦罷免されるも、大中祥符五年復相。天禧初、右僕射兼門下侍部。「新門」旧城南側の崇明門の別称。

「一司勅令删定官」歴朝の敕・令・格・式と条法を編修・删定するのが職掌である。張博、『会要』刑法一格令二紹興三年九月二七日に、左通直郎張博を删定官とした、という記事がある。紹興二年十二月八日の「臨安大火」については、『宋史』巻二七高宗本紀にみえる。

〔唐帝后忌辰〕

寧州(甘粛)の寺に唐朝の皇后の命日を記した華厳経がある。寧州は荘綽の初期の任地である原州の隣境に位置し、彼の実見によっていると思われる。

寧州の竜興寺に開元二十二年(七三四)書写の華厳経があり、唐の忌辰(命日)を記す。文徳皇后は六月二十一日、大聖天后は十一月二十六日、高宗天皇大帝は十二月四日である。それにしても、史書も崩御日を遺漏することがあるものだ(巻上一八頁)。

文徳皇后(六〇一―六三八)。長孫無忌の妹。太宗(李世民)の皇后。大聖天后(六二四―七〇五)。武則天は歿後に則天大聖皇后と諡された。高宗天皇大帝(六二八―六八三)、高宗の本名は李治。弘道元年に歿して乾陵に葬られ、天皇大帝と諡された。

〔釈氏右袒右跽右繞〕

天体の運行と僧徒の所作とが一致するという。荘綽は仏教が天理に則っていると主張したかったのであろう。

天は東から西へ左転し、一昼夜で一周する。日月は西から東へ右行し、月は一月で、日は一年で一周する。天行は速いので、日月は天につき従って東より出でて西に没する。古人はこれを蟻が磨《いしうす》の上を行くのに譬える。磨が左旋すると蟻は右動し、磨は急で蟻は緩である。従って、蟻はただ磨に従って転ずるのが判る。

釈氏は常に右肩を肌脱ぎし、右跽（右膝を地につけ、左膝を立てて敬礼すること）・右繞（尊者の傍を右に旋回すること）するという。華厳経浄品行に「塔を右廻りし、衆生の行為に背逆がなく、すべての智識が達成されるのを願うべし」とある。いわゆる順行（惑星が太陽の周囲を西から東へ転行すること）は、右（左）臂の内向と日月の東行に似ている。

ところで、今の僧徒の修道は転輪経蔵と同様に、東南より西北へ向かい、結局のところ左繞・逆行している。李長者が『合論』中でこれを明らかにしている。ただ衆生が久しく馴染んでおり、これを正すことができないだけである（上巻三〇頁）。

「蟻が磨上を行く譬え」は、古代の天体学説の一つの周髀家の言説にみられる。『晋書』巻一一天文志上にほぼ同文がみえる。ただ、「故但見蟻随磨転」（『雞肋編』）は「故不得不随磨以左廻焉」（『晋書』）に作る。李長者＝李通玄（六四六―七四〇又六三六―七三〇）、滄州（河北）の人。若くして『易』を研究し、四十歳以降仏典を専攻し、『華厳経』に没頭。著に『新華厳経論』四〇巻があり、『合論』はこれを指すか？

〔西正陽浮屠興廃〕

仏陀波利は北インド出身で、唐の儀鳳初（六七六）に五台山を訪れた僧侶である。いちじ取経のため故国に戻るが、後に仏頂尊勝陀羅尼経の訳業を完成させた。彼の遺骨は潁上県（安徽）城内の仏塔下に納められ、影像は泗州（安徽）の普照寺に置かれていたという。これらが洪水・火災に遭遇したさいの顚末を語る。先述の通り、仏教は両京火災のさい奇跡を起したが、ふつうは良識の範囲内に踏み止まる、と主張する。

汝陰郡潁上県と寿春・六安県は隣境であり、淮水を夾んで寿春六安鎮もあって、東・西正陽鎮と称された。西方に潁上が位置し、城内に煉瓦製の仏塔がある。その下には西域僧仏陀波利が葬られている。石刻に「仲間の僧と共に来たりて正陽にて終焉を迎える。後、若干年、仏陀波利の縁が尽き、身代り遷化せり」と記載されている。

今も淮流を下に臨み、洪水があっても塔基の上には達しない。蘇東坡は知潁州に任じ、文を作ってこれを祭る。降雪を祈れば即効があったが、一方で仏に仕える態度は厳しかった。

建炎元年、泗州の浮門内で火災が発生し、火が普照寺に及ぶ前に塔中はすでに焔につつまれ、あっという間に燃え尽きた。仏陀波利の影像は、僧侶たちが何とかして救出し、別に殿屋を建ててそこに安置した。完了直後、金軍が侵入し、またもやすべてが焼き払われ、ついに城中は廃墟と化した。

例の影像は金人が背負って北へ持ち去ったという人がいたが、たぶん釈迦の弟子が灰燼に帰するのを嫌ったから、そう言ったまでのことであろう。ただ、劫火に襲われれば、たとえ美麗な形質を備えていても、烏有に帰せざるをえない。しばしば、縁が尽きれば、堅固であるといっても、おのずと滅ぶことになる。仏陀の予言はまさしく是《ここ》にあるか？（巻上三七頁）。

蘇東坡は元祐六年（一〇九一）、五十六歳の時に知潁州となる。「祭仏陀波利文」は『蘇東坡全集』の『続集』巻一二祝文に収録されている。王文誥『蘇文忠公詩編註集成』総案巻三四元祐七年二月条にこうある。潁州の農民が大雪に苦しんでいたところ、仏陀波利像を祭る光梵寺で祈禱したら晴天となった。そこで、もともと敕額を缺く寺院だったので、蘇軾が皇帝に賜額を上請した、とある。

第十三章　無　　題

〔徽宗北狩孫売魚前知〕

徽宗・欽宗にまつわる逸話は、すでに各章で散見した。ここでは、落穂拾いの憾をぬぐえないが、少しばかり追加したい。まずは楚州（江蘇）の魚売りが徽宗の北行を予知した話である。

楚州に魚売りの孫という姓の者がいて、人の禍福を予知するのに秀で、時に孫売魚と呼ばれた。宣和間、徽宗がこれを聞きつけ、京都に召して宝籙宮道院に住まわせた。ある日、一枚の蒸餅を懐にして、小殿の中に坐っていた。やがて徽宗の乗った車がきて、あまねく諸殿に立ち寄って焼香し、最後に小殿にたどりついた。まだ日が高く、徽宗はずっと跪く姿勢をとってきたため、いささか空腹を覚えた。

孫はこれを見て、すぐに懐中から蒸餅を取り出して、「これを小食として召し上がれ」といった。徽宗はちょっと変だなと思い、あえて受け取らなかった。孫は「後日、これさえも手にして食べることができませんよ」という。当時は誰れもこのコトバの意味が判らなかった。翌年（靖康二年）、徽宗はついに沙漠行きとなり、人々はやっとその意味を理解した（巻下一〇一頁）。

「宝籙宮」『東京夢華録』巻二東南楼街巷にみえる。周城『宋東京考』巻一三によれば、上清宝籙宮は景竜門の東に位置し、晨暉門と相い対し、政和五年に建てられた。宝籙は道家所伝の秘密文書である符と籙のこと。

〔道君朝宮女万人〕

欽宗が星変を己自身の責任と感じ、宮廷費の緊縮をはかった。

淵聖皇帝（欽宗）は星変責躬詔の中で、「常膳百品のうち七割を削減し、宮女六千余人を釈放する」という。実に欽宗朝では宮女は一万人を数えた。呉幵承旨の『摛文集』にみえる（巻下一〇七頁）。

呉幵については、第二章（一）で記述した。

〔燕山道間上皇詩〕

徽宗の亡国悲哀詩が燕山（北京市）の僧寺に書かれていた、という。荘綽はこの詩を介して、婉曲的ではあるが、徽宗の治世を批判しているように思われる。

ある人が金から逃げ帰って、燕山を過ぎたあたりの路傍の僧寺に、徽宗の絶句が書き残されている、といった。それは、「九葉の鴻基、一旦休む。猖狂聴かず、直臣の謀を！　甘心す万里降虜と為るを。故国は悲涼す、玉殿の秋」である。天下はこれを聞いて悲しみ傷んだ。

もし引続き帝位にあれば、どうして曲江（張九齢）を祭るだけですまそうか？　申屠剛が「事前に予言するのは、それは虚《うそ》というべきである。ただ、その予言が実現したら、いかんともしがたい」というのは、まさにその通り。杜牧は「後人、これを哀しむ」という。教訓とすべきである（巻中八一頁）。

「九葉鴻基」九葉は九の朝代。実は欽宗が太祖から数えて九代目。鴻基は国家の基礎。張九齢（六七三又六七八―七四〇）、字子寿、号曲江。韶州曲江（広東）の人。開元二十一年、中書侍郎・同中書門下平章事。次年中書令。直言の士として知られ、かつて安禄山の野望を予見し、早期に禍根を絶つべしと主張するも納れられなかった。

申屠剛、字巨卿。前漢末、扶風茂陵（陝西）の人。王莽が簒位すると、河西・巴蜀に避難。建武七年、光武帝に召されて侍御史から尚書令へ。光武帝が出游を望むと、申は隴蜀がまだ平定されておらず、安逸・宴楽は慎しむべきだと諫言し、遂に帝は中止した。全文は徽宗・張九齢・申屠剛にまつわる挿話から成り立っているが、共通のキーワードは直臣の忠言であり、絶句には徽宗が直言に耳を傾けなかったことへの悔恨の念が滲んでいる。

〔済南州宅鬼化為美婦人〕

徽宗の宣和年間、済南（山東）の知州林成材が、美女に化けた鬼に取り憑かれた。道術でもって鬼を駆逐しようとしたが失敗する。徽宗は林を知汝州（河南）へ移したが、そこで死亡した。

宣和中、済南の知州宅に鬼が出て、美女に化けて知州に媚を売った。そうこうするうちに、国子司業の林震《ママ》成材が知州に着任した。当初、この鬼は官奴の中に紛れ込み、顔つきは白く黒衣を纏い、化粧気はなくスラリとして美しく、際立った存在であった。儒者でもある林は女に訝しげであったが、問い質そうとはしなかった。

後、しばしば官府の宴席を見わたすに、女はそこにはいなかった。そこで、官奴の隊長に服装・容貌をつげて聞いてみると、みんなそんな人はいませんよ！　と答える。林ははじめて女への懸想の念をつのらせた。翌日、ついに官府の堂室に入ってきたので、林は親しく女を愛でた。以後、家人と同居するようになり、これといった不都合もなかった。

ある日、二人の少女が堂上で戯れていたところ、婦人が通り過ぎざまに衣の裾で誤って少女の顔面を払った。その少女はこれに恥辱を感じた。婦人は笑いながらふり返り、手で少女の顔面を吊り上げて捻った。顔面はついに背を視る形となり、首が回らなくなった。家中のみんなは大変に驚き、始めて女が妖怪だと悟った。当時、何執中が丞相であった。林はその女壻であって、徽宗に上奏して、法師を派遣してもらい、符籙を用いて退治しようとしたが、失敗に終った。そこで、徽宗は林を知汝州へ移したが、しばらくして林は死んだ（巻下一一九頁）。

「済南州宅」とあるが、正確には、斉州が政和六年に府に昇格して済南府となった。また「林震成材」と書かれているが、成材は震の字号ではない。林震と林成材は別人である。両者は本貫が福建路興化軍、官歴が知済州で共通しており、荘綽はこうした紛らわしさのために錯誤を侵したと思われる。官歴中に国子司業・知汝州をもつのは林成材であり、これが正しい。
林成材、字沢之。元祐六年進士。吏部員外郎から国子司業へ。ついで出でて、知明・済・汝三州。『莆陽文献伝』巻二二に伝がある。何執中（一〇四四―一一一七）、字伯通。処州竜泉（浙江）の人。崇寧四年、尚書右丞となり、中書門下侍郎へ。大観三年、左僕射兼門下侍郎。政和元年、蔡京と共に宰相を務め、六年に太傅をもって致任した。政和七年に歿しているので、宣和中の逸話の一環として本文が「時何執中為丞相」とするのは誤りである。「符籙」道士・巫師の画く一種の図形・線条。それでもって鬼神を役し、病邪を避けることができると信じられた。

〔案讞判筆〕
重大な刑事案件の再審の決着はどうつけられたのか？　隔日に当番を務める宰相の一筆で片附けられた。この一筆を荘綽は「化筆」（妙筆）と表現しているが、人名に係わる事態なのに一、二字で済ませてしまうのはいかがか？　といった思惑が見え隠れする。
天下の刑事案件の再審文書の前に方寸の紙が貼られていた。当番の宰相は、これを視て、そこに字を書き入れた。まず刑房の吏が判決文の概略を記録し、最後に一筆が添えられた箇所に尚書省の印を押す。判決文は皇帝の許可をえたうえで、刑部が施行した。人命に係わる案件は多数にのぼるが、一、二字でもって決着がつけられた。
「上」字であれば無罪放免。「下」字は刑律に従う。「中」字は皇帝に願い出て軽重を決める。「聚」

は左右相が館職を兼ねる者と合議する。「三聚」は三省の合議。以上の五種の文字にすぎない。これが、まさに化筆といわれる所以である！（巻中五四頁）。本文で「聚」字の箇所は「聚則随左右相所兼省官商議」となっている。省官は館職の別称。館職の俸給が薄かったので、この名を得た。

〔不用上皇無道銭〕

江西の南に位置する虔州（贛県）の自然と人情を語る。文中、荘綽自身が当地を訪れたといっており、紹興元年着任の建昌軍（南城県）通判か、紹興六年の南雄州知州か、そのどちらかの任期においてではないかと推測される。ここでも、市人による徽宗批判が呈示される。

虔州はもとは漢の贛県で、豫章郡に属していた。高祖六年（前二〇一）に置き、灌嬰に命じて兵を駐屯させ、尉它（南越王）に備えた。隋の開皇九年（五八九）、始めて虔州と称した。虔化水から名をとった。もと十二県で、遠くの県は州城から七百余里も離れていた。宋朝の淳化中、二県（南康・上猶県）をさいて、南安軍を創設した。

梁が州城を章・貢二水の間に移した。貢水は東にあり、章水は西にある。城を夾んで一里ばかり北流すると、贛江に合流する。江中には巨石が聳え立ち、筍のようである。水流は急で激しく、十八灘を経由してやっと吉州万安県界に入り、流れも緩やかになる。州の四方はすべて山が連なり、庾嶺、循・梅州と接している。そのため土地の人は凶暴で、喜び勇んで盗賊となり、お上に歯向かい禁を冒し、誅殺されることなど恐れもしなかった。
建炎初、太母（哲宗の孟皇后）が女官を引き連れ、金軍を避けてこの地にやってきたが、陳大五長者を首領とする兵士たちが猛威を振っていた。以後十余年、州属の十県のあちこちで盗賊があばれ、懐柔・逮捕・殺戮等の策を講じても、効果はなかった。余はかつてこの地を訪れ、州城から五十里の処にある南田に宿泊した。胥吏の言では、銭でもって物を買おうとしても売らない、と。商人になぜかと問うと、こう答えた、「宣政《?》（和）・政和期の上皇（徽宗）の無道銭は此処では使えない」と。結局、役立たずであった。当地の連中が無礼で法規をわきまえないのは天性であって、自然環境がそうさせている（巻下九六頁）。

灌嬰（?―前一七六）、睢陽（河南）の人。はじめ繒帛を販するを業とす。秦末の戦乱にさいし劉邦に帰し、漢中に入る。楚漢戦争時、中大夫・御史大夫を歴任し、しばしば戦功をあげた。高祖六年に潁陰侯に封ぜらる。後に陳平・周勃と協力して呂氏の乱を平定し、文帝を迎立す。太尉を拝し、ついで丞相となる。尉它は尉佗・尉他にも作る。『史記』巻一一三南越列伝に「南越王尉佗者《は》、真定の人なり。姓は趙氏」とある「隋の開皇九年云々」『元和郡県図志』巻二八江南道四虔州に「隋の開皇九年、陳を平らげ、南康軍を罷めて虔州と為す。大業三年、虔州を罷め、復た南康郡と為す。武徳五年、又た再び虔州を置く。蓋し虔化水を取りて名と為すなり」とある。「本朝淳化中云々」『元豊九域志』巻六江南西路南安軍に「淳化元年、虔州南康・上猶の二県を以って軍に隷せしむ」とある。太母（一〇七三―一一三一）、哲宗の昭慈孟皇后。高宗の建炎初、隆祐太后。「陳大五長者云々」『宋史』巻二六高宗本紀建炎四年二月癸未に「虔州郷兵首領陳新、衆数万を率い城を囲む。叛将胡友も亦た虔州を犯し、新と戦いて之れを破る。新乃ち去る」とあり、同種の記事は『宋史』巻二四三后妃伝下哲宗昭慈孟皇后項及『要録』巻三一建炎四年二月癸未にもみえる。陳大五長者は陳新の別称か。「宣政」琳琅秘室叢書本に「宣政を宣和とすべし」との江文煒の按語を付す。同時に時代順からして、「政和宣和」とするのが適当である。

〔吉州青原黄原二山〕

吉州（江西）の東方に位置する青原山と黄原山。草木に覆われた青原と皆無の黄原と、対蹠的である。時折、両山は鉄砲水のような洪水に見舞われるが、被害にも差異がある。それに触発されるように盗賊が蜂起する。前項の虔州と同様、吉州も自然・人間とも荒廃した雰囲気である。

吉州の江水（贛江）の東に二つの山がある。一つは、松・杉・筠・篠に覆われ、草木は冬になっても凋《しぼ》まず、青原と称される。ここに七祖思可妙応真寂大師の道場がある。今、寺は靖居と名づけられ、顔魯公（顔真卿）の書碑がある。また、卓錫・虎跑・雷踴・天竺の四つの泉もある。もう一つは、草木は生えず、黄原と称される。ちょうど州城の東に位置する。それゆえ、古の語讖（予言）に「最も好し黄原の天卯山、此方《ここ》の盗賊は起ちて危難に対応する」とある。

建炎己酉歳（三年）より洪水が両山の上から暴発したが、人々はそれを「山笑」と呼んだ。青原は家屋六十余軒が押し流されたが、山は破壊されなかった。しかし、黄原の山は破裂した。以後、諸県は相い継いで盗賊によって毀損され、六年を経過しても止むことはなかった。丙辰歳（六年）、青・黄の二原はまたまた洪水に見舞われ、ひどい鉄砲水であった。この冬、逆賊が永豊・吉水県を破り、州城にそって太和・万安両県に入り、丁巳（七年）春にやっと収まった（巻下九六頁）。

「七祖思可妙応真寂大師道場」雍正『江西通志』巻一一二「青原浄居寺」項に「廬陵県の水東十五里。七祖行思道場あり」とある。「靖居（寺）」嘉慶『大清一統志』巻三二八吉安府・寺観に「青原浄居寺」とある。靖と浄は同音。ちなみに、かつて黄庭堅がここに游ぶ。顔真卿（七〇九―七八五）、字清臣。京兆万年（陝西）の人。開元進士。殿中侍御史となるが、楊国忠に排斥されて平原太守へ。安史の乱では率先して反乱軍と戦う。粛宗即位すると、入朝して刑部尚書となる。代宗時、尚書右丞となり魯郡公に封ぜられたため、顔魯公と呼ばれる。初め書法を褚遂良に学び、後に張旭に従う。書法は端壮雄偉、「顔体」と称された。後人の編輯した『顔魯公文集』がある。この書の巻一一に「靖居寺題名」の一文が収録されている。

〔紹興己未湖北牛馬遭疫鄂州虎狼蛇虺亦僵〕

紹興九年（一一三九）、湖北地方での動物の疫病死を伝える。文中に鄂州が出てくるが、荘綽は紹興八～一〇年知鄂州であったので、実見聞によるとみてよい。

紹興九年、歳己未、秋と冬の間に湖北の牛馬が数多く疫病にかかった。牛の八、九割が死んだ。鄂州界隈の麞《のろ》・鹿・野豬・虎・狼もみな死んだ。蛇・虺《まむし》までも路傍で倒れた。このことは伝記に記載されていない。悪獣毒蛇の類が斃れるのは喜ばしいことだが、牛馬が被害にあうのは納得がゆかない（巻下一一三頁）。

〔僧俗趨利迎合〕

熙寧初、士人が権力者に阿諛追従して官職を求めたり、僧侶が利益を追求したりした。そうした世相を、俗語や詩句を介して嘲笑する。

熙寧初、士子が上書して時の宰相に迎合し、堂除（宰執の権限で実職を与えること）を得た。蘇軾は俗語を用いて戯れ、「どんな意向があって富貴を求めるのか、いささかの根拠もないのは姦邪にほかならない」といった。後に、禪林の僧侶が利に趨って阿諛したのは、もっとひどかった。怠惰散漫で知られる楊幅がついで一絶をものし、「当時の選調の出常調をみると、今日の僧家の方が俗家を上まわっている」と（巻下一〇八頁）。

蘇軾の俚語（俗語）は原文では「有甚意頭」（どんな意向があって）と「没些巴鼻」（根拠がない）の二つである。楊幅は伝未詳。「選調」とは、迪功郎から承直郎へ。選人が七階のステップを順次昇進すること。「出常調」は、選人が一定の条件（官階・出身・任数・考数・挙主員数等）を満たし、抜擢されて京官となり、より有利な差遣ポストにつくこと。

〔隋以後帝后於誕日禁屠考略〕

隋唐以来、皇帝・皇后の誕生日に屠殺を禁じて菜食とする伝統があった。それが、宋の徽宗朝には破られる。靖康間、荘綽は伝統の墨守を請願するが、容認されなかった。

誕生日に屠殺を禁止したのは、隋の文帝が先帝先后を追善したのに始まるが、その後は史書に見えない。唐の玄宗開元十七年八月五日を千秋節とし、王公以下が鏡と承露嚢（甘露を受けるフクロ）を献じ、天下の諸州に宴楽を許し、三日間の休暇を与えること等を制度化したいという請願があって、玄宗はそれを認めた。文宗の長慶（正しくは大和）四年十月十日慶成節に詔が下され、「自今、宴会の粗食は脯《ほじし》を陳《なら》ぶるに任《まか》せ、常に永例と為さん」と。

武宗の開成五年二月十五日、玄元皇帝（老子）の誕生日を降聖節とし、六月十二日の皇帝の誕生日を慶陽節と決めた。懿宗は七月四日を延慶節とし、昭宗は二月二十二日を嘉会節とし、哀宗は九月三日を乾和節とした。以上のほかは明らかでない。いずれも、みんなで三教殿に入って論議を交わし、寺観において齋食を用意し、屠殺は禁じた。しかし、皇帝が即位当初に節名を立てるのは不都合である。ただ、昭帝・哀帝は例外で、改元したさいに立てた。このことは、『旧唐書』にはみえるが、『新唐書』はたんに千秋節名を記載するだけである。

後世は誕生節を盛礼とし天下こぞって宴飲し、公私とも浪費した。屠殺を禁止したが、生類の殺害は非常に多かった。崇寧中、もし建議があれば、宴会において羊と豚の使用は認めた。余、靖康間にそれを廃止するよう請願したが、皇帝への阿諛迎合が横行し、ついに容れられなかった（巻下一二四頁）。

玄宗の開元十七年八月五日の千秋節の件は、『旧唐書』巻八玄宗本紀同年八月癸亥及『通鑑』巻二一三同年月日に同旨の記事がある。文宗の長慶四年云々の件であるが、文宗の年号に長慶（穆宗年号）はなく、大和とするのが正しい。『旧唐書』巻一七下文宗本紀大和七年十月壬辰に同旨の記事がある。荘綽はこの時の詔を右の年月日にかけるが、実は文宗開成二年八月甲甲詔とすべきである。『唐大詔令集』巻八〇「許慶成節宴会陳脯醢敕」がそれで、『旧唐書』巻一七下文宗本紀同年月甲甲にも同文がみえる。該当箇所は「自今、宴会の蔬食は脯醢《ししびしお》を陳ぶるに任せ、永く常例と為さん」となっている。

武宗の慶陽節については、『旧唐書』巻一八上武宗本紀開成五年二月（正月に文宗は弑さる）に、「敕し二月十五日玄元皇帝の降生日を宜しく降聖節と為し、休暇一日とすべし」とあり、五月に「中書奏す、六月十二日、皇帝載誕の辰、請う其の日を以って慶陽節と為さん、と」とある。昭宗の嘉会節については、『旧唐書』巻二〇上昭宗本紀竜紀元年二月に「中書、二月二十二日を以って嘉会節と為さんと奏請す。之れに従う」とある。哀帝の乾和節については、『旧唐書』巻二〇下哀帝本紀天祐元年八月甲寅に「中書奏す、皇帝九月三日に降誕す、請う其の日を以って乾和節と為さん、と。之れに従う」とある。「皆三教入殿云々」に関する直接的な資料ともいえないが、哀帝本紀天祐元年八月庚申に「敕す、乾和節に文武百僚・諸軍諸使・諸道進奏官、故事に准じて寺観に於いて齋を設け、宰殺を得ざらしめ、只だ酒果脯醢を許す、と」とある。故事とは前述の文宗大和七年十月壬辰の記事である。

〔随軍老小〕

紹興三年八月、両浙西路（江蘇南部・浙江北部）で地震が発生し、地上に白毛が生じた。これが凶祥であることを、まず歴史を遡って『晋書』で考証する。ついで、紹興三年の異変を蘇州の童謡を援用して語る。なんと、当時の軍閥武将たちの移動に伴い、掠奪された「老小」（従軍慰安婦）が多数つき添ったという。凶祥は自然から人文へ及んでいたわけである。

紹興三年八月、浙右で地震が起こり、地上に白毛が生じた。それは、しなやかで折れなかった。時に平江府（蘇州）の童謡で「地上に白毛が生じ、老小が一斉に行く」といわれた。御史台がその事を論じたため、皇帝は詔を下して重臣に意見を求めた。宰相呂頤浩はこれが原因で罪せられ罷免された。

『晋書』を繙くと、成帝（東晋第三代皇帝）の咸康初（三三五）、孝武帝（第九代皇帝）の太元二年（三七七）・十四年（三八九）に、地上に毛が生じ、白祥に近かった。孫盛は人労の変異とみなした。その後、征伐・徴斂・賦役により安寧の歳として無く天下は混乱し人民は疲弊した。

時に軍卒が婦女を掠奪することが多く、軍卒一人につき三、四人も従軍させられた。これを「老小」とよんだ。韓世忠・劉光世は建康（南京）・鎮江（江蘇）で順次守備につき、ついで劉は池州（安徽）に、韓は江寧（江蘇）に駐屯地を移し、王瓔は湖南に向った。

岳飛は江州（江西九江）近辺から行在に来て、すぐに九江へ引き返し、郭仲荀は明州（浙江）へ出赴いた。これら武将たちの移動に付き添った老小は数十万に達した（巻中六九頁）。

紹興三年八月の地震については、『宋史』巻六七、五行志五にみえ、平江府・湖州が激甚であった、とする。呂頤浩の失脚は、『宋史』巻二七高宗本紀四によれば紹興三年九月戊午のこと。さらに巻三六二呂頤浩伝をみると、この地震につき、呂が皇帝の要請にもかかわらず奏上しなかった罪を咎められてであった。

『晋書』巻二八、五行志中に「成帝の咸康初、地に毛を生じ、白祥に近し。孫盛、以って人労の異と為す」とあり、咸康三年、太元二年・十四年にも「地に毛を生ず」の文字がある。孫盛、字安国。太原中都（山西）の人。初め佐著作郎。後、桓温に従って蜀に入る。累官して秘書監となり、給事中を加えらる。博学にして名理に通ず。著に『魏氏春秋』『晋陽秋』がある。郭仲荀については第四章を参照。

終　章

この期に及んで気になるのは、やはり科挙である。荘綽は科挙とどう向き合ったのか？　自身に登第の経歴はない。彼ほどの逸材ならば、受験さえすれば合格の蓋然性は高かったはずである。士人である限り、挑戦しなかったとは考えにくい。何とも不可解なことである。

本書を通覧して、仏教の経典にふれることはあっても、儒学の経義に言及することは稀れである。いうまでもなく、仏典は科挙の科目とは無関係である。仏教信者であった荘綽は、経義に没頭するのを潔しとしなかったのか？　そんなはずはない！　と思いながら、どうしても釈然としない。

第一章人物評「中間の部」で、〔十世登科〕を扱った。神宗朝の丞相王珪は四世にわたって進士科合格者を出し、この家系からは以後も合格者が続いた。また、真宗朝の工部尚書晁迥も六世にわたって科挙合格者を出したという。いわば華宗盛族の栄誉に浴したわけである。このことを、荘綽は羨望の感慨でもって記述している。が、それとは対蹠的に、科挙によらないで貴顕官職に到達した人物にも熱い眼差を向ける。それを主題とする一項を、前章までの形式を踏襲して呈示する。

〔館職之栄〕

程倶致道は外祖の恩蔭で入官し、若くして文才の誉れが高かった。皇帝の車駕が銭塘にあった時、挙試をへないで正字を授けられた。その謝表でいう、「権徳輿は器業（才能と学問）、李衛公は才猷（才能謀略）、宋綬は該通（博通）、韓維は方悟（方正な品格）に秀で、科挙によらないで清高顕貴の官職を得た。楊大年の一代の英傑、欧陽修の諸儒の領袖、王安石の経術、蘇軾の文章、それぞれ特長があり、彼等は言の考試を待つまでもなく、即座に詔勅の起草に対応できた。臣は一体どうなっているのか、やみくもにこれら前賢に追従するだけか？」と。

結局、唐以来、たった十数人だけが栄冠に輝いただけである。ところで、それ以後は科挙に応じない者は、人々から道に背くとみなされた（巻下一〇四頁）。

程倶（一〇七八―一一四四）、字致道、号北山。衢州開花（浙江）の人。外祖鄧潤甫の恩蔭で入官。宣和二年、上舎出身を賜る。建炎中、太常少卿・知秀州。紹興初、召されて秘書少監となる。三館の旧聞を摭拾し、『麟台故事』を著す。中書舎人兼侍講に遷る。後、劾せられて秀州を棄て、提挙江州太平観となる。晩年、秦檜が領重修哲宗史事に推薦するも、辞して受けず。詩文に風骨、制誥に典雅あり。著に『北山小集』がある。『宋史』の伝記をみる限り、その経歴中に秘書省正字はない。荘綽の誤解か？「謝表」は『北山小集』巻二〇所収の「提挙江州太平観謝表」である。

権徳輿（七五九―八一八）、字載之。天水略陽（甘粛）の人。少くして文名あり。徳宗はその才を聞き、召して太常博士とす。ついで中書舎人に遷る。貞元十八年（八〇二）、礼部侍郎。憲宗元和五年（八一〇）、宰相に任じ八年相を罷む。詩文にすぐれ、当時の王侯将相は死後の碑銘墓志を多く彼に嘱した。

李衛公（五七一―六四九）、諱靖、本名葯師。京兆三原（陝西）の人。兵法に精通。武徳四年（六二一）、李孝恭が蕭銑を撃つと、彼は孝恭の長史となり、軍事を指導。六年輔公祐反す。また孝恭を輔佐し、公祐を撃滅。太宗貞観四年（六三〇）、兵を率いて東突厥を撃滅。八年には吐谷渾を撃滅。太宗時、兵部尚書、尚書右僕射を歴任。衛国公に封ぜらる。

宋綬（九九一―一〇四〇）、字公垂、諡宣献。趙州平棘（河北）の人。恩蔭で入仕し、大中祥符元年に同進士出身を賜わる。知制誥・戸部郎中等を歴任し、翰林学士兼侍読となる。明道二年、参知政事。一旦は知河南府に出で、再び召されて兵部尚書・参知政事となる。家蔵書万巻、自ら校勘す。韓維（一〇一七―一〇九八）、字持国。億の第五子。恩蔭で入仕。熙寧二年に翰林学士・知開封府。三年、御史中丞。王安石変法に反対し、知襄州・許州に出さる。七年、召されて、翰林学士承旨。元祐初、門下侍郎を拝すも、讒訴をうけ分司南京へ。紹聖二年、元祐党に坐して均州安置に貶さる。「方悟」『北山小集』では「方格」に作る。

楊大年（九七四―一〇二〇）、諱億、字大年。建州浦城（福建）の人。十一歳で太宗に召試され、秘書省正字を授かる。淳化中、進士及第を賜わる。真宗即位し左右言を拝し、知制誥・判史館を歴任し、王欽若と共に『冊府元亀』を編修。後、翰林学士・戸部郎中となる。典章を熟知し、詩文を善くす。

ここで、程俱の謝表の文句に注目したい。「如臣何者、濫継前修」の八文字である。最初の四字を訓読すれば、「如何ぞ臣者《は》」か「臣が如きは何者《なんぞや》」のどちらかであろう。次の四字は紛れはないが、「前修」は前賢のことで、直接には楊・欧陽・王・蘇の四人をさす。もっとも、権・李・宋・韓を含めて八人ともとれる。

外祖の恩蔭で官界入りした程俱にとっては、楊大年以下の四人は燦然と輝く存在であったに相違ない。救いといえば、自らと同様に科挙を経由しないで顕職を獲得した権以下の四人である。八文字はその辺の複雑な心境を内蔵している。謝表の主格は程俱であるが、荘綽に置き換えても何ら違和感はない。八文字は、科挙との関係で自戒・自嘲の雰囲気を漂わせているからである。

二〇〇七年から二〇一一年まで、『雞肋編』の訳註を目標に研究会が開催された。十一年初頭に、一通りの訳註を終了したが、まだ再検討すべき余地があまた残されている。目下は小休止の段階である。会員は前後で若干の出入りがあるが、短期の方を除けば、おおむね次の通りである。青木敦・王瑞来・近藤一成・董文静・長谷川誠夫・松本かおる・安田修一・安野省三・尤東進・渡辺穎房・渡辺紘良。拙稿は少なからず研究会参加者の助言・協力を得た。末尾ながら記して謝意を表したい。

附録（一）余嘉錫『四庫提要辨証』巻一八　子部九

雞肋編三巻

宋の荘季裕の撰。季裕の名は綽、字で通用。清源（福建）の人。その生涯は未詳である。呂居仁『軒渠録』には、その容貌は痩せてスラリとしており、人々の目には細腰の貴公子に映った、とある。また薛季宣『浪語集』中に、季裕撰『筮法新儀』に付した序文があるが、その生平にはふれていない。『雞肋編』中の年月によれば、紹聖に始まり紹興で終っているので、南北宋間にわたっている。「尹孝子」条では、自らかつて摂襄陽尉であったと称す。「原州棠樹」条では臨涇（原州）通判、「李倢食糟蟹」条では順昌で、「瑞香亭」条では澧州で任官したという。何の官であったかは判らない。本書は冒頭に自序があり、紹興三年二月五日題すとある。ところが、書中の記事に紹興九年の事柄があり、上梓の後になる。のちに続増があったのであろう。世に刊本は無く、陶宗儀『説郛』ではわずか二、三十条の収録だけ。本書は『説郛』所載と比べほぼ五倍の多さ。

後代の至元乙卯仲春、月観陳孝先の跋文に「此の書は荘綽季裕の手集なり。綽は博物洽聞にして、『杜集援証』『灸膏盲法』『筮法新儀』を世に行う有り。其の他の著述も尚お多しと聞くも、惜しむらくは未だ之れを見ず。此の書、秋壑の点定を経て、取りて以って『悦生随鈔』と為すも、譌謬最も多く、因りて是正を為さば右の如し。然れども之れを掃くも塵の如く、尚お多く疑誤有り」云々。

嘉錫案。四庫本は三巻。宋の荘季裕撰と題す。故に『提要』は字を以って之れを行うの説有り。然れども『皕宋楼蔵書志』巻六三に呉尺鳧焯所蔵の旧鈔本不分巻有るも、実は宋の荘綽の撰と作す。焯自撰の詩文の結銜及び宋人記事の書は、其の姓名を称して皆な荘綽と曰い、季裕と称する者無し。即ち焯は未だ嘗つて字を以って行わざるなり。本書巻上に云う「元祐中、余始めて士大夫間々蠟を用いて咫尺の木を裹み以って書して伝言すること有るを見る。之れを柬版と謂う」と。この記事は元祐に始まり、紹聖に始まってはいない。

巻下「廖剛為中丞」条では、剛が秦檜によって逐われたと言う。『要録』巻一三六によれば、剛が逐われたのは紹興十年六月で、つまり紹興九年に止まらない。『提要』は誤っている。また巻上「潁昌府城」条に、余、後に五原に官たりの語があるが、何の官かは判らない。巻下「沈存中筆談」条に、「余、南雄州を守し、紹興丙辰八月二十四日視事す」という。つまり間違いなく知州を経験したことが判る。『提要』はみな漏略して引用していない。

労格『読書雑識』巻一一に荘季裕条があって、「『天台続集』別編一に荘綽の建炎丞相成国呂忠穆公退老堂詩を載せ、結銜に右朝請郎充江南西路安撫制置使司参謀官と称す。『三余集』巻四〈案ずるに『三余集』四巻は宋黄彦平撰〉の「高安郡門記」に、潁川荘綽季裕は慈祥清謹の人なり。筠を守する初年は紹興十二年なり」とある。更に「其の仁心の撫字する所、儒術の縁飾する所、淵源の漸する所、其の自出に逮ぶ」と云う。

『灸膏肓腧穴法』序に、建炎二年二月十二日朝奉郎前□□都総管同幹公事賜緋魚袋荘綽〈原注・『鍼灸四書』〉とある。『西江志』には、荘綽朝奉大夫知筠州とある。『北山小集』巻一〇「送荘大夫綽赴鄂州守」に「白首、同《とも》に本命の年を経〈本字『雑識』原闕、涵芬楼印影宋写本によって補う〉、君、方面に臨み、我れ田に帰す」とある。又た詩注に「季裕『本草蒙求』三巻を著わし、頗る工《たくみ》」とある。労氏の引証を観ると、綽の生平につき参考となる。『宋詩紀事』巻四四に荘綽があって、ただ「官は鄂州守、雞肋編有り」とだけ記す。考証は労氏の詳細さに及ばない。

『要録』巻四三、紹興元年夏四月に竜州等の州県の旧名を復せん事を記して云う「朝奉郎新通判建昌軍荘綽の言を以って、大観より以後、竜・天・万・載等の字を避け、州県名を更易するは不当なり」〈按ずるに『会要』第一八九冊方域六を見ると、此れより詳しい〉と。又、巻一四六に云う「紹興十二年七月、上、宰相に謂いて曰く〝郡守、五事を条上し、其の間頗る採る可きもの有り。又た見行法を銜かんと欲する者有りて、宜しく之れを詳かにし、行う可きは即《ただち》に行うべし〟。秦檜曰く〝荘綽の上つる所の如きは、行う可き者有り〟と。」

胡宏『五峯集』巻二「与劉信叔〈劉琦字信叔〉書」に云う、「荊・湘の間、主戸の客戸を愛養するを知らず、客戸は力微にして赴きて訴うる所無き者有り。〈案ずるに主戸は蓋し田地の主、客戸は佃戸なり〉。往者《さきには》鄂守荘公綽、朝に言いて、土田を買売するに客戸を契書に書くを得ず、其の自便を聴さんと請う。朝廷、其の説を頒行す」と。此れで綽が民を愛《いつく》しんだことが判る。『輿地紀勝』巻二七瑞州〈本と筠州と名づく。宝慶初、州名の御諱を犯すを以って改む。本条を見よ〉沿革に云う、「郡守荘綽、附郭県を以って其の郡に名づけんと乞い、旨を得て名を高安郡と賜う」と。原注に云う「『国朝会要』、紹興十三年と在り」と。〈今本『宋会要』方域六を按ずるに、其の事を載するも、荘綽の姓名無し〉。

『真斎書録解題』巻一三に云う「『本草節要』三巻、『明堂鍼灸経』一巻、『膏肓灸法』二巻、清源の荘綽季裕の集」と。凡そ此の数事、又た労氏の遺す所の者なり。陸心源『儀顧堂題跋』巻八雞肋編跋に、綽の仕履を考するに、以上引く所の諸書を出でず。而して南雄州及び紹興時の郡守たること・高安郡額を乞うことの三事を知ること無し、と。且つ云う「綽は太原府清源県の人」と。余、嘗つて『万姓統譜』に拠りて之れを考するに、綽は泉州恵安県の人〈後段を見よ〉。其の自ら清源と題する者《は》、泉州も亦た清源郡と名づくるなり〈『宋史』地理志五を見よ〉。陸氏が太原府属の清源とするのは誤り。季裕の父は元祐中、黄庭堅・蘇軾・米芾と交游があった。季裕が芾・晁補之を識るようになって、学問はすこぶる淵源となり、また多くの軼聞・旧事を識ることになった。

本書巻上を案ずるに云う、「米芾元章、好潔の癖有り。然れども亦た半ばは不情に出づ。其れ漣水軍に知たるの日、先公、漕使と為り、公牘を伝観する毎に、未だ嘗つて手を滌わず。余の昆弟、之れを訪うに、方に刺を授けんとすれば、則ち已に盥を須う。是れを以って其の偽為るを知る」と。又た云う、「先公、元祐中、尚書郎と為る。時に黄魯直館中に在りて、毎月常に史院にて得る所の筆墨を以って来りて米に易う。報謝積もること久しく、尺牘軸を盈たす。之れを目して乞米帖と為す。後、漕を淮南に領す。諸公皆な南遷し、率ね舟兵を仮りて以って其の行を送る。故に東坡恵州に到るや、書来たる有りて謝して云う〝二卒を仮るを蒙りて、大いに旅途風水の虞れを済う。高誼を感戴し、以って云喩すること無し。方に海上を走ること益々遠く、之れを言わば悵焉として永に慨す〟と。余、池飾して之れを宝とす。崇寧初、晁無咎、嘗つて其の後に跋す」と。『提要』の説は、蓋し此れより出づ。然れども綽の父の名字を知る能わず。

余、蘇軾の恵州に謫せらるるを按ずるに、紹聖元年六月〈『宋史』巻一八哲宗紀に見ゆ〉に在り。其の年十月二日を以って恵州に至る〈『東坡後集』巻一三「恵州謝表」に見ゆ〉。綽称す、其の父漕を淮南に領するに方り、舟兵を仮りて以って其の行を送る。東坡、書来たる有りて謝す、と。『長編紀事本末』巻一一一を考するに、云う「紹聖二年七月淮南転運副使荘公岳言う、元祐に提挙官銭〈按ずるに提挙常平司の放散する所の青苗銭を謂う〉尽く他司為《に》侵借せらる。乞わんと欲す、追還し、当職官をして限に依りて給散せんことを」と。年月・官職・姓氏は『雞肋編』の記する所とすべて合致する。然らば則ち綽の父は公岳となる。蘇轍『欒城集』巻二七に「荘公岳成都提刑制」が有る。『万姓統譜』巻五〇に云う「荘公岳、恵安の人。嘉祐四年進士。秘書□・吏部右侍郎を歴《ふ》。元祐初、上書して時事を極諫し、璽書にて褒答す。〝顧みて惟うに忠藎、深く欣嘉する所〟の語有り」。宋の恵安県は福建路泉州清源郡に属す。従って、荘綽が清源と自署するのは、郡名を用いたわけである。

公岳が元祐初に上った諫書は、『長編』をくまなく検べても、ついに発見できず、その説が何であるのか判らない。もし、かの紹聖二年の運副となった時の発言が青苗銭を散ぜんと請うたのであれば、其の人は章・蔡に迎合し時流に乗って仕進を謀求する徒であって、おそらく蘇・黄の仲間ではありえない。それゆえ、二家の集中には一切その姓名に言及せず、当時簡札のやりとりがあったとしても、人事酬応の常に過ぎず、其の文は決して本集には見当らない。つまり米芾と公岳との関係は、自身が僚属であり、職事も係わりがあったので、顔を合わせないわけにはゆかなかっただけ。『提要』があわてて、これにもとづいて季裕の父が蘇・黄・米芾と交游があったとするのは間違っている。

書中で、もし『竜城録』が同時期の王銍の作であることを知らないまま、それに拠って金華図経の類を訂正すれば、考証に失敗する懼れがある。それにしても取るべきものは多い。遼宋間の誓書を記す条は、大旨は和議をもって主とするが、各々所見を抒《の》べている。季裕は郡県を渡り歩くが、当時の朝士が秦檜に附和するのとは、固より自《おのずか》ら殊っていた。本書を通覧すると、後発の周密『斉東野語』と比肩できても、『輟耕録』等の書には及ばない。

本書巻中・柳子厚『竜城録』条を案ずると、考証の誤りは余がすでに訂正したが、詳しくは小説家存目『竜城録』条下を見よ。両朝誓書条〈巻中、『竜城録』条の前に在る〉は、作者が汴都陥落を目撃し、麦秀黍離（国の亡ぶのを嘆く）・痛定思痛（従前の痛みを回想する）・追原禍始（禍根を追究する）、遼・金に対し相いついで信を失ったため、四海の人に肝胆地に塗ゆの苦しみを与えた。それ故これに言及するのを嘆くのは、本より南渡後の和議から出るわけではない。

周寿昌『思益堂日札』巻五にいう、「『提要』は、其の遼・宋の誓書、大旨は和議を以って主と為す、と謂う。案ずるに、季裕の此の書を録するに、其の格式を記すに過ぎず、並びに其の初め盟を渝《か》え信を失い以って敵釁を啓くを責む。中巻第一条に、靖康初、皇弟粛王を敵に使わし、拘留されて未だ帰らず、种師道、之れを撃たんと欲す。而るに議和既に定まり、その去るを縦《ゆる》し、遂に防禦の備を講ぜず、と記す。更に李易安（李清照）の「南渡の衣冠に王導を欠き、北来の消息に劉琨少し」「南游は尚お覚ゆ呉江の冷やか、北狩は応に悲しむべし易水の寒きを」の二句はみな隠恨を含む。専ら和議を主する者に非ざるに似たり」と。

今、案ずるにただ此れだけではない。本書巻下に一条があって云う、「廖剛中丞と為り、両制をして士を挙げて抜擢超用せしめんと建議す。時に李光江西帥自り参政と作る。機宜呂広問有りて、引用を加えんと欲す。廖と給事中劉一止・中書舎人周葵と遂に通じて之れを薦む。李又た秦相に求めて、之れを文館に置かんと欲し、已に之れを許さるると雖も、久しくして未だ上らず。乃ち呂の其の執政を賀するの啓を以って、以って秦に示し、其の中に「己を屈して以って和を講ずるに和未だ決せず。国を傾けて以って兵を養うに兵愈々驕れり」と云う有り。丞相固より已に楽しまず。「四方、意を属し、固より前後碌碌無聞の人と異る。百辟、風を承け、尤も朝夕赫赫有為の際に在り」に至りて、秦の意愈々怒り、訖に之れに与えず、上前にて争辨するに至る。李是れに由りて罷め、廖と周・劉も亦た逐われ、其の門人に及ぶまで又た一党と成る」。

此の事を案ずるに、紹興九年十二月に『要録』巻一三〇は、李光と秦檜とは議事合わず、上前に於いて紛争し、且つ檜の短を言い、殿中侍御史何鋳因りて光を劾して之れを罷めしむ。而して劉一止・周葵は則ち因りて呂広問を挙げ、鋳の劾する所と為り落職す、と言う。『宋史』光本伝は呂広問の事を載せず、僅かに檜が親党鄭億年を以って資政殿学士と為し、光は榻前にて之れを面折し、因りて「檜、国権を盗弄し、姦を懐きて国を誤る」と曰う。檜大いに怒り、光去るを丐う、と。

今を以って之れを考するに、光の檜に忤う所以の者は、一に非ずして、其の罷去は則ち檜が鄭億年を用いて光の折る所と為ったことに因る。檜も亦た光が嘗つて呂広問を援引せんと欲するを以って、之れと互に詆り、何鋳遂に風を承けて之れを劾する耳。焯《ママ》は檜が廖剛等を逐い、及び李光の門人が又た一党を成すと言うのは、蓋し檜が慣わしとして人を指して党と為し、以って善類を陥害するのを謂っており、ここでも李光に於いて其の故智を用いたのである。その檜を悪むこと深し。且つ直《じ》かに広問が「己を屈して以って和を講ずるに和未だ決せず」の語を録するのは、尤も和議に附和しない証しとすべきだ。檜に当日に此の書を見せたのは、きっと綽に切歯させ、私史の獄は陸升之が李光を誣して後に発かれるのを待たなかったのである。『提要』が、綽が和議を以って主と為すと謂うのは、亦た冤ならざる乎！

附録（二）　蕭魯陽　荘綽生平資料考辨

一、潁川の荘綽

荘綽の出身地は何処か？　『雞肋編』自序には清源と署すが、歴史上清源は二か所ある。一つは山西、一つは福建で、そのため陸心源『儀顧堂題跋』巻八では、荘綽は太原の人という。余嘉錫『四庫提要辨証』巻一八は『万姓統譜』にもとづき、荘綽は福建恵安の人と考定する。恵安は宋代清源郡に属し、余説には信憑性がある。ほかに、宋人劉方明編『幼幼新書』巻四〇は、荘綽には子がいて念祖字泉伯というとする。泉伯の「泉」は泉州の「泉」であり、宋の泉州は恵安を管轄したので、荘綽の祖籍が恵安であるとする説は可能性が大である。

しかし事情はこれにとどまらない。関連資料をみると、荘綽はかなり長期間潁川で生活しており、御本人は潁川人とみなしていたはずである。少なくとも南宋以前、彼は原籍に帰る機会はなく、南渡以後でもそうした機会は多くなく、子に念祖泉伯と命名したのは根本を忘れないという意思表示である。それゆえ、かりに祖籍郷貫を切り捨てて問題としないとしても、荘綽本人については潁川の荘綽と言って間違いはない。この点を解明するために、最初に宋人の記録をみてみよう。

黄彦平「潁川の荘綽季裕は慈祥清謹の人なり」（『三余集』巻四）という。黄彦平、字は次山、号は季岑。黄山谷の族子で、荘綽と同時代の人で、筠州知州をつとめ、ほとんど荘綽と相前後する同職で、彼が潁川の荘綽といえば根拠がないはずはない。また『雞肋編』はたんに「荘季裕撰」と署すが、後人は季裕の名が綽であることを知っており、根拠は黄彦平の右の言と程倶『北山小集』、陳振孫『直斎書録解題』中の記載である。

宋人趙彦衛にも荘綽が潁川人であるという記録がある。「詩寄太原学士」に「風燈泡沫両相悲……元祐七年九月九日鐘離権書す」とある。潁川の荘綽が其の後に跋して曰く「昔、維揚に何仙姑なる者有りて、世に以って謫仙と為し、能く其の霊と接す。一日、鐘離之れを過ぎり、黄素を治めしめ、乃ち此の詩を書す。呂公も亦た其の後に跋して、王学士の至るを俟ちて之れを授けしむ。のち数日、王古敏中、貳卿自り会稽に出守して維揚に至り姑を訪《おとな》い、即ち以って之れを与う。王、秘して人に示さず。宣和丙午、其の子の誠、西京留守御史と為り、綽中外の好有りて、其の臨本を得。後、王氏の家、兵に残せらる」（『雲麓漫鈔』巻二）。丙午は靖康元年で、ここで宣和とするのは誤り。ただ宣和年間、荘綽は京師から甘粛に赴き、その後鄧州にもどって執務している（詳細は後述）。機会さえあれば西京（洛陽）を経由し、荘綽が漢鐘離・呂洞賓の顕霊の事に跋したことは、『雞肋編』が好んで神異報応の事を述べるのと一致している。従って趙彦衛がいう荘綽は、『雞肋編』を書いた荘綽とすべきである。

次に荘綽自身の記述をみよう。荘綽『膏肓腧穴灸法』跋に「余、許昌にて丼（夷字の誤記）狄の難に遭いて自り、地を避けて東下す」（『中国医籍考』参照）とある。『雞肋編』はまた荘綽が若い頃に蘇・黄の文字を入手し、それがきわめて珍貴で、「之れを懸けて堂宇を照耀した」「潁川、金虜の禍に遭い、化して煙塵に為る」と。ほかにも若干潁川での見聞を記述したものがあって、その時期はいずれも南渡以前である。従って、荘綽は確かに潁川（今の河南許昌）に住んでいた。

『雞肋編』を読むと、荘綽は東南の習俗・ナマリにつき、一種格別な反感を懐いていたことが判る。「甚だ笑う可きなり」とか「又た怪しむ可きなり」とかいう。これは彼が南方人でなかったことを説明している。従って、かりに彼が南方人であったり、あるいは幼少から南方で成長していたとすれば、彼は本来郷音・郷俗につき親密な感慨を懐いたとすべきである。

これに反し、荘綽は『雞肋編』の叙事中で時たま無意識に潁川方言を使用している。たとえば、本族の鬼のことを「家親」という言葉でのべ、家屋修繕のことを「翻瓦」の二字で表わしている。かりに、彼が長期間にわたって潁川で生活しなかったとすれば、こうした現象は解釈のしようがない。

慣例に照すと、一個人の先祖の生活が何処にあったかで、某処人と称し、そのうえ久しい時間をへればへるほど神気をますようだが、同時に決して本を忘れないことを示す。荘綽は清源人と自称したが、思うにその祖籍の恵安が清源郡所属だったからである。ただ、宋人も某地で生活すれば、その土地の人の習慣を身につける。たとえば、韓億はもともと霊寿人であるが、子孫の韓元吉は潁川人と称している。王旦の原籍は莘人であるが、その後人の王素は開封人と称している。尹師魯の先祖は太原人であるが、師魯に至って遂に河南先生と称し、彼の文集ですら『河南先生集』と称している。北宋の潁川は人材の宝庫（『宋史』巻四四四李廌伝）で、少なからざる名士達はそこを安住の地に選んだ。従って、われわれは荘綽の祖籍が福建恵安であることは良しとして、御本人は出生・成長の地をほぼ潁川としたようである。建炎の南渡以前、彼はまず福建の原籍に帰ることはなかった。子への命名の辺りは意味深長である。

二、孫沔の幼女が荘綽の母親

『四庫提要辨証』が荘綽の父親は荘公岳であると考定しているが、この説は信憑性が高い。荘綽の母親は誰れなのか？　畢仲游は范純礼に代って「孫威敏公沔神道碑」を撰し、こういう。「幼女、朝散郎司勲郎中荘公岳に適く」（『琬琰集冊存』）と。沔は英宗四年つまり西暦一〇六七年に卒しており、女《むすめ》は幼く、まだヨメに行く年ではない。十二年後（一〇七九）に畢氏がこの碑を書いた時、彼女はすでに荘氏に嫁いでいる。かりにこの時に荘綽が生まれていたとすれば、荘綽の活動の下限（紹興一三年）まで、わずか六十五年前後にすぎない。各方面につき、いかなる支障もない。これが成立可能の第一点である。

第二、荘綽『雞肋編』の記事が人物に及ぶさい、時にはじかに名を呼び、時に字を使って名は呼ばず、時に名と字の両方を記し、時に官職を名・字に付け加えている。この間、たいてい作者の感情的好悪及び関係の親疎がこめられている。『雞肋編』中で孫沔に言及しているのは、一つは巻下「戒食魚」条、一つは「海東青」条である。前者は孫威敏公と称し、後者は威敏孫公となっている。荘氏は孫沔に格別な尊重の念を表わしており、結局こうした特殊な間柄の表現なのかもしれない。

第三、孫沔の祖籍は会稽である。幼くして父を喪って、母に随って許に住んだ。あるいは潁川で成長した南方人であって、これこそ荘・孫が縁組みできた一つの要因であったかもしれない？　第四、荘綽は『雞肋編』中で孫沔夫人が殺生をしない生活習慣であったと記述している。この種の資料を入手できたのは、また両家の関係が尋常ではなかったことを説明している。孫沔夫人は辺粛の孫ムスメである。かりに荘綽から辺粛まで遡り、同時に辺氏やその親族にまで及べば、以下のごとき系統図ができる（次頁）。

注意すべきは、図中に登場する人物の多くは、宋代で比較的影響力のある人間であるということである。前述したことだが、荘綽と王古は衆知の間柄であり、王古は王旦の子孫である。欧陽修の子弟と荘綽とも交流があった。従って、『雞肋編』が記す軼聞瑣事は恐らくいいかげんな伝聞ではなく、多くは来歴があったとみるべきである。

宋代の文人の間では、仏教が広く信奉されており、荘綽の仏教信仰は人と比べて熱心だったようである。彼は『雞肋編』中で興味深く寺・僧・経典・神異・応報を記し、社会の風潮がそうさせただけでな

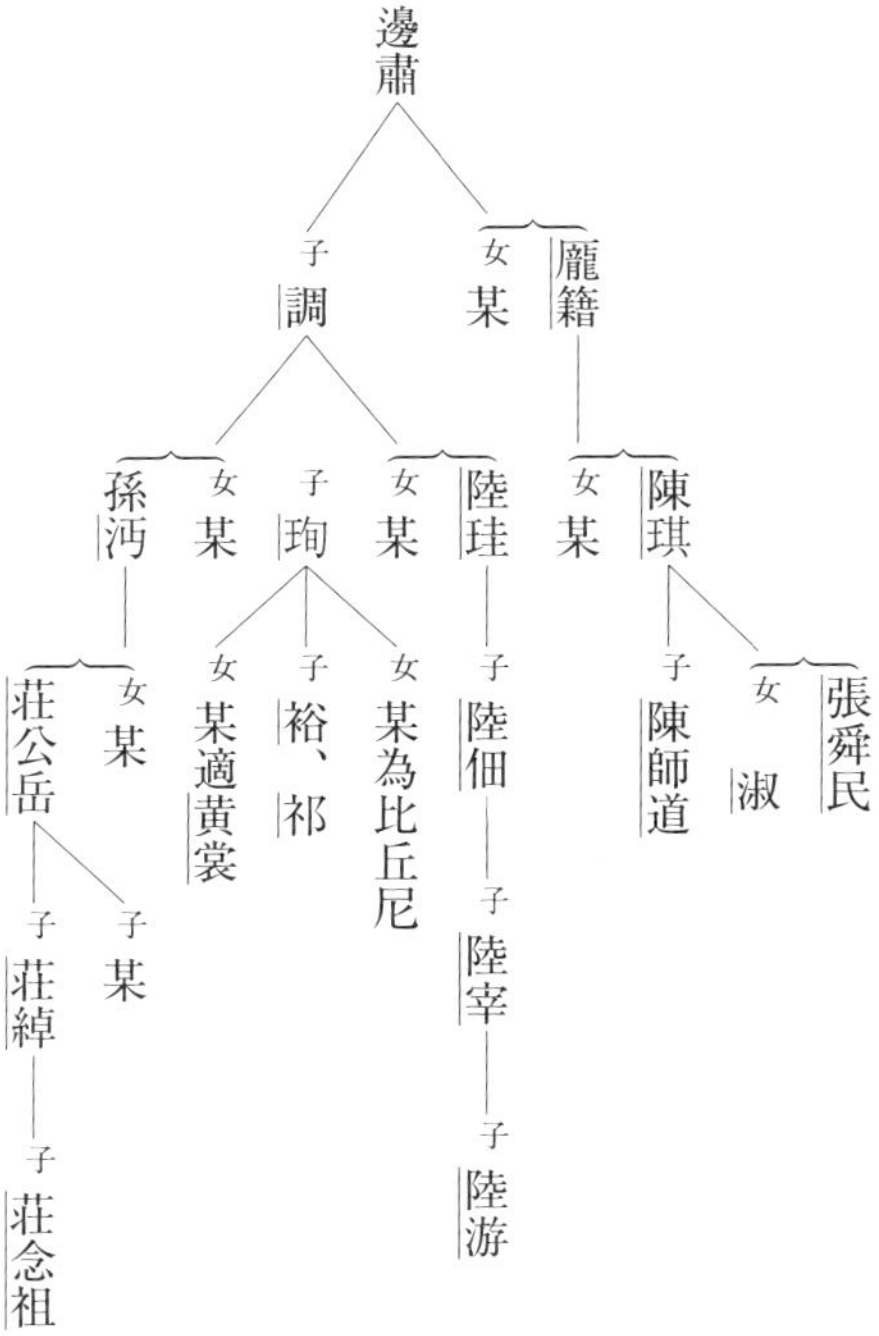

く、彼の親族とも関連があったようである。

荘綽の母方の祖母は観音菩薩を信奉していた。「孫威敏公夫人辺氏、鱠を食するを喜ぶ。見に鮮なる者を割く日を須ちて、之れを食すれば方に美なり。一日、親しく庖人の生魚を将って已に断ちて臠と成すを視、忽ち睡思有りて、遂に枕に就く。魚を器に覆せしめ、覚むるを俟ちて切る。乃ち器中に大光明を放ち、観音菩薩の其の内に在る有りと夢む。遽に起ちて魚を視るに、諸臠皆な動く。因りて水中に棄て、是れ自り終身蔬食せり。」

辺珣も仏教を信仰した。臨終にさいし彼は一つの故事を口にする。「吾れ少時、持戒僧に遇い、誦する所の仏書を以って吾が頂に置き、之れを祝して曰く、〝願わくは他日の臨終に疾病無からん。若くは将に夢寐たらん、と〞。然れども是の時頗る聞くを諱む。今、之れを思えば、真に善頌なり」(『陶山集』)。辺珣は紹聖二年(一〇九五)に卒す。莊綽はこの老舅爺に会う機会があったとすべきである。莊綽が仏教を信奉していたことは、相当程度まで母系に淵源をもっていたであろう。

三、南渡前の官歴

『四庫全書総目提要』は莊綽の官歴を概述している。「尹孝子」条では自ら摂襄陽尉と称し、「原州棠樹」条では臨涇通判になったという。「李倢食糟蟹」条では順昌に官しといい、「瑞香亭」条では澧州に官すというが、何の官であったかは判らない」と。

莊綽の任官をみると、とてもこの程度に止まらない。『雞肋編』巻下「沈存中筆談」条によれば「余、南雄州を守す。紹興丙辰八月二十四日視事す」とある。四部叢刊『天台続集別編』巻一「建炎丞相成国呂忠穆公退老堂詩」で、莊綽は「右朝請郎充江南西路安撫制置使司参謀官」と肩書を記す。『要録』巻四三では「朝奉郎新通判建昌軍莊綽」、『灸膏盲腧穴法』跋には「朝奉郎前南道都総管同幹辦公事賜緋魚袋莊綽」、程俱『北山小集』巻一〇では「送莊大夫綽赴鄂州守」、『輿地紀勝』巻二七「瑞州沿革」条で

「郡守荘綽」、黄彦平『三余集』巻四「守筠之初年、紹興十二年也」とそれぞれ記されている。現在、大体からいえば、摂襄陽尉・作倅臨涇及び順昌・澧州に官すが南渡以前のことで、それ以外は紹興以後である。

荘綽の摂尉襄陽と順昌任官の時期は不明であるが、ただ宋代の判司簿尉は一般には迪功郎が当てられ、官僚社会の底辺であり、摂尉は更にその入口であって、若年という事情があったに相違ない。襄陽は歴史的都市で、荘綽の当時の官職は高くはなかったが、逆に生活は相当に自在であったようで、山水を遊覧し、古蹟を探訪したことが、『雞肋編』の記載中にみられる。順昌での彼の官職がはっきりしないのは、荘綽が汝陰尉と一緒に仏事を論じているからである。また『雞肋編』の記す順昌地区の事柄は、ほとんど汝陰県に集中している。かりにこのことが偶然の現象でなかったとすれば、人々はきっと荘綽が汝陰県で任官したと想像するはずである。

荘綽は「大観中に澧州で任官」しており、何の官であるのかには触れていない。『雞肋編』が澧州での任官を記すさい、一事件が発生しており、彼が若い頃に収蔵した芸術的珍品が「勢利に脅誘され」たが、幸なことに保存できた。このことで、綽が勢要権貴に附和しない剛直な人物であることが判る。

荘綽が原州に任官した時期は、宣和四年以後である。宋代の原州の治所が臨涇であることからして、原州での任官は作倅臨涇である。『雞肋編』が関西事情に言及した年代につき考証可能なのは以下の通り。

「宣和壬寅の歳、京師より関西に至る。槐樹皆な花無し」。「原州真寧県要冊湫廟中、崇寧間衆碑津潤として流るるが如し。独り一碑のみ否《しか》らず。是の歳、疫多し。宣和中復た此の如し。」

壬寅は宣和四年（一一二二）で、荘綽は四十五歳頃のはず。上引両条の記載は、作者が原州に赴任する途中及び赴任後に見聞したことであろう。『雞肋編』が西北の土風民俗・気候物産につき記すのは、この時期からだということになる。荘綽はかつて安定で人と会ったという。原州はつまり漢の安定郡で、実際上やはり原州で州貳となったと言っているわけである。『雞肋編』の「陶瓦圏」条に「後、五原に官す」とある。五原は北宋の版図内にない。鎮戎・懐徳の隣りの五原は、地理上から考察すれば、たぶん原州であろう。

秦漢以来、原州は辺防の要塞である。『漢書』はこういう「安定・北地・上郡・西河は、皆な戎狄に迫近し、戦備を修習し、気力を高上し、射猟を以って先と為す。…漢興り、六郡良家の子、羽林・期門に選給し、材力を以って官と為る。名将、多く焉に出づ」と。原州の辺塞生活は、荘綽に歴史的回憶を喚起したようである。彼の三水についての考証は、まさしくこうした性質を帯びる。『雞肋編』をみれば明らかだが、西北の沍寒、辺地生活の蒼涼、すべて荘綽に消しがたい印象を与えたのである。ただ、彼が西北にいた時期は、それほど長くはなかった。宋人の一年一考・三考一任の規定を参照すれば、荘綽は宣和七年には原州を離れている。

『膏盲腧穴灸法』跋に「朝奉郎・前南道都総管同幹辦公事・賜緋魚袋荘綽」と自署している。これによれば、荘綽は西北から帰ってきて、鄧州で職についている。宋靖康元年九月は、三京を建て、鄧州を都総管府とし、総四道兵を分かち、知鄧州張叔夜が南道都総管を領した。同年十一月、張叔夜は提兵勤王にはげみ、後に自ら国に殉じた。荘綽がいた南道都総管は、まちがいなく鄧州張叔夜の幕府である。跋文は建炎元年七月、四道都総管兵が罷められた後に書かれた。だから「前」と言っているのである。また荘綽の南渡は、鄧州から出発し、彼が勤王軍には参加しなかった可能性が比較的大である。説明を要するのは、かりに大観元年から起算して建炎南渡までだとすると、ちょうど二十年である。荘綽の政治活動も、これほど寥々たる数項にとどまるはずはなく、更に大観元年に荘綽が三十歳前後だったという必然性もない。つまり、この間に文献不足からくる遺漏があったに相違ない。

四、南渡のルート

荘綽は建炎元年秋に南下したが、それは『雞肋編』の「金剛経之效応」条に記載がある。

「建炎元年秋、余、穰下（今河南鄧県）より許昌に由りて以って宋城（今河南商邱県）に趨く。幾千里、復た雞犬無く、井は皆な尸を積みて飲む可き莫し。塑像、尽く胸背を破られ、以って心腹中の物を取らる。殯せんとするも完柩無く、大逵は已に蓬蒿に蔽われ、菽粟梨棗も亦た人の采刈する無し。咸平（今河南通許県）の僧舎に至るに、金剛経一蔵有り……家人が輩、私に其の三巻を携えて以って来たる。

…欧陽延世慶長と二弟と、海陵より常熟を過ぎ、相遇して偶話す。」

荘綽の最初の計画では、たぶん商邱へ向かい高宗政権に出頭報告する目的であったが、当時の兵荒馬乱の形勢に迫られ、彼はどうしても商邱に停留できず、当時の多くの地方官と同様にあわてて東下したようである。かりに荘綽が商邱へ行って出頭報告するつもりが無かったとすれば、彼は鄧州から南へ向かい、漢水沿いに襄陽をへて武昌に下ったはずである。彼が嘗つて摂襄陽尉であったことを忘れてはならず、このルートについては熟知していた。彼はまた郟県から東に向かい、汝河沿いに淮河に入り、更に東走することができた。荘綽は曾つて順昌に任官し、父は若い頃に淮南転運副使であったし、このルートも荘綽が不案内のはずはない。その上、当時の軍事情勢を考えると、後の二つのルートは前者と比べてはるかに安全だったはずである。だから荘綽が宋城に向ったのは、主に政治的配慮からであった。当然、この期間に、荘綽が通りすがりに許昌の家に立ち寄ったということを排除できない。ただし、それらしき兆候があったとしても、許昌は兵火の前夜で、荘綽一家はすでに無事に陽翟（今河南禹県）の善財寺中に撤退していた。それに、たとえこうした要素があったとしても、彼はそれでも許昌をへて潁河沿いに阜陽へ行くことができたであろうか?

荘綽『灸膏肓腧穴法』跋も南下につき言及するが、途中で大病に見舞われたといっている。「余、許昌にて夷狄の難に遭いて自り、憂労艱危・衝冒寒暑、地を避けて東下し、丁未八月、泗濱に抵り、痎瘧を感ず。既に琴川に至り、医に妄治せられ、栄衛衰耗す。」

按ずるに、丁未は建炎元年、琴川は常熟である。上述の通り、莊綽はたしかに鄧州から出発し、許昌・通許をへて商邱に到着し、この間は陸路であったことが判る。宋城が古汴河のほとりにあることから、商邱以降は船に乗って淮に入ったとすべきで、ついで大運河に進入したのである。おそらく莊綽は家族をつれて南遷したため、家人の同行に言及しているのである。

莊綽は建炎元年秋から三年春まで、ずっと常熟に住んでいたようで、差遣は無かった。三年七月、「平江府（ここは辺珣とその子孫が居住していた処）長洲県彭華郷高景山北の張氏舍に寓居し」、八月か九月に江を渡って浙東へ赴いた。莊綽の建炎以降の政治生活は、彼が浙江に到達した以後から説き起こすべきである。ただ、同年末に高宗は金兵に追われて海上へ出、皇太后は六宮をつれて虔・吉一帯に逃げのびた。莊綽には、両者の事跡についての記載はあるが、その中から彼の足跡を窺い知ることはできない。莊綽が太后の事を記すのは追記である。高宗の航海の記録は、寄港した岸辺で執政を船上で謁見したさいのものである。其の間、呂頤浩、范覚民の戯語を取り上げているが、実際に直接見聞したようである。従って、確実性の度合からして、莊綽も海上に漂泊した経験があったのであろう。

五、紹興年間の官歴

①莊綽通判建昌軍

『要録』巻四三紹興元年四月甲戌に「朝奉郎新通判建昌軍荘綽の言を以って竜州等の州県名を復す」とあり、『続通鑑』にも同様の記事がある。『会要』方域六はこの事を記載するが、荘綽の名前はない。しかし、『宋史』巻二六高宗紀は、紹興元年夏四月呂頤浩が統制官閻皐・通判建昌軍蔡延世を遣わし、李敦仁を襲撃したことを記す。ただし、荘綽は通判建昌軍にずっと着任してはおらず、蔡延世もいままで通判建昌軍ではなかった。『宋史』巻二五建炎三年十一月癸酉によれば、帝が明州（今浙江寧波）へゆき、金人が建昌軍を侵犯した。兵馬監押蔡延世がこれを撃退している。

蔡の本務は兵馬監押であって、実際この時、彼は建昌軍も支配下においていた。『続通艦』巻一〇六にはこれにつき詳細な記事がある。「金人、建昌軍を攻む。是より先、金既に撫州を破り、人を遣わし檄を賚らし降を諭す。守臣方昭、軍民の脅かす所と為るを慮り、印を以って承事郎・通判軍事晁公邁に授けて去る。未だ幾ならず、公邁も亦た募兵を以って詞と為して出づ。衆、承信郎・兵馬監押蔡延世を推して守らしむ。」

蔡延世は建昌軍の人で、故土を守って抗戦し、来犯の敵を撃退し、晁公邁も帰ってきた。ただし、延世は拒んで納れず、遂に自身で軍事を支配した。『建昌府志』は、其れ兵馬監押の権を以って軍事を領す、と称す。宋政権はこうして一人で軍事を支配する人物に対しては、当然それほど安心はしなかった。紹興元年九月承事郎蔡延世は二官を特進し、十月の蔡の肩書は「士居宣教郎」であった。紹興二年閏四月になって、蔡は右通直郎新簽書鎮江軍節度判官庁公事から通判太平州に改められたが、この時点に及んでやっと蔡延世は通判軍州事となったのである。従って、紹興元年蔡延世が通判建昌軍であるという表記は、研究の余地がある。

建昌軍の士兵は頗る戦闘力を備えていたが、同時に「問題を引き起す」伝統があったことは、記載中の「叛卒」に饒青・姚達・黄琮・余照等が含まれていたことに表われており、この時点で知建昌軍に朱芾・劉滂等もいたのである（『要録』『浮溪集』『北山小集』参照）。かりに、荘綽がこうした多事の地方で通判だったとしたら、文献上にみえないのは有りえないことである。要は、通判に除せられたかもしれないが、決して着任はしなかったのである。荘綽自身も述べているが、南宋は地方政権となり、官員は多いがポストは少なく、諸州のうち優良な処は現任者と待闕者が常に四、五人はいた。『雞肋編』の記事は、紹興元年前後の行在の事情を多く扱っており、作者は臨安にいたとすべきである。

②東南安撫制置使司参謀官

『天台続集別編』の「建炎丞相成国呂忠穆公退老堂詩」では、荘綽の署名は、「右朝請郎充江南西路安撫制置使司参謀官」である。後人はこれにつき少なからざる誤解がある。『儀顧堂題跋』巻八に「荘綽建炎中累官して右朝請郎充江南西路安撫使参謀官となり、二年に朝奉郎都総官同幹辦公事となる」と。『四庫全書総目提要補正』も同じ。「雞肋編の作者とその価値」（張公量著「国聞周報」所収）は、「建炎間、呂忠穆公、退老堂を建て、名人、これが題詠をつくり、荘氏も参預した。其の詩末に、朝請郎充江南西路安撫制置使参謀官と署している」とのべる。

建炎元年七月末は高宗が四道総管兵を廃止した時で、これは荘綽が『膏肓腧穴灸法』に跋文を付した時でもあり、「前南道都総管同幹辧公事」と自称する根拠となっている。同時に荘綽が閑居したことを説明している。ただ、建炎元年七月以前の肩書を使って体面を保つしかなかったのである。従って、荘綽を「都総管同幹辧公事」としたのは、何と言おうが建炎二年であるはずがない。荘綽が「建炎中、右朝請郎に累官し、江南西路安撫使参謀官に充てられた」と説うのも不確かである。実際は、これは紹興三年以後の事とすべきである。

『雞肋編』巻下に呂元直退老堂の事をこう記している。「呂丞相元直、使相を以って宮祠を領し、天台に卜居し、堂を作りて退老と名づく。毎に少陵の〝窮老真に事無く、江山已に居を定む〟の句を誦して以って自況す。時に詩を賦する者《は》百数。李伯紀、職は大観文（＝観文殿学士）、官は銀青（＝銀青光禄大夫）、帥は福唐、亦た寄題二篇。」「詩を賦するは百数」とあるが、幸運にも、これらの詩はすべて残されており、『天台続集』中に収められている。その中には荘綽本人の詩も含まれ、「右朝請郎充江南西路安撫制置使司参謀官」の落款である。李綱の詩は第一位に序せられ、観文殿大学士・左銀青光禄大夫・提挙西京嵩山崇福宮と署せられている。李綱が提挙崇福宮だったのは紹興三年のことであり、よって李綱の詩は紹興三年の作である。荘綽の江南西路安撫制置使司は紹興三年に置かれ、当時趙鼎が端明殿大学士・江南西路安撫大使兼知洪州でもって、江南西路安撫制置大使知洪州となっていたことは、黄彦平『三余集』の「東南安撫制置使庁記」が専らこの件を記述している。従って、荘綽が江南西路安撫制置使司参謀官に任ぜられたのは、最も早くとも紹興三年九月以降である。

呂元直は晩年成国公に封ぜられ、卒して忠穆と謚されている。従って、『天台続集別編』の詩の総題は明らかに後人の手が加えられており、それが荘綽在任時のものであると判定する根拠とはならない。逆に、結局は詩人の署款を利用して贈詩の年代を考定できるわけである。退老堂に至っては、建炎に建てられたのかどうかも問題である。なぜなら、呂元直は建炎四年には罷めて醴泉観使となっており、しばらくして起用され、またまた紹興三年九月に提挙洞霄宮となっているからである。もし李綱・荘綽が贈詩した時期から考えれば、かの退老堂は呂元直が提挙洞霄宮であった時に建てられたとするのが合理的である。

『雞肋編』はこう記す、「紹興四年十二月二十九日三十日、洪州大雷雨を連ね、雨雪沍寒なり」と。江南西路は洪州・江州・虔州・吉州・撫州・瑞州・興国・南安・臨江・建昌等を管轄していたので、『雞肋編』中にこれらの地方事情が頻見するのは決して不思議ではない。

③南雄州での執務

荘綽は紹興六年に南雄州知州となり、八月二十四日には執務している。このことは『雞肋編』中にはっきりと記されている。『雞肋編』は更に作者が紹興七年に桂陽に現われ、「周府君功勲記銘」を記したとし、南雄にいたことを説明している。当時の南雄州の治所は保昌県であって、ために荘綽は「保昌郡の賜名」を請求している。

南雄州の地は北江の上流にあり、南行すれば広州に達し、北へ向って梅関を過ぎれば灨水流域である。ここは広南の貿易商品と貢品とが必ず経由する地であった。『雞肋編』は多くの項目を使って広南の異俗を記述しており、作者が南雄に出守して以降、広東・広西に出向いて考察したことが証明できる。

④守鄂州は紹興八年以後とすべきである。

荘綽と同時代の程俱の『北山小集』に「送荘大夫綽赴鄂州守」詩があって、「空羨漆園三十篇」句の下に注がある。「季裕『本草蒙求』三巻を著す。頗る工なり」と。荘綽『雞肋編』中にも『本草蒙求』を著したという記載があり、従って、鄂州を守した荘綽は『雞肋編』の作者にほかならない。

張公量は程の詩「白首同《とも》に経たり本命の年、君、方面に臨み、我れ田に帰る」にもとづき、荘綽が鄂州を守したのは宣和間とみなした。その理由は、程俱は二度田に帰っており、一度は宣和もう一度は建炎だからである。季裕は建炎中に東南参謀官〔誤。前に証明ずみ〕に任じ、平江に出掛けていた。ために鄂を守したのは宣和間とする。張説には不確かな点がある。

第一、程俱が職を罷めて田に帰ったのは、ずっと多くて二回に止まらない。たとえば、彼が紹聖四年呉江県主簿在任中、上書して時政を論じた折りに罷めて帰っている。その後、宣和三年・五年・七年、建炎四年といずれも罷めて帰っており、最後の罷職は紹興二年二月二十二日（農暦）の提挙江州太平観である。ただ程俱は決して江州へは行っておらず、「気儘に暮しており」、その日は杭州を離れて本貫の衢州開化県に戻っている。しばらくして病気となり、紹興十四年に病没しており、出仕はありえない。程俱行状によれば、彼は建炎以前は東南で任職することが多く、荘綽と交流する機会はそれほどはなかった。

第二、宣和年間、荘綽は西北で任職しており、紹興三年はたんなる右朝請郎、いわゆる員外郎であった。朝奉大夫以上が正郎なのである。程俱は荘綽が「大夫」であるというが、それは紹興三年以後の事とすべきである。

第三、『雞肋編』が鄂州の事にふれ、年代のはっきりしているのは以下の通り。「紹興八年、余鄂州に在りて、岳侯軍を見るに、月に銭五十六万緡を用う」「紹興九年、歳己未に在り、秋冬の間、湖北の牛馬皆な疫す、…鄂州界の獐・鹿・野豬・虎・狼皆な死し、蛇虺に至るまで亦た路に僵仆す。」時期はすべて八・九年のことである。従って、荘綽が鄂を守したのは紹興八〜一〇年の間とすべきである。

鄂州は荊湖北路の江防の要塞で、川陝と江西の結節点にあり、北に向かえば中原への孔道にあたり、南は荊湖南路の門戸である。南宋の金に対する半月形の前線にあたり、鄂州の戦略的地位は重要で、一般の州郡とは比較できないほどである。注意すべきは、紹興八年九年は正しく岳飛が鄂州を経営していた時期で、十年は岳飛が大挙反攻に転じ、中原に兵を進めたことである。荘綽はこうした重要な時期に、鄂州という重鎮に出守した。当然、偶然の一致とは解釈できない。

荘綽と岳飛との関係は、たぶんかなり深かった。『雞肋編』には何人かの中興大将についての記述があり、劉光世のことを「其の先は夏人なり」つまり夷狄と称している。「張太尉鉄頷」を「世に廉恥なく人を畏れざる者を謂いて鉄頷と為す」といっている。王四廂のことは「至る所、輒ち負敗し未だ嘗つて成功せず」と、楊沂中は常に行在に従う、といっている。韓世忠は軽薄な儒子で、なおかつ「幾乎賞」を受領していたとする。ひとり岳飛に対してだけ冷やかしの言辞がない。岳飛が犠牲になった後も、『雞肋編』は相変わらず「岳侯」という表記を用いており、両者の関係をよく表わしている。更に荘綽は他と同時代の秦檜についての記述をみると、まさに秦檜勢力が飛ぶ鳥をも落とす勢いの時期に、荘綽は他人の口を借りて、「己を屈して以って講和するに、和未だ決せず。国を傾けて以って兵を養うに、兵愈々驕れり」といっている。荘綽の感情・愛憎のあり方は、これで十分明確である。

秦檜に関する右の話材は、荘綽が李光・秦檜関係を記述するさいにも引用されている。李光の事は紹興九年十二月に起っており、廖剛が追放されたのは十年六月のことで、これらの事情は荘綽の任地鄂州に伝えられたが、ほんの短い時日のことであった。これらの文字は、おおむね岳飛が犠牲となった時期の直前直後に書かれた。『雞肋編』中で、外敵が中国に侵入し、人民がうろたえ流離し、防備は惨痛を極めていたことが記されているのは、当時の民族存亡の秋と国難が差し迫っている日々を窺うには十分である。荘綽は主戦派の立場に立っていた。『四庫全書総目提要』が綽を誣して和議の主唱者とするのは、明らかに事実と反する。

荘綽が鄂を守した時の政績で唯一考証可能なのは、宋人胡宏が劉信叔に与えた書に見える。「荊湘間、主戸の客戸を愛養するを知らず、客戸力微にして赴きて訴うる所無き者有り。往歳、鄂守荘公綽朝に言いて請う、土田を買売するに客戸を契書に載するを得ざらしむるは、其の自便なるを聴さん、と。朝廷、其の説を頒行す。湘人羣起して竊に議す、荘公の請を咎めざるは莫し、と」(『五峰集』)。按ずるに、契約形式に表現された租佃関係は、宋代ではすでに広く発展しており、それは魏晋以降の部曲制とは異なるが、しかしなお濃厚な封建的束縛と人身の依附性とを帯びていた。従って、主・客戸間の矛盾は、常に宋代の統治者の頭を悩ます問題であった。荘綽の建議は疑いもなく主戸の客戸に対する支配を制限し、生産力の発展に利するものであった。

⑤守筠州

黄彦平「高安郡門記」は専ら荘綽の守筠の事をのべている。「守筠の初年は紹興十二年なり。朝庭寧《ママ》謐にして、礼文の遺軼に暇有り。時に南雄州治は保昌県、因りて其れ保昌郡と賜名されんことを請う。荘侯言う、江西の七州四軍、其の六州は郡名有り。而るに筠は有る無し。願わくは、所治の県名に即して高安郡と為し、南雄に視べて以って幸なること一方なるを得ん、と。財物の廃する所無く、恩数の加うる所無きなり。事、監司に下し、誠然を度らん。明年正月、制して可と曰う(『五峰集』)。『要録』によれば、郡額を賜わった具体的時期は十三年正月十七日である。『会要』方域六と『輿地紀勝』巻二七も筠州に郡額を賜わった事を記している。ただし、『江西通志』は前記の書物と異同があり、「荘綽朝奉大夫、筠州を知するは、府志に紹興十一年任と。」

西暦一〇七九年に孫沔が死ぬ。もしその時に荘綽が生まれていたら、紹興十三年は六十五歳前後で、すでに老年である。荘綽は守筠の任で終ったのか、それとも任満で致任したのか？　史書に明文がなく、疑問のままとするほかない。ただ、紹興十三年以降は荘綽の事蹟は缺落しており、それほど多くはなかったであろう。按ずるに、『幼幼新書』は紹興二十年に刊刻されており、その巻四〇「近世方書」は荘綽の医書三種を収める。知筠州荘公の子、監潭州都作院念祖泉伯と名のれるのは、紹興十三年以後つまり知筠州以後であり、荘綽はその他の職務にはつかなかったのである。しかも、荘綽の著述はすべてその子の処にあり、彼が物故していたことを証明しているようだ。本当にそうなら、荘綽の卒年は紹興十三年から十九年の間とすべきで、つまりは彼の最高年令は七十歳を越えることはありえない。

六、著　述

荘綽の生涯での見聞は非常に豊富であるが、著作もとても多かった。『雞肋編』以外で現在判明している書名は以下の通り。

『杜詩援証』已佚。『雞肋編』中に杜詩を多く引用する。李・杜の詩文の条は作者が杜詩についての研究の深さを説明している。荘綽が李白集「魯郡東石門送杜二子」詩の脱文を校定した条も非常に精彩を放っている。

『筮法新儀』已佚。薛季宣『浪語集』に序がある。

『本草節要』已佚。『宋史』芸文志・『直斎書録』『中国医籍考』に著録がある。『儀顧堂題跋』は『本草備要』とする。『北山小集』は荘綽が『本草蒙求』三巻を著したといい、『雞肋編』にも『本草蒙求』を著したという記載があるが、おそらく本書であろう。

『明堂灸経』『儀顧堂題跋』は二巻とする。已佚。

『膏盲腧穴灸法』『宋史』芸文志巻二〇七荘綽『膏盲腧穴灸法』二巻、『中国医籍考』は「存」と註す。荘綽『膏盲腧穴灸法』跋に「建炎二年二月二十二日」署すが、跋文にはこうある。「丁未（元年）八月、渭浜（泗浜が正しい）に抵り痎瘧を感ず。既に琴川に至り、医に妄治為《せ》られ、栄衛衰耗す。明年春の末、尚お浮腫腹脹に苦しみ、気促《せま》りて食する能わず。而して大便は利、身足は重痿、杖して後ち起つ。陳了翁の家医を得て、専ら為めに灸膏盲腧し、丁亥自り癸巳に至るまで三百状を積みて之れを灸す。次日即ち胸中の気は平、腫脹倶に損じ、利止まりて食進む。甲午、已に能く肩輿にて出謁す。」病が癒えてから、「医経の異同を考し、参ずるに諸家の説を以ってし」、膏盲腧穴灸法を撰写す。こうして、この書は建炎二年に成ったが、実はそれが問題である。なぜなら、「明年春の末」といえば、当然二年三月である。按ずるに建炎二年三月は乙酉が朔で、丁亥は三日、癸巳は九日、甲午は十日となる。疾病の治療が三月であれば何ら疑問は起らない。しかし、荘綽は書を著したのは病が癒えてからと説明し、同時にこの作業は十分に真剣に行われた、と。書は病気治療の前のはずである。つまり、落款の二年は三年とすべきである。また別の一側面であるが、荘綽は建炎元年秋から三年春まで差遣についていなかったことが判る。

『膏盲腧穴灸法』については、最初、紹興二十年に潭州（治所は長沙）で『幼幼新書』に収められ刊行された。同時に該書に収録されたものに、荘綽手集の『脉法要略』と『荘氏家伝』とがある。その後、『膏盲腧穴灸法』だけが流伝した。ただ、『幼幼新書』によらないで、『針灸四書』だったとしたら流伝は可能であった。『愛日精廬蔵書志』の竇桂芳『針灸四書』序によれば、該書は元の至大辛亥、つまり南宋滅亡の三十二年後に刊行された。明成化年間の刊本があり、後に日本に流入している。清編修『四庫全書』もこの書を収めていない。荘綽『膏盲腧穴灸法』を著録する書目は存在する。『文淵閣書目』『箓竹堂書目』『宝素堂蔵書目録』『聿修堂蔵書目録』『経籍訪古志』『図書寮漢籍善本書目』等である。

『脉法要略』　已佚。前出。

『荘氏家伝』　已佚。前出。

宋以前の医書を按ずるに、一般分脉法・本草・針灸・瘡瘍の四類のうち、瘡科を除けば、荘綽にはいずれも専著がある。彼の医学方面での造詣はとても深い。

七、荘綽の学風

宋の元豊以後、全国の行政区画は二十三路で、後に徽宗時代に京畿路が加わり、計二十四路となった。『雞肋編』及び其の他の資料で明らかなことは、うち七路は荘綽の足跡がないが、それ以外の十七路には出向いている。当時、こうした経歴は大したものである。更に貴重なのは、彼はあらゆる機会を利用して、実地に前人の記録を考察し、古籍の記述を検証し、同時に随時場所を問わず民風民俗に意を注いだことである。おそらく、これこそ荘綽の特長だし、ある意味では『雞肋編』の特長でもあった。

荘綽は『雞肋編』中でまじめに調査・考証をつくし、軼聞・旧事を記述し、瑣屑を厭わずに、頗る点画必校・毫釐必辨の意欲を示した。ために前人は「好んで物怪・瑣事を述ぶ」と疵《そし》った。しかし、それはまさしく荘綽の特長から離れて『雞肋編』を見たのであり、正確でも全面的でもないといわざるをえない。先述の通り、『雞肋編』は神異報応の記載が多く、それは時代の風潮であるし、作者の親族の影響でもある。ここで再度数条の小項目を分析して、荘綽の学風と『雞肋編』の価値をみることにしたい。

『雞肋編』巻下「韶州に漢の隷書「周府君功勲記銘」有りて曰く「諱璟、字君光、下邳の人。熹平二年、桂陽守と為り、昌楽瀧を開きて舟人の利と為し、連州に廟食せらる」と。而るに碑は曲江郊外に在りて、風日の剝ぐ所と為り、紹興七年、始めて城中に遷さる。其の後、太和九年云云と刊し、字は今体に作る。太和の号を按ずるに、乃ち魏明・晋廃・後魏孝文・石勒・李勢皆な常《か》つて以って年に名づくるも、四は其の正朔の及ぶ所に非ず。晋太和の歳数は未だ嘗つて九に至らず。疑うらくは唐文宗の太和重刊の碑なり。熹平二年自り太和九年に至るまで、已に六百六十三歳なり。又た紹興丁巳（七年）に至るまで凡そ九百三十五年なり。其の本刻の若きは、字画是の如きの完なる能わざるなり」。

こうした事柄を記載したのは、どういう意図があったのか？　もともと周府君の碑は宋代では非常に有名で、欧陽修『集古録』・曾鞏『元豊題跋』のどちらにも記載がある。ただし、欧陽修はたんに「使君、字は光にして、名は已に缺訛せり」と述べるだけである。後に人は彼の名を「憬」とするが、欧《ママ》が二度にわたって見たのはいずれも模糊としてはっきりしない碑帖であった。従って、いわば非常に判りずらかったのである、曾鞏は『曲江県図経』の説にもとづいたが、正確ではなかった。ただ、荘綽は実物を見ており、文字は多くはなかったとはいえ、はっきりと周の名字・籍貫・任職の具体的年代等を伝えており、同時に碑が唐人の翻刻したものであると判定している。季裕・永叔・子固三者の記録は、互いに補完的効果があり、価値の高下は判然としない。荘綽は欧陽修・曾鞏の著作を熟知しており、欧陽修の子孫とも交流があり、両家の題跋を彼が知らないはずはない。ただ、彼は行文の中で前人の疏略を明確には指摘しなかった。それは彼が軽々しく人の文章を論じなかったからに他ならない。

　荘綽の学問は非常に真摯で慎しみ深い。彼は「もし万巻の書を記《おぼ》えていなければ、未だ軽々しく人の文章を議すべきではない」という。ただ、そうだからこそ、少しでも疏忽であれば、彼の記録した事情のもつ価値は認識できない。

韓愈の詩「丘墳満目、衣冠を尽くす」を朱熹は校して「墳は或いは園と作せ」と。墳と園は一字の違いだが、関係するところは大きい。実は『雞肋編』はこの件をいち早く研究している。「退之の昭王廟詩、今、集中皆な〝丘原満目〟と作す。余、親しく宜城祠に到り、刻して〝丘墳〟と為すを見たり」と。一字のために、こうした多大の工夫をこらし、かつ疑義を残して改めないのは、荘綽が校勘学の原則をよく知っていることを物語っている。宋人の校書の風潮は盛んで、字形を考定し、字音を辨証することは、校勘の重要な内容であった。それゆえ、ほかの宋人筆記と同様に、『雞肋編』でもこの方面での文字が多い。考証も精彩を放ち、甄字の読み方の資料として、日本人諸橋轍次編『大漢和辞典』は『雞肋編』を使っている。

正史の記載は一般的には非常に穏当であるが、筆記野史のそれはかなり自由である。前者だけ読み後者に目を通さないのは、往々にして全貌に迫れない。『宋史』刑法志に「天下疑獄の讞、決する能わざるもの有らば、則ち両制大臣若《も》しくは台諫に下して雑議せしめ、其の事の大小を視て、常法無く、しかして有司論駮せる者、亦た時に有り」とあり、非常に慎重なようだ。実は大きな謬りで、そうではない。『雞肋編』巻中にこうある。

「凡そ天下の獄案の讞、其の状は前に方寸の紙を貼る。当筆の宰相之れを視て、其の上に書写す。房吏、案詞の大略を節録し、判ずる所の旨を具して刑部に付して施行す。人命に繫わること百数と雖も、亦た一二字を以って決を為す。「上」字を得たる者は則ち皆な貸《ゆる》す。「下」字なる者は並《み》な法に依る。「中」字は則ち奏請して軽重する所有り。「聚」は則ち左右相兼ぬる所の省官に随いて商議す。「三聚」は則ち三省を会して同に議す。此の数字に過ぎざるのみ。此れ豈に化筆を為す所以歟！」

政治の腐敗・人命の軽視は駭然たるものであった。荘綽の父親が成都提刑となったことは、『雞肋編』の刑法関係の資料で信憑性がある。

当然、『雞肋編』所載のいくつかの内容は、今日からみれば、それほどの価値はない。たとえば、高保衡等の人々が校定した医書を扱い、烏雞の類の頸を切って血を採取し薬に煎じるというが、荘綽は「真人の用心を失う」と力説し、それは『本草蒙求』注や『雞肋編』に掲載されているが、陳腐で笑止の沙汰である。ただし、作者はいいかげんではなかったことは見《わか》る。総体的にいえば、『雞肋編』の記事は採るべきものが多い。たとえば、『養柑蟻』は生物防治資料であり、「臨終身縮」は現在までなお医学上の未解決の課題である。陝西で糧を地下に蔵し、麦をその上に種く方法は、解放戦争中の根拠地で群衆が相変らず用いていた。

荘綽は『雞肋編』の前言で、雞肋の含義につき解釈を施しており、いくぶん謙遜の言辞を用いているが、身の程をわきまえた聡明さが目立つ。彼の態度は厳粛であり、『雞肋編』の記述も真面目である。こうした態度と作風は今でも価値が高い。

57

春秋學用語集

岩本憲司著　「春秋学」という称謂は、例えば「経済学」のような、現在行われている学問、言い換えれば、我々自身の営為を呼ぶものとは、本質的に異なる。もし、経済学と同じレベルの言い方が必要とされるならば、〝我々のなすべきことは「春秋学」学である〟と言わねばならない。つまり「春秋学」とは、学問そのものではなく、学問の対象を指す言葉なのである。かくて、このような意味での春秋学の用語を集めたものが本書である。また、著者の前著『春秋穀梁伝范甯集解』・『春秋公羊伝何休解詁』・『春秋左氏伝杜預集解　上・下』の四冊の改訂を兼ねている。本書は、春秋学の用語のうち、一般的ではあるが陳腐でないものを集めて掲げ、辞典風に簡潔な解説を附した「一般篇」と、普通の語学的アプローチではなかなか明らかにし難い春秋学の特殊用語について、「春秋学」学の立場から、専ら論理的に分析を試みた「特殊篇」で構成される。

【内容目次】

▼284頁／定価3150円

58

台湾拓殖株式会社の東台湾経営

――国策会社と植民地の改造――

林玉茹著　森田　明・朝元照雄訳　本書は、一九三七～四五年の国策会社である台湾拓殖株式会社（以下、台拓）の、東台湾の経営メカニズム、農林事業、移民事業および投資事業を分析したものである。台湾総督府は戦時国防資源の需要のために、如何にして台拓を通じて、植民地辺地に位置する東台湾の積極的な開発を実施し、それによって、新興軍需産業が形成されるに至ったかを解明したものである。台拓の東台湾での投資は、東台湾が日本帝国の全体の戦略的配置の中で一席の地位を占め、東台湾の熱帯栽培での経験をさらに進んで華南、南洋に技術を複写・移転し、熱帯地域の台湾が日本帝国での位置の特殊性を反映していた。他方、国策会社・台拓の東部の経営は、軍国主義日本の経済の統制化、計画化および工業化に合わせて、戦争と植民地辺地の資本主義化、経済の近代化との連結過程をあらわしたことである。戦時東部の産業開発では「植民地の飛び地経済」と「植民地の遺産」の両面性を持っていた。

【内容目次】

▼404頁／定価5775円

48

出土文物からみた中国古代

宇都木章著　中国の古代社会を各時代が残したさまざまな「出土文物」を通して分かりやすく解説する。本書はNHKラジオ中国語講座テキスト「出土文物からみた中国古代」を再構成したものである。

▼256頁／定価3150円

49

中国文学のチチェローネ

――中国古典歌曲の世界――

大阪大学中国文学研究室　高橋文治（代表）編　廓通いの遊蕩児が懐に忍ばせたという「十大曲」を案内人に、中国古典歌曲の世界を散策する。

▼300頁／定価3675円

50

山陝の民衆と水の暮らし

――その歴史と民俗――

森田　明著　新出資料を用い、歴史的伝統としての水利組織の実態を民衆の目線から解明する。

▼272頁／定価3150円

51

竹簡が語る古代中国思想（三）

――上博楚簡研究――

浅野裕一編（執筆者＝浅野裕一・湯浅邦弘・福田哲之・福田一也・草野友子）好評既刊（汲古選書42・46）に続く第三弾。『上海博物館蔵戦国楚竹書』第七分冊を中心とした研究を収める。

▼430頁／定価5775円

52

曹雪芹小伝

周汝昌著　小山澄夫訳　『曹雪芹小伝』本文三十三章・付録三篇の全訳。『紅楼夢』解明に作者曹雪芹の研究が必須であることは言を俟たない。本書では章ごとに訳者による詳細な注が施される。原著・原注はもとより、この訳注が曹雪芹研究の有益な手引きとなる。伊藤漱平跋。

▼口絵4頁／620頁／定価6300円

53

李公子の謎 ―明の終末から現在まで―

佐藤文俊著　「李自成の乱」の大衆の味方〝李公子〟とは一体何者か。伝承発生当時から現在までの諸説を整理し、今後の展望を開く。

▼248頁／定価3150円

54

癸卯旅行記訳註 ―銭稲孫の母の見た世界―

銭単士釐撰　鈴木智夫解説・訳註　『癸卯旅行記』とは、近代中国の先進的女性知識人銭単士釐（せんたんしりん）が二〇世紀最初の癸卯の年（一九〇三年）に外交官の夫銭恂とともに行った国外旅行の記録である。

▼262頁／定価2940円

55

政論家施復亮の半生

平野　正著

中国において一九九〇年代末より政論家施復亮が注目されるようになった。ここに施復亮の一九二〇年代から四〇年代における思想とその変化を明らかにする。

▼200頁／定価2520円

56

蘭領台湾史 ―オランダ治下38年の実情

林田芳雄著　三八年間に亘るオランダの統治下にあった台湾島のありのままの姿と、台湾原住民のさまざまな出来事を原住民の視点から捉え、草創期の台湾史を解明する。

▼384頁／定価4725円

39
中国の文章——ジャンルによる文学史

褚斌杰著／福井佳夫訳　中国における文学の種類・形態・様式である「ジャンル」の特徴を、各時代の作品に具体例をとり詳細に解説する。本書は褚斌杰著『中国古代文体概論』の日本語訳である。

▼340頁／定価4200円

40
図説中国印刷史

米山寅太郎著

静嘉堂文庫文庫長である著者が、静嘉堂文庫に蔵される貴重書を主として日本国内のみならずイギリス・中国・台湾など各地から善本の図版を集め、「見て知る中国印刷の歴史」を実現させたものである。印刷技術の発達とともに世に現れた書誌学上の用語についても言及する。

▼カラー8頁／320頁／定価3675円　好評再版

41
東方文化事業の歴史——昭和前期における日中文化交流

山根幸夫著　義和団賠償金を基金として始められた一連の事業は、高い理想を謳いながら、実態は日本の国力を反映した「対支」というおかしなものからスタートしているのであった。著者独自の切り口で迫る。

▼260頁／定価3150円

42
竹簡が語る古代中国思想——上博楚簡研究

浅野裕一編（執筆者＝浅野裕一・湯浅邦弘・福田哲之・竹田健二）これまでの古代思想史を大きく書き替える可能性を秘めている上海博物館蔵の〈上楚楚簡〉は何を語るのか。

▼290頁／定価3675円

43
『老子』考索

澤田多喜男著

新たに出土資料と現行本『老子』とを比較検討し、現存諸文献を精査することにより、〈老子〉なる名称の書籍は漢代のある時期から認められる。少なくとも現時点では、それ以前には出土資料にも〈老子〉なる名称の書籍はなかったことが明らかになった。

▼440頁／定価5250円

44
わたしの中国——旅・人・書冊

多田狷介著

一九八六年から二〇〇四年にわたって発表した一〇余篇の文章を集め、三部（旅・人・書冊）に分類して一書を成す。著者と中国との交流を綴る。

▼350頁／定価4200円

45
中国火薬史——黒色火薬の発明と爆竹の変遷

岡田　登著　火薬はいつ、どこで作られたのか。火薬の源流と変遷を解明する。口から火を吐く火戯「吐火」・隋代の火戯と爆竹・唐代の火戯と爆竹・竹筒と中国古代の練丹術・金代の観灯、爆竹・火缶……。

▼200頁／定価2625円

46
竹簡が語る古代中国思想（二）——上博楚簡研究

浅野裕一編（執筆者＝浅野裕一・湯浅邦弘・福田哲之・竹田健二）好評既刊（汲古選書42）に続く第二弾。『上海博物館蔵戦国楚竹書』第五・第六分冊を中心とした研究を収める。

▼356頁／定価4725円

47
服部四郎　沖縄調査日記

服部　旦編・上村幸雄解説　昭和三十年、米国の統治下におかれた琉球大学に招聘された世界的言語学者が、敗戦後まもない沖縄社会を克明に記す。沖縄の真の姿が映し出される。

▼口絵8頁／300頁／定価2940円

29

陸賈『新語』の研究

福井重雅著

秦末漢初の学者、陸賈が著したとされる『新語』の真偽問題に焦点を当て、緻密な考証のもとに真実を追究する一書。付節では班彪『後伝』・蔡邕『独断』・漢代対策文書について述べる。

▼270頁／定価3150円

30

中国革命と日本・アジア

寺廣映雄著　前著『中国革命の史的展開』に続く第二論文集。全体は三部構成で、辛亥革命と孫文、西安事変と朝鮮独立運動、近代日本とアジアについて、著者独自の視点で分かりやすく俯瞰する。

▼250頁／定価3150円

31

老子の人と思想

楠山春樹著

『史記』老子伝をはじめとして、郭店本『老子』を比較検討しつつ、人間老子と書物『老子』を総括する。

▼200頁／定価2625円

32

中国砲艦『中山艦』の生涯

横山宏章著　長崎で誕生した中山艦の数奇な運命が、中国の激しく動いた歴史そのものを映し出す。

▼260頁／定価3150円

33

中国のアルバ—系譜の詩学

川合康三著　「作品を系譜のなかに置いてみると、よりよく理解できるように思われます」（あとがきより）。壮大な文学空間をいかに把握するかに挑む著者の意欲作六篇。

▼250頁／定価3150円

34

明治の碩学

三浦　叶著

著者が直接・間接に取材した明治文人の人となり、作品等についての聞き書きをまとめた一冊。今日では得難い明治詩話の数々である。

▼380頁／定価4515円

35

明代長城の群像

川越泰博著

明代の万里の長城は、中国とモンゴルを隔てる分水嶺であると同時に、内と外とを繋ぐアリーナ（舞台）でもあった。そこを往来する人々を描くことによって異民族・異文化の諸相を解明しようとする。

▼240頁／定価3150円

36

宋代庶民の女たち

柳田節子著

「宋代女子の財産権」からスタートした著者の女性史研究をたどり、その視点をあらためて問う。女性史研究の草分けによる記念碑的論集。

▼240頁／定価3150円

37

鄭氏台湾史—鄭成功三代の興亡実紀

林田芳雄著　日中混血の快男子鄭成功三代の史実—明末には忠臣・豪傑と崇められ、清代には海寇・逆賊と貶され、民国以降は民族の英雄と祭り上げられ、二三年間の台湾王国を築いた波瀾万丈の物語を一次史料をもとに台湾史の視点より描き出す。

▼330頁／定価3990円

38

中国民主化運動の歩み

——「党の指導」に抗して——

平野　正著　本書は、中国の民主化運動の過程を「党の指導」との関係で明らかにしたもので、解放直前から八〇年代までの中共の「指導」に対抗する人民大衆の民主化運動を実証的に明らかにし、加えて「中国社会主義」の特徴を概括的に論ずる。

▼264頁／定価3150円

20
グリーンティーとブラックティー
中英貿易史上の中国茶

矢沢利彦著　本書は一八世紀から一九世紀後半にかけて中英貿易で取引された中国茶の物語である。当時の文献を駆使して、産地・樹種・製造法・茶の種類や運搬経路まで知られざる英国茶史の原点をあますところなく分かりやすく説明する。

▼２６０頁／定価３３６０円

21
中国茶文化と日本

布目潮渢著

近年西安西郊の法門寺地下宮殿より唐代末期の大量の美術品・茶器が出土した。文献では知られていたが唐代の皇帝が茶を愛玩していたことが証明された。長い伝統をもつ茶文化―茶器について解説し、日本への伝来と影響についても豊富な図版をもって説明する。カラー口絵４葉付

▼３００頁／品切

22
中国史書論攷

澤谷昭次著

先年急逝された元山口大学教授澤谷先生の遺稿約三〇篇を刊行。東大東洋文化研究所に勤務していた時「同研究所漢籍分類目録」編纂に従事した関係から漢籍書誌学に独自の境地を拓いた。また司馬遷「史記」の研究や現代中国の分析にも一家言を持つ。

▼５２０頁／定価６０９０円

23
中国史から世界史へ　谷川道雄論

奥崎裕司著　戦後日本の中国史論争は不充分なままに終息した。それは何故か。谷川氏への共感をもとに新たな世界史像を目ざす。

▼２１０頁／定価２６２５円

24
華僑・華人史研究の現在

飯島　渉編　「現状」「視座」「展望」について15人の専家が執筆する。従来の研究を整理し、今後の研究課題を展望することにより、日本の「華僑学」の構築を企図した。

▼３５０頁／品切

25
近代中国の人物群像
――パーソナリティー研究――

波多野善大著　激動の中国近現代史を著者独自の歴代人物の実態に迫る研究方法で重要人物の内側から分析する。

▼５３６頁／定価６０９０円

26
古代中国と皇帝祭祀

金子修一著

中国歴代皇帝の祭礼を整理・分析することにより、皇帝支配による国家制度の実態に迫る。

▼３４０頁／定価３９９０円　好評再版

27
中国歴史小説研究

小松　謙著

元代以降高度な発達を遂げた小説そのものを分析しつつ、それを取り巻く環境の変化をたどり、形成過程を解明し、白話文学の体系を描き出す。

▼３００頁／定価３４６５円

28
中国のユートピアと「均の理念」

山田勝芳著　中国学全般にわたってその特質を明らかにするキーワード、「均の理念」「太平」「ユートピア」に関わる諸問題を通時的に叙述。

▼２６０頁／定価３１５０円

11 中国語文論集 文学篇 太田辰夫著

本巻には文学に関する論考を収める。「紅楼夢」新探／「鏡花縁」考／「児女英雄伝」の作者と史実等。付固有名詞・語彙索引

▼350頁／定価3568円

12 中国文人論 村上哲見著

唐宋時代の韻文文学を中心に考究を重ねてきた著者が、詩・詞という高度に洗練された文学様式を育て上げ、支えてきた中国知識人の、人間類型としての特色を様々な角度から分析、解明。

▼270頁／定価3059円

13 真実と虚構―六朝文学 小尾郊一著

六朝文学における「真実を追求する精神」とはいかなるものであったか。著者積年の研究のなかから、特にこの解明に迫る論考を集めた。

▼350頁／定価3873円

14 朱子語類外任篇訳注 田中謙二著

朱子の地方赴任経験をまとめた語録。当時の施政の参考資料としても貴重な記録である。「朱子語類」の当時の口語を正確かつ平易な訳文にし、綿密な註解を加えた。

▼220頁／定価2345円

15 児戯生涯 一読書人の七十年 伊藤漱平著

元東京大学教授・前二松学舎大学長、また「紅楼夢」研究家としても有名な著者が、五十年近い教師生活のなかで書き綴った読書人の断面を随所にのぞかせながら、他方学問の厳しさを教える滋味あふれる随筆集。

▼380頁／定価4077円

16 中国古代史の視点 私の中国史学(1)

堀 敏一著 中国古代史研究の第一線で活躍されてきた著者が研究の現状と今後の課題について全二冊に分かりやすくまとめた。本書は、1時代区分論 2唐から宋への移行 3中国古代の土地政策と身分制支配 4中国古代の家族と村落の四部構成。

▼380頁／定価4077円

17 律令制と東アジア世界 私の中国史学(2)

堀 敏一著 本書は、1律令制の展開 2東アジア世界と辺境 3文化史四題の三部よりなる。中国で発達した律令制は日本を含む東アジア周辺国に大きな影響を及ぼした。東アジア世界史を一体のものとして考究する視点を提唱する著者年来の主張が展開されている。

▼360頁／定価3873円

18 陶淵明の精神生活 長谷川滋成著

詩に表れた陶淵明の日々の暮らしを10項目に分けて検討し、淵明の実像に迫る。内容＝貧窮・子供・分身・孤独・読書・風景・九日・日暮・人寿・飲酒 日常的な身の回りに詩題を求め、田園詩人として今日のために生きる姿を歌いあげ、遙かな時を越えて読むものを共感させる。

▼300頁／定価3364円

19 岸田吟香―資料から見たその一生

杉浦 正著 幕末から明治にかけて活躍した日本近代の先駆者―ドクトル・ヘボンの和英辞書編纂に協力、わが国最初の新聞を発行、目薬の製造販売を生業としつつ各種の事業の先鞭をつけ、清国に渡り国際交流に大きな足跡を残すなど、謎に満ちた波乱の生涯を資料に基づいて克明にする。

▼440頁／定価5040円

著者略歴

安野　省三（やすの　しょうぞう）

1933年　東京都に生まれる。

1955年　東京教育大学文学部東洋史学科卒業。

1961年　東京教育大学大学院文学研究科博士課程（東洋史学専攻）単位取得退学。

1961年　千葉工業大学専任講師となり、助教授をへて、1979年教授となる。

1995～2001年　青山学院大学文学部史学科教授。

論文

「清代の農民反乱」『岩波講座・世界歴史12』（岩波書店、1971年）

「杜甲の身辺」『中嶋敏先生古稀記念論集（下）』（汲古書院、1981年）

「中国の異端・無頼」『中世史講座７』（学生社、1985年）

「王穆の西郷県志」『東洋学報』84－２（東洋文庫、2002年）

訳註

『宋史選挙志訳註』共訳（東洋文庫、2000年）

『朝野類要訳註』共訳（東洋文庫、2007年）

汲古選書59

荘綽《そうしゃく》『雞肋編《けいろくへん》』漫談《まんだん》

二〇一二年七月二四日　発行

著　者　安　野　省　三

発行者　石　坂　叡　志

印　刷　富士リプロ㈱

発行所　汲　古　書　院

〒102-0072　東京都千代田区飯田橋二－五－四

電　話〇三（三二六五）九七六四

ＦＡＸ〇三（三二二二）一八四五

ISBN978－4－7629－5059－9　C3398

索　引

人名索引
（本文に限定。皇帝は王朝名を冠した）

語彙索引

（本文に限定。地名・官職名は省略）